Die Geschichte vom Brot

Für Gabriel und Marius,
meine Angehörigen.

Ria Kopiske

Die Geschichte vom Brot

Roman

Bibliografische Information der Deutschen Nationalbibliothek:
Die Deutsche Nationalbibliothek verzeichnet diese
Publikation in der Deutschen Nationalbibliografie; detaillierte
bibliografische Daten sind im Internet über
dnb.dnb.de abrufbar.

© 2021 Ria Kopiske
Grafik: Maslova Valentina/ Vectorgoods studio/
Shutterstock.com
Satz, Umschlaggestaltung, Herstellung und Verlag:
BoD – Books on Demand, Norderstedt
ISBN 978-3-7543-1123-3

KW 14

Wo itzund Städte stehn / wird eine Wiese sein /
Auf der ein Schäferskind wird spielen mit den Herden.

»Also wir sind schon richtige Underdogs. Lassen die Kinder einfach so in die Büsche.«

Besagte Büsche umgrenzten ein kleines Stück Wiese, das wiederum schachtelartig umzäunt war von Pfählen, die durch Wäscheleinen verbunden waren. Obwohl sie draußen standen und, mit dem Hintern an ein Stück bröselndes Mäuerchen gelehnt, nach Kräften froren, waren sie irgendwie auch drin, in einem wohldefinierten Quader und gut zu beobachten. Dieser Effekt wurde noch verstärkt durch den langen Nachmittagsschatten der einzelnen Krüppelkiefer, die den Block begrünte und die beiden Frauen beschirmte.

Für Flora und Frauke war es von Beginn an »der Block« gewesen – Singular. Dabei wurde die Freifläche, »der Hof«, eigentlich von drei Seiten durch je einen grauen Betonblock mit jeweils fünf Stockwerken begrenzt. »Der Hof« selbst beherbergte einige Parkplätze und eine schmutzige Sandgrube mit drei recht langweiligen Klettergerüsten darauf, die jetzt mit rot-weißem Absperrband umzurrt waren. Wie ein Päckchen, das ein ungeschicktes, aber sehr auf Sicherheit bedachtes Kind geschnürt hatte. Auf der vierten Seite schloss sich das Quadrat ab mit der Wäschewiese und dem dazugehörigen, ohne System angepflanzten Gebüsch, das die dahinterliegenden Mülltonnen eher malerisch hervorhob, als sie zu verdecken.

»Absolute Rabenmütter«, griff Flora Fraukes Gedanken auf. »Anstatt dass die Kids mal ein bisschen Bildungsfernsehen abkriegen, frieren wir hier in der Gegend ’rum und lassen sie mit Stöckern spielen.« Frauke drückte rasch ihre heimliche Zigarette aus und entsorgte sie in einer verborgenen Grube am Mäuerchen, wo die Kippe neben vielen verschwiegenen Geschwisterchen zu liegen kam. »Ich finde auch, Louis ist jetzt alt genug für einen eigenen Fernseher«, wandte sie sich mit herausfordernder Miene an Flora. »Was? Mit fünf?« – »Ha. April, April!« Stimmt, heute war ja der erste. Mittwoch, der erste April 2020. Was für ein Monat. Flora konnte sich noch genau an Silvester erinnern und die aufglimmende Hoffnung, die sie mit dem Neuen Jahr verbanden. Und mit ihrer Freundschaft.

Vom Sehen her kannten sie sich schon länger. Aber nachdem Frauke mit Louis in den Block gezogen war, der sechshundert Meter entfernt vom gemeinsamen Kindergarten stand, begegneten sie sich eben nicht mehr nur beim Abholen, sondern hatten einen gemeinsamen Weg, gemeinsame Nachmittage im Hof, Gespräche, die in allerlei mehr Gemeinsamkeiten mündeten. Ergänzungen, Alltagshilfe, Erwachsenengespräche, alles, was für Alleinerziehende rar und kostbar ist.

Silvester hatten sie Pläne ausgeheckt für den Sommer, die Urlaubsplanung aufeinander abgestimmt, nach Ferienhäusern gesucht. Gleich im Juni wollten sie an die See, vor dem großen Urlauberansturm. Aber 2020 gab es für Flora mehr als einen Grund, ihre Planung zu hinterfragen.

»Rrrrrrhhhh-wafff!«

»Mama!«

»Passt doch auf!«

Die Frau mit dem Undercut unter dem Basecap zerrte ihre drei Hunde, für Flora eine unbestimmte Mopsmischung, zurück und fauchte erst den rennenden Kindern hinterher, dann waren die Mütter dran.

»Man rennt nicht von hinten an einem Hund vorbei!« Kopfschüttelnd funkelte sie die drei zitternden Zwerge an, ging in die Hocke und streichelte die Kläffer beruhigend. »Das weiß ja sogar meine kleine Tochter!« Beim Abgang brummelte sie noch etwas erfreulicherweise Unverständliches.

»Hat die sich gerade echt beschwert, dass hier Kinder *rennen*? Weil das die Hunde stört?« Frauke schwankte zwischen Belustigung und Fassungslosigkeit. Julius kam angerannt und schlang Flora die gar nicht mehr so kurzen Ärmchen um die Beine. Er hatte so einen unbändigen Drang, alles und jeden recht herzhaft zu drücken, dass man meinen könnte, die Welt bestünde für ihn aus Luftpolsterfolie. Die drei Mopsverschnitte würde er allerdings in Zukunft davon ausnehmen.

Flora drückte ihren Jüngsten ebenso herzhaft und entließ ihn wieder zum Spielen. »Ach ja, der Block. Ein Original am anderen.«

»Nicht zu viel der Sozialromantik! Hier wohnen mehr so arme Seelen wie ich und deine Kundschaft.«

»Ach komm. Die hundertfünfzig Meter.«

In dieser Entfernung lag der Straßenzug mit Floras Wohnung. Ein bisschen größer. Ein bisschen attraktiver. Aber mit Straßenbahn vor der Tür und ohne schattigen Hof nach hinten. Das war aber nur ein Grund, weshalb Flora sich hier nach Feierabend gern mit den Kindern herumdrückte. Sie war auch in so einem Block aufgewachsen, zwischen Kittelschürzen auf der Wäscheleine – statt derer jetzt Leggings und zeltartige T-Shirts hier hingen – und dem Geruch nach Zement und Leberwurstbrot, der scheinbar allem anhaftete. Auch wenn das in einer anderen Stadt gewesen war – der Block stammte aus demselben realsozialistischen Baukasten. Und von der Kleidung abgesehen hatte sich in den letzten Jahrzehnten wenig verändert, fand sie. Die Frauen standen schwatzend um die Kinder herum oder riefen vom Fenster aus zum Essen. Die Männer trudelten von der Arbeit herein und standen um ein Auto oder ein paar Bierchen herum, wobei sie die Fensterrufe selten kommentierten. Manchmal hatten sie und Frauke ein kleines Ratespiel daraus gemacht, welcher

Typ in abgeschubberter Lederjacke und Jogginghose auf welchen Ruf oder auf welches weinende Kind reagieren würde. Und oft tat es gar keiner. Wenn das Absperrband nicht wäre, dachte sie, könnte man meinen, alles sei wie immer.

Elias und sein bester Freund Louis standen nun übersprudelnd vor ihnen, erklärten irgendein Spiel, von dem Flora kaum die Hälfte verstand, jedenfalls hatte es etwas mit Rennen auf sich – gute Idee vor dem Abendessen – und mit Schreien – was ihr hier draußen auch deutlich besser passte als in der Wohnung. Der knapp Sechsjährige forderte nun noch größte Aufmerksamkeit und schwirrte wieder ab, ohne eine Reaktion abzuwarten.

»Bin ich eine schlechte Mutter, wenn ich meinem Kind sage, dass mich das nicht ernsthaft interessiert?«

»Äh … was?« Frauke kämpfte gerade geistesabwesend mit einem winzigen Insekt, dessen Fühler eine innige Bindung mit ihrer Wimperntusche eingegangen waren. »Entschuldigung. Hast du was Wichtiges gesagt?«

»Nö. Geht so.«

Manchmal wusste man einfach nicht, worauf die Dinge hinauslaufen wollten, und Flora landete in Gedanken wieder bei Silvester. Die drei kleinen Piraten schliefen ewig nicht in Floras Bett. Als endlich Ruhe einkehrte, hatten sie die Couch ausgezogen und vor dem Sekt erst einmal einen Kaffee gebraut, um bis ins Neue Jahr durchzuhalten. Dann, pünktlich, hatte Frauke darauf bestanden, ihnen die Karten zu legen, aber ganz schlau wurden sie nicht aus dem Ergebnis. Vielleicht waren sie doch einfach zu müde. An die angeblich alles entscheidenden Jahreskarten konnte Flora sich jedoch gut erinnern. Frauke hatte den Turm gezogen und sie selbst den Eremiten. Nun, Fraukes Karte war immerhin bunt. Vor einem nachtschwarzen Gewitterhimmel stürzten farbig gekleidete Personen aus einem weißen Turm ins Ungewisse. »Welche Bombe soll denn noch hochgehen?«, hatte Frauke sich gewundert. »Ich bin doch schon ausgebrochen.« Ja, aus der Beziehung zu Ben, und bei der Gelegenheit war auch Ina ausgezogen, sodass Frauke ihren Hausstand praktisch halbiert hatte. Ihre große Tochter Ina war Fraukes »zuallererst genannter Stolz«, wie sie betonte, wenn sie auf Louis angesprochen wurde. Und sie war ihre engste Vertraute. Flora fragte sich, ob eigentlich Ina wusste, wer ihr Vater war. Dieses Geheimnis hütete Frauke nämlich streng und erging sich selbst Flora gegenüber nur in Andeutungen. Es musste etwas mit einer Abschlussfeier und dem Schwarm aus der Berufsschule zu tun haben, aber ganz sicher war Flora sich da nicht. Und für Ina spielte es anscheinend keine große Rolle. Vielleicht hatte sie es einfach nicht so mit Vaterfiguren, ihre dezente Abneigung gegen Ben sprach dafür.

Floras Karte war so grau in grau, dass man genau hinsehen musste, um die einzelnen Symbole der abgebildeten Figur zu erfassen. In stiller Einöde blickt der Eremit zurück, sein Kapuzengewand lässt ihn fast verschwinden und schirmt ihn von äußeren Einflüssen ab. »Ein Jahr der Sammlung!«, verkündete Frauke, »du sollst dich zurückziehen und herausfinden, was du wirklich willst im Leben. Beruflich, privat, überhaupt.« – »Na toll!« Auch Flora fand, dass dieser Rückzug bereits überstanden war. Der Urlaub, den sie darauf verwendet hatte, ihre Fortbildung im Fallmanagement abzuschließen. Die erste schwierige Zeit allein mit den Jungs. Das war vorbei, sie hatten ihren Rhythmus gefunden und – sie wurden größer. Man konnte langsam ernsthaft daran denken, Elias bei einem Freund übernachten zu lassen. Oder einen Babysitter zu beschäftigen, um auszugehen. Zumindest an Silvester hatte sie noch ernsthaft daran gedacht. Jetzt natürlich nicht mehr. Jetzt lebten sie alle zwangsweise zurückgezogen, und die Mütter im Block begannen zu scherzen, dass sie sich am schnellsten daran gewöhnen würden. Schließlich waren sie gefühlt schon immer ab achtzehn Uhr zu Hause und riefen die Kinder zum Essen hoch. Flora sah nach der Uhr. Zeit, nach Hause zu gehen.

»Wo kommt es her – das Geräusch?«, sang es aus den Büschen. Frauke hatte ihren Blick zur Uhr bemerkt und klatschte in die Hände. »Na, wo sind die süßen Erdmännchen? Zeit für ein Erdmännchen-Leckerli!« Sie durchwühlte ihre imposante Umhängetasche und förderte einen Minibeutel Gummibärchen zutage. Keine fünf Sekunden später reckten sich ihr drei bis zur Unkenntlichkeit verdreckte Pfoten entgegen, die dank Sperrung des Sandkastens unter Wurzeln nach den Geheimnissen des Erdreichs gegraben hatten. Sie tauschten einen Blick und seufzten. Welcher bandbewurmte Marder auch immer in das Gehölz gepieselt hatte, um ihren Kindern seine Duftmarke zu hinterlassen, an COVID 19 war er vermutlich nicht gestorben. Und wer seinen Sprösslingen kurz vor dem Abendbrot ein Gummibärchen anbot, war sowieso ein hygienisch zweifelhafter Kontakt. Das einte sie mal wieder.

»Mama, müssen wir morgen in den Kindergarten?«

»Ja, ich muss mit meinem Chef sprechen.«

»Och nö. Und Louis?«

»Der hat morgen Homeoffice«, schaltete sich Frauke ein. »Nächste Woche sind wir alle mal zu Hause und mal im Kindergarten.« Das System der Notbetreuung machte ihr Leben kompliziert. Frauke schnappte sich Louis und nahm Distanz auf. »Falls uns jemand sieht.«

»Im Kindergarten spielen sie auch miteinander.«

»Vorschrift ist Vorschrift. Da müssen wir durch.«

»Ja.«

Frauke musterte sie prüfend. »Du siehst nicht gut aus. Wann ist nochmal dein Termin?«

DER Termin.

»Freitag.«

»Soll ich nicht doch besser mitkommen?« Das wäre schön, aber für Frauke würde es Umstände bedeuten. »Ach nein, weißt du, solange ich noch alleine krauchen kann, lassen sie derzeit sowieso keine Begleitperson für mich mit in die Klinik.«

»Aber ruf mich gleich an, ja?«

»Der Termin ist um zwölf. Mit Wartezeit … Ich schätze, wir treffen uns danach gleich am Kindergarten.«

»Ich werde keine ruhige Minute haben.«

»Ich weiß. Deshalb verkünde ich dir lieber live und in Farbe das ganze Elend statt halbe Sachen am Telefon, mit denen du dich dann verrückt machst.«

»Sicher? Aber wenn du es dir anders überlegst, bin ich da.«

Frauke winkte noch kurz durch die Tür, und indem sich Flora zum Gehen wandte, sah sie ihn wieder auf der anderen Seite der Wäschewiese. Ja, da drüben wohnte der Junge mit seiner Familie, sie winkte und er nickte herüber.

»War das Roy, Mama?«

»Ja.« Er hatte sich ihnen nie vorgestellt, aber sie hatte seine Mutter und die kleine Schwester ihn so nennen hören. Flora hatte ihn länger nicht gesehen, fiel ihr jetzt auf. Eine Zeitlang war er ihnen immer morgens in Richtung Straßenbahn entgegengekommen, wenn sie entgegengesetzt Richtung Hof und Kindergarten liefen. Immer erkannte sie ihn schon von Weitem, seine schlaksige Gestalt und die linkischen Bewegungen ließen ihn auf die Entfernung größer wirken, als er tatsächlich war. Das schmale Gesicht war noch jungenhaft, und auch die sehr feinen dunklen Haare, die selbst frisch geschnitten unfrisiert wirkten, ließen ihn sehr jung aussehen. Sie hätte ihn auf siebzehn geschätzt, inzwischen musste er zweiundzwanzig oder dreiundzwanzig sein. Entweder hatte er jetzt einen neuen Job mit anderem Arbeitsweg gefunden, oder er war zu Hause – wie viele andere, für die der April noch Überraschungen bereithalten sollte.

Erst dachte sie, er hätte sich einen Scherz erlaubt. Nach einer halben Stunde würde er sicher mit einem besonders schönen Blumenstrauß vor der Tür stehen, »April, April!« rufend. Sie hypnotisierte die Uhr. Der erste Mittwoch, an dem er jemals zu spät war, Termine nahm er stets sehr ernst.

Sie beruhigte sich immer wieder, doch nach einer halben Stunde war es um ihre Contenance geschehen. Nach einer Stunde stieg Panik in ihr auf. Sie hatte noch nie auf ihn warten müssen, noch nie auf diese Weise auf irgendwen gewartet, wie sollte sie jetzt damit umgehen können? Das beklemmende Gefühl in der Brust, die säuerliche Spannung im Magen, der beschleunigte Herzschlag, elektrische Blitze im Gehirn, die sie bei jedem Geräusch zusammenzucken ließen – das dann doch nicht die Klingel an der Tür war. Das Warten auf den Mittwoch war immer voller sanfter, herzlicher Vorfreude gewesen, die ihr ein Gefühl der Nähe zum Geliebten verschaffte. Und jetzt sah sie sich versetzt, vielleicht sogar verlassen, und sie konnte nicht herausfinden, wieso.

Warum nur? Oh, die Möglichkeiten waren ebenso quälend wie unzählig. Sie schimpfte sich selbst eine alberne Gans, darüber Tränen zu vergießen, doch ihre Unsicherheit ergriff ganz Besitz von ihr. Soviel konnte geschehen sein: Er war erkrankt – oh, hoffentlich nicht! Es erkrankten so viele Leute schwer, bitte nicht er, nicht jetzt! Aber hätte er dann nicht angerufen, wenn es ihm schlecht ging? Seine Frau hatte Verdacht geschöpft oder zumindest aus Sorge gebeten, er solle doch zu Hause bleiben. Das Infektionsrisiko sei zu groß für ihn, solche Termine ließen sich verschieben. Letzte Woche hatte er noch beteuert, seine Rückenschule würde er sich unter keinen Umständen ausreden lassen. Nun vielleicht doch? Er würde warten müssen, bis er sie in einem unbeobachteten Moment deswegen anrufen konnte, man war immer so viel zu Hause miteinander in dieser Zeit. Sie schloss die Variante aus, dass er aus Furcht oder Desinteresse nicht kommen wollte. Als Ehrenmann hätte er mit ihr darüber gesprochen. Oder?

Sie kannten sich lange und gut genug, doch der Gedanke wollte gedacht werden. Konnte es sein, dass es einfach so vorbei war? Vielleicht, das Schicksal würde sie irgendwann auseinanderreißen, was es auch immer für Gründe für sie bereit hielt. Aber bitte nicht jetzt, nicht so, flehte sie. Verurteile mich nicht für meine Eitelkeit, die einen Teil von ihm für immer haben wollte, seine Zuneigung und, für eine kurze Zeit immerhin, seine Leidenschaft. Bestrafe mich nicht für die Unbesonnenheit, dieses Geschenk einfach so jede Woche zu erwarten.

Allein mit sich selbst und dem angefangenen Nachmittag war der drängenden Versuchung zur Selbstgeißelung schlecht zu widerstehen. War es dumm gewesen, sich einzureden, ihr Vergnügen sei letztlich unschuldig und nehme niemandem etwas weg? Doch, sie schämte sich ein wenig, so gedacht zu haben, und wusste zugleich, dass sie die kurzen Stunden am Mittwochnachmittag niemals würde bereuen können.

Was ihr widerfuhr, was es zu erzählen gab, sie hatte es sich für ihn aufbewahrt, für den Austausch und die Zeit mit ihm. Sie waren vertraut geworden miteinander über die lange Zeit, so sicher, so zufrieden. Entspannt saßen sie bei ihr in der Küche beim Kaffee, erzählten, lachten. Doch, es kam noch vor, dass sie einfach beieinander saßen, zuweilen auch sie auf seinem Schoß, an seine Schulter gelehnt, lauschte sie seinem Atem und seinem Herzschlag, genoss seine Nähe. Wenn er dann zu ihr aufsah, lächelte und sagte, dass er nun gehen müsse, war es nie ein schwerer Abschied gewesen. Im Leben nicht hätte sie einen solchen Mann für sich gehabt, das wusste sie, doch er kam jeden Mittwoch zu ihr zurück.

Allein in ihrer Küche der Uhr gegenübersitzend, ging ihre Sehnsucht wandern. Seltsame Erinnerungen an vergangene Aufregungen und stilles Glück. Sollte dies alles unwiederbringlich verloren sein? Sie seufzte und rückte die Schultern gerade, zwang sich zur Ruhe und bereitete den Napf mit Carlos' Abendmahlzeit vor. Doch, sie spürte, dass die Stunde geschlagen hatte, aus

irgendeinem Grund war es hier und heute vorüber. Sich setzend,
versuchte sie, wieder zu klaren Gedanken zu kommen. Sie würde
sich verbieten, mit sich zu hadern und zu trauern, sie sollte froh
sein, dieses Glück kennengelernt zu haben. Das wollte sie ihm
sagen, und sie musste einen Weg dazu finden.

»Haben Sie morgen kein Homeoffice?«

Die Erzieherin war skeptisch. Flora kramte ihre Termin-
karte hervor.

»Wie gesagt: Ich habe einen Termin in der Uniklinik,
Hämatologie. Dorthin nimmt man für gewöhnlich keine
kleinen Kinder mit. Die Patienten dort sind teilweise sehr
anfällig. Und jetzt, während einer Pandemie ...«

Flora hielt das Kärtchen so, dass die Uhrzeit ihres Termins
von ihrem Daumen halb verdeckt wurde. Bitte, bitte, bitte
gönnt mir ein paar Stunden vor der Urteilsverkündung. Es
wird genug zu organisieren geben.

»Ich trage es ein.«

»Danke!«

Das war jetzt die dritte Woche, in der sie und Frauke um
jeden Tag Betreuungszeit feilschten. Der Träger ihres Kinder-
gartens verfolgte die Logik, dass, wer einen Tag im Homeoffice verbringen konnte, dies doch bitte auch das nächste halbe
Jahr tun solle. Aber das klappte nicht bei jedem und nicht
bei jedem Arbeitgeber. Fraukes Chef hatte am Montag sogar
wutentbrannt im Kindergarten angerufen, um zu verkünden,
dass Fünfjährige bitte nicht mit ins Büro zu schleppen seien.
Dort sei auch ohne Nebenher-Bespaßung von potentiellen
Keimträgern genug zu tun.

Ja, mehr als genug. Die Schadensregulation regulierte weiter. Auf den Straßen fuhren deutlich weniger Autos als noch
vor drei Wochen, aber die Fahrzeugführer verhielten sich
aggressiver. Beim Anstehen vor der Post an der Hauptstraße

hatten Floras Jungs neulich fasziniert das Treiben an einer großen Unfallstelle beobachtet – und die Notwendigkeit des Tragens eines Fahrradhelmes eindrucksvoll demonstriert bekommen. Und nicht nur im Bereich der Kfz-Schäden häuften sich die Schadensnummern, berichtete Frauke. Auch in vielen Haushalten ging es derzeit offenbar hoch her.

Der April 2020 war ein ehrgeiziger Zeitpunkt für die Sehnsucht nach Normalität.

Sie hatte es vor sich hergeschoben. Ja, für den Freitag hatte sie vorsorglich Urlaub eingereicht, aber nach allem, was von diesem Tag zu erwarten war, erschien es ihr mehr als fair, den Arbeitgeber zu warnen. Man rechnete nach ihrem Krankenhausaufenthalt vor ein paar Wochen ohnehin mit weiteren Ansagen. Flora hatte sich die beiden letzten Wochen ins Zeug gelegt, viel wegzuarbeiten, aber es kam stetig Neues auf den Schreibtisch geflattert. Gerade heute hatte sie zwei Kündigungen abgeheftet, von Kunden, die sie erst vor Kurzem vermittelt hatte und die jetzt vorzeitig aus der Probezeit entlassen wurden. Keine Kurzarbeit möglich. Einen Moment dachte Flora an Ben. Er war gerade dabei gewesen, sich wieder aufzurappeln. Aber Ben war nicht ihr Kunde, sie musste sich wieder konzentrieren.

Die ersten Kollegen wechselten komplett ins Homeoffice, etliche wurden krank (die Pandemie-Panik, wie man munkelte, aber wer konnte das schon wissen?) und mussten vertreten werden. Was ließ sich bei ihr an Arbeit nach Hause verfrachten? Was würde sie leisten können? Zuerst erschienen ihr die zwei Wochen endlos, aber jetzt, am Vortag, ging es ihr alles zu schnell. In weniger als vierundzwanzig Stunden würde es entschieden sein. Sie würde offiziell krank sein, schwer oder sehr schwer. Vergeblich hatte Flora ihren Eltern versucht, auszureden, dass das alles harmlos enden könnte, als kleiner Irrtum. Dass sie eigentlich gesund war und nur ein paar Tabletten und Physiotherapie bräuchte. Aber so war es nicht.

Zwei Stunden hatte sie noch Zeit, dann war der Termin beim Teamleiter. Anschließend Kinder, Haushalt, Abendbrot. Die Wäsche würde sie morgen noch erledigen können, der Termin war ja erst um zwölf. Wenn Julius nicht wieder beim Anziehen bockte und sich gegen die Notbetreuung stemmte, schaffte sie noch ein paar Einkäufe für das Wochenende, ohne die Jungs. Man musste die Kinder ja nicht überall mit hin schleifen, letztlich fassten sie unterwegs einfach doch zu viel an, um sich anschließend im Gesicht zu kratzen, zu popeln oder den Mund zu wischen. Flora war noch nie eine erklärte Hygiene-Fee gewesen, aber das hatte sie schon vor der Pandemie nicht ausstehen können.

»Ich habe morgen einen Termin, die Auswertung meiner Knochenmarkstanze«, probte sie in Gedanken. »Man hat mir gesagt, der Befund werde in jedem Fall therapiebedürftig sein. Deshalb habe ich hier einen kurzen Plan zusammengestellt, wie ich meine Aufgaben die nächsten Wochen im Homeoffice bewältigen kann. Es wäre schön, wenn wir am Montag noch einmal kurz darüber sprechen können.« Das war nicht zu viel und nicht zu wenig gesagt, heischte nicht nach Mitleid, war konstruktiv. Auch die Uhrzeit kurz vor Dienstschluss war gut gewählt, keine unnötigen Fragen, kein Rumeiern in den Antworten. und sie müsste danach nicht zurück an den Schreibtisch. An dem sie dann über das Gespräch nachgrübeln würde, anstatt noch etwas wegzuschaffen. Das war jetzt auch schwer, aber sie scannte immerhin ein paar Unterlagen, während sie ihre vier Sätze probte. Selbstgespräche galten derzeit nicht als ungewöhnlich, so lange Kaffee- und Schnatterpausen hygienisch zwangseingeschläfert wurden.

Zu Hause angekommen, witterte er gewohnheitsmäßig Richtung Küche, aber er roch nichts Bemerkenswertes, was er verpasst haben könnte. Der ausbleibende Futterneid gegenüber den anderen Familienmitgliedern beruhigte ihn irgendwie. Roy schämte sich ein bisschen dafür, dass er immer so argen Hunger hatte. Es setzte nichts an bei ihm, an die Hoffnung auf ein spätpubertäres Wachstum konnte man sich praktisch nicht einmal mehr erinnern, und hereingewirtschaftet hatte er bisher auch keinen Segen. Nicht etwa, dass seine Eltern ihn je einen nutzlosen Esser geschimpft hätten, tatsächlich fühlte er sich hier geliebt und zu Hause. Dennoch bohrte ihm sein eigener Gerechtigkeitssinn manchmal ein Loch in den Magen, wenn er sich beim Abendbrot eine dritte oder vierte Schnitte verkniff.

Der Vater schaute eine Nachrichtensendung und winkte ihm abwesend. War das ein Einladen oder Abwinken? Schon geriet Roys Seelenleben in Zwiespalt – Papa könnte in Plauderlaune sein. Dann würde er, angeregt durch den TV-Input, eine belebte Diskussion anstreben, in der er, Roy, nicht den geeigneten Widerpart würde spielen können. Was den Vater nie störte, zumindest nicht lange, aber an Roy nagte es dann. Vielleicht würde der Spätnachmittag aber auch friedfertig verlaufen. Dann könnte er neben dem Vater ein kleines Bier und ein paar große Nachrichten aufnehmen, anstatt allein in seinem Zimmer darauf zu warten, dass es Zeit würde, für die Spätschicht aufzubrechen.

Letztlich ging Roy das Risiko ein und setzte sich auf die Couch. Minuten verstrichen, ohne dass ein anderer Kommentar zum Programm als »Hmm ...« oder »Hhh-e ...?« fiel, was Roys Unruhe schließlich besänftigte und er beruhigt die Füße ausstreckte.

Grau gerippte Socken, teils dünn vom Laufen und Waschen, teils knotig von dunkleren Fusseln. Er würde Socken kaufen müssen, die meisten seiner Füßlinge sahen schon derart abgeliebt aus. Aber wo? Gab's im Edeka eigentlich Socken? Damenstrumpfhosen vermutlich ja. Die gab es überall, aber dass auch Männer herumliefen, schienen solche Allzweckläden nicht ernstzunehmen. Also verwarf Roy den Gedanken an eine Investition. Geistesabwesend kratzte er sich mit der rechten Ferse den linken Ballen, wie er es immer tat, wenn er an nichts Bestimmtes zu denken hatte. Was oft der Fall war, behauptete zumindest seine Schwester.

Wo steckte Kyra jetzt? Vermutlich war sie draußen mit einer Freundin unterwegs, Unterrichts- und Hausaufgabenzeit waren abgelaufen. Kyra war noch ziemlich verspielt für ein Mädchen in der achten Klasse, aber ganz schön schlau. Zumindest behaupteten das ihre Lehrer. Roys Klassenlehrerin hatte ja immer furchtbar gelitten, wenn sie in seinem Halbjahreszeugnis irgendetwas über seine intellektuellen Ressourcen schreiben musste. Sie hatte da auch jedes Jahr Roys ganzes Mitgefühl, was sie leider beide nicht weiterbrachte. Eine Einschätzung seiner Fähigkeiten musste für die arme Frau so schwer zu verfassen sein wie für ihn zwei zusammenhängende Sätze zum Thema »Ein Tag im Zoo« oder vergleichbar Komplexes. Roy war ohnehin kein Mann des Wortes, im Gegenteil, wenn Menschen – Verwandte oder Unbekannte – ein Gespräch mit ihm anstrebten, erfüllte ihn das stets mit Verwunderung. Und als wenn Wörter, Sätze und Gespräche nicht schon kompliziert genug wären, hielten es die meisten Leute auch nicht für nötig oder ratsam, das zu sagen, was sie tatsächlich meinten. Einmal hieß es in seinem Zeugnis: »Roy ist ein ordnungsliebender und verantwortungsbewusster Junge.« Nach langem Grübeln fiel Roy hierzu ein, dass er einmal den Ordnungsdienst daran erinnert hatte, die beiden Zimmerpflanzen zu gießen. Nachdem ihm dies einen kurzen Schmerz in der Rippengegend einbrachte, tränkte er diese selbst. »In Auseinandersetzungen unterlegen« hätte für sein eigenes Empfinden den Vorfall treffender ausgewertet, denn sein Sinn für Verantwortung äußerte sich eher darin, dass er Aufgaben mit Verantwortung so attraktiv fand wie ein Rudel Motten ein schwarzes Loch. Wenn man da hinein rutschte, dann sicher nicht mit Absicht.

Entsprechend erfolglos verlief seine berufliche Verirrung in den Kosmos Baumarkt, zu der ihn der Vater überredet hatte. Eine ziemliche Quälerei, fand Roy. Dabei war er der geborene Baumarkt-Mitarbeiter, witzelte Kyra und fühlte sich besonders clever dabei: einer, den die Kunden nie fanden. Aber sie fanden Roy eben doch und stellten Fragen, auf die er nur die falschen Antworten wusste. Von fast jedem Produkt, jeder Schraube erinnerte er sich an den Preis. Aber das Regal? Und wie man dorthin fand? Jemandem den Weg weisen zu müssen, ließ ihn erstarren. Und zwar in Zeitlupe. Für gewöhnlich sicherte ihm dieses Kunststück die Aufmerksamkeit der Kunden, brachte aber das Gespräch nicht ernsthaft voran. Die Performance musste seinem Arbeitgeber noch vor Ende der Probezeit auffallen und zu Konsequenzen nötigen, was Roy jedoch nicht bedauern konnte. Sein Vater hingegen schon, es gab ein paar schmerzliche Bemerkungen in seine Richtung, letztlich meinte das Schicksal es aber doch gut mit ihm: Keine vier Wochen nach dem jähen Ende seiner kurzen Karriere blieben die Baumärkte geschlossen, und dank Roys Umorientierung musste er weder untätig herumsitzen noch irgendwelche Kommentare ungeschickt parieren.

Grundsätzlich hatte er ja gern etwas zu tun. Doch wahrscheinlich waren in Roys Laufbahn mehr Pannen aufgetreten, als er selbst mitbekam, er hatte es sich abgewöhnt, lange darüber nachzugrübeln und geistesabwesend in neue Schwierigkeiten zu marschieren. Wie damals im Zoohandel, als …

Das Klingeln unterbrach seine Erinnerungen. Vater und Sohn sahen einander kurz an, aber Mamas Neugier war wieder schneller. Wobei in Zeiten der Kontaktbeschränkung keine Überraschungen zu erwarten waren. Entweder nahm

Mama ein Paket für die Nachbarn an, oder – ja, es war tatsächlich Tomtom, der sich kurz bei ihnen niederließ, bevor er zusammen mit Roy zur Spätschicht aufmarschierte.

Kurzes Schulterklopfen, plumps, schon saß er. Und wer das Riesenbaby da sitzen sah, konnte meinen, es stünde nie wieder auf, doch das täuschte. Seine stattlichen Abmessungen in alle vier Himmelsrichtungen hatten aus Tom schon in frühester Jugend einen Tomtom werden lassen – sein standesamtlicher Name war zu kurz für seine Erscheinung und musste mindestens doppelt zählen. Dafür war er aber erstaunlich geschwind und beweglich, vor allem aber war er im Gegensatz zu Roy sehr kommunikativ, geradezu mitteilsam.

»Wie läuft's?«

Achselzucken. Was sollte er antworten?

»Was hast du heute gemacht?« So leicht ließ Tomtom sich nicht abwimmeln.

»Nichts besonderes.«

»Überrascht mich nicht.« Tomtom stand auf, tigerte einmal hin und her, setzte sich wieder. Soviel Action war man hier nicht gewohnt, Papa begab sich prompt in die Küche auf die Suche nach einem neuen Bierchen. Seltsam, sonst schien er Roys Kollegen, ein unterhaltsames Mitbringsel von der Arbeit, durchaus zu schätzen.

Heute jedenfalls war Tomtom in einer unruhig-grüblerischen Stimmung, das war klar. Die Ferse seines rechten Fußes sauste im Staccato auf und nieder, seit er zwischen Roy und dessen Vater Platz gefunden hatte, das Fleisch seines Oberschenkels wetzte unbarmherzig den Sofabezug. Die Stimmung im Raum lud sich spürbar auf.

»Es ist alles so deprimierend«, stieß Tomtom schließlich aus dem für das volle Gesicht erstaunlich kleinen Mund hervor.

»Wem sagste das?«, fragte Roy ohne Elan und wusste zugleich instinktiv, dass Tomtom zu einer längeren Rede ausholen würde, wenn er ihn dergestalt dazu einlud.

»Ernsthaft jetzt – der Pandemie-Kram macht die Leute wahnsinnig. Keiner weiß, wie es weiter geht, es wird ewig dauern, bis das mal wer unter Kontrolle bringt, alle sind am Jammern. Wir müssen uns etwas einfallen lassen, was den Leuten wieder Auftrieb gibt!«

Papa war wieder hereingekommen und schüttelte den Kopf. »Wir? Also du und Roy?« Seinen Tonfall konnte selbst Roy als skeptisch einordnen. Sehr skeptisch. Ungefähr so skeptisch wie gegenüber einer inszenierten Mondlandung im eigenen Badezimmer.

»Doch. Ich habe eine Idee für eine Marktlücke. Erstmal nur im kleinen Stil.«

»Lass mich raten. Ihr gründet eine Klopapier-Mafia.«

»Haha! Nee, so illegal musses ja nicht gleich sein. Aber Roy, erinnerst du dich? Wir hatten doch neulich Frühschicht auf der Psychotherapeutischen.«

Klar erinnerte sich Roy. In der Frühschicht die Stationen, in der Spätschicht die Ambulanzen, wo abends keiner mehr war. Roy mochte die Ambulanzen lieber. Morgens ab um fünf in den Schlaf der Patienten einbrechen, schnell alles durchfeudeln, desinfizieren und so tun, als würden da gar keine müden Menschen liegen, die zwangsläufig wach wurden und nicht umhinkonnten, den Reinigungskräften bei der Arbeit zuzusehen, berührte ihn schon unangenehm. Das Tragen einer Maske fand er dabei rundum vorteilhaft – dass man sich darüber aufregen konnte, verstand er überhaupt nicht. Unsichtbar und namenlos war es schließlich viel schwerer, negativ aufzufallen.

»Ja, also da haben doch die Schwestern diese Tablettenboxen für den Tagesablauf der Patienten zusammengestellt. Morgens dies, mittags das und so weiter.« Roy nickte. Das war schließlich auf jeder Station gleich.

»Wenn wir es geschickt anstellen, können wir ein paar von diesen Happy Pills abgreifen.«

»Warum so kompliziert? Wenn du 'nen Depri hast, geh zum Arzt und lass dir was verschreiben. Ist einfach, hilft 'ne Weile, habe ich auch schon mal gemacht.«

Tatsächlich? Aber im Leben von Roys Eltern war schon viel passiert, worüber sie nicht sprachen. Nicht vor den Kindern, da waren sie eisern, auch wenn er kein Kind mehr war. Kyra war dazu immer noch etwas blickiger als er.

»Im Krankenhaus haben sie aber einfach das bessere Zeug und niemand schöpft Verdacht.«

»Verdacht worauf? Dass du bei ‚Höhle der Löwen‘ mit geklauten Pillen auftrittst?«

»Nein. Aber viele Leute sind doch voll down. Oder dauermüde. Und wir haben tagsüber Zeit. Wir könnten für die Omis und Opis im Block einkaufen gehen und denen mal so einen Gruß aus der Apotheke anbieten. Das gleiche bei den Muttis im Homeoffice, die am Rad drehen. Die gehen nämlich ALLE nicht zum Arzt und lassen sich mal eben was verschreiben, die denken vermutlich nicht mal dran. Wenn sie denn überhaupt die Möglichkeit haben, einen klaren Gedanken zu fassen. Wir machen an jedem Aufgang einen Zettel, bieten ehrenamtlich oder für kleines Trinkgeld Besorgungsgänge, kommen mit den Leuten ins Gespräch, die freuen sich, wenn jemand Erwachsenes klingelt … du weißt schon.«

Roy verstand den Sinn der Aktion noch nicht ganz, aber bei »du weißt schon« war er dabei. Er hatte sich oft gewundert, was Mama mit dem Postboten so alles zu erzählen hatte, wenn sie die Pakete sämtlicher Nachbarn entgegennahm. Kyra interessierte sich dann immer für den Stapel, wenn sie nach Hause kam, und orakelte anhand der Absender, was die Leute im Haus so bestellten.

»Und dann schiebste denen mal so locker flockig 'ne Pille rüber? Und die nehmen die dann? Junge, ernsthaft …« Papa tippte sich mit einer ungewohnt eleganten Bewegung gegen die Stirn. »Gehörst du etwa zu den Typen, die einen ausspionieren und dann einbrechen, wenn sie was Wertvolles wittern? Naja, dann brauchen wir ja keine Angst vor dir zu haben.«

Tomtom war immer hibbeliger geworden, lange würde das die alte Couch nicht mehr aushalten.

»Also wirklich. Was denkt ihr denn von mir? Ich finde es absolut unerhört, wenn man da was holt, wo schon nichts ist. Wie bei dieser Nummer mit dem Fahrrad ohne Sattel!«

Das war hier im Block zum geflügelten Wort geworden. Ein Typ von hier hatte sich nach langem Sparen ein Rennrad zugelegt, aber bald festgestellt, dass es für seine Unterseite schwer war, einen bequemen Sattel zu finden. Ob's am Hinterteil schmerzte oder weiter vorne, wurde im Hof lachend erörtert. Jedenfalls hatte der hoffnungsvolle Neuradler diverse Sattel ausprobiert und zum guten Schluss einen erworben, den er dann abends, bei der Heimkehr, nicht mehr montierte. Sehr zum Ärger des Schelmes, der am selben Abend den Keller aufbrach und das attraktive Diebesgut sogleich als Fluchtfahrzeug nutzen musste, da ein Nachbar ihn überraschte, indem er einen Kartoffelbeförderungsgang für das Nachtmahl unternahm. Das Rennrad fuhr, der Sattel blieb liegen, und so gab der Flüchtige eine auffällige Erscheinung ab, die noch im Hof Beachtung erfuhr und vom Jürgen von gegenüber alsbald gestoppt wurde. Und wer hinfort etwas dumm anstellte, klaute das Fahrrad ohne Sattel.

Zur Feier des kollektiven Erfolges gegen die grassierende Kellerkriminalität wurde der Sattel unter lautem Hallo doch noch an seinen Bestimmungsort geschraubt und der Vorfall bei einer dankbaren Kiste Bier des Sportlers besprochen. Eine wahre Geschichte, der Vater war dabei gewesen und betonte anschließend schmunzelnd, dass Sport eben eine gemeinschaftsfördernde Erfindung sei. Über den gesundheitlichen Wert ließe sich noch streiten, fügte er aufstoßend hinzu und ging zufrieden schlafen.

Auch Tomtom betonte den Nutzen seiner noch unscharfen Idee für die Förderung der gesellschaftlichen Gesamtzufriedenheit: »Überleg doch mal. Wir würden den Menschen in dieser Zeit eine kleine Dosis Glück bringen, oder Schlaf oder Durchhaltevermögen, je nachdem. Ich hab auf der letzten Schicht schon angefangen, ein paar Tablettenröhrchen zu fotografieren. Beipackzettel gibt's im Internet. Und Erfahrungsberichte. Wir wollen ja niemanden abhängig machen oder ins Krankenhaus bringen wegen irgendwelcher Wechselwirkungen. Außerdem muss es authentisch wirken. So nach dem Motto: Hab ich 'ne Weile genommen, ist was übrig, für Sie aber auch ungefährlich, weil – und so weiter. Ist halt schon bisschen Arbeit, sich da die Medikamente und die Wirkungsweisen einzuprägen, lohnt sich aber für das Vertrauen. Und dann kommt man mit den Leuten ins Gespräch.«

»Hm. Und was hast du davon? Doch sowas wie 'nen Einblick, wo was zu holen ist?«

»Jein. Irgendwer kennt immer irgendwen. Der was zu bieten hat, was man braucht. Vielleicht auch so jobmäßig. Mensch, wir sind Putzen im Krankenhaus! Da muss doch karrieretechnisch was gehen! Kannst dich halt nirgends hin bewerben, wenn alles dicht hat.«

»Ah ja. Und wer stellt jetzt konkret seinen Dealer ein?«

»Also wenn, ist es doch ein ganz kleiner Deal, mehr 'ne Gefälligkeit! Wobei, testen können wir und unsere Kumpels das doch bei Gelegenheit auch. Also je nach Bedürfnislage. Geht ja den Menschen wie den Leuten. Oder, Roy?«

Roy überlegte angestrengt, wie vielen Leuten er glaubwürdig ein Angebot über eine Dosis Glück machen könnte, das diese gegebenenfalls auch akzeptierten. Er kam auf null. Also ungefähr so viele wie die, denen er im Baumarkt ein Angebot unterschieben konnte. Irgendeinen Haken hatte Tomtoms geniale Idee bestimmt. Er wusste nur noch nicht genau, welchen. Oder wie viele. Kompliziert war es auf jeden Fall.

»Na Mahlzeit. Mal abgesehen davon, dass du Walbaby nicht einmal deinen eigenen Schnürsenkel unauffällig entführen könntest, reicht deine Beute nur für den Eigenbedarf. Und nach dem ersten Trip hast du garantiert vergessen, wie dein irrsinnig cleverer Plan noch mal ging.« Nun wandte sich Papa direkt an Roy: »Lass dich auf das Gelaber nicht ein, Junge. So ein Quark ist das.« Roy hatte das auch bestimmt nicht vor. In vielen Dingen war er ängstlich, es gab so schnell keinen Kick, der ihn reizen konnte. Auf Kyra musste man schon mehr aufpassen, worum er sich bemühte und was ihr natürlich auffiel. Sie brauche keinen Babysitter, hatte sie ihn neulich angeranzt, schon gar nicht einen, der selbst schon high ist, wenn er an einem Prittstift schnuppert. Naja, das eine Bier hatte sie auch nicht umgehauen, aber sie sollte nie wieder welches nehmen, sonst würde er Mama Bescheid sagen. Mama wusste einfach besser, wie man auf ein Mädchen einwirkte.

Die Couch bebte, Tomtom hatte sich erhoben. Zeit, zur Arbeit aufzubrechen. »Was machen wir heute?«, frage Tomtom. »Wir fangen an mit den Ambulanzen Haus 60b.« Solche Fragen konnte Roy immer genau beantworten, er wusste sich gern vorbereitet und auf die Situation eingestellt. Wobei der Spätdienst kaum Überraschungen bieten konnte, die Ambulanzen waren am Spätnachmittag ruhig, manchmal tippte noch ein Assistenzarzt seine Tagesberichte oder ergänzte seine Gesprächsnotizen mit Patienten, zwei Schwestern hielten noch einen Plausch, während sie Unterlagen wegräumten, manchmal war auch keine Menschenseele mehr da, je nachdem. Nur an einzelnen Geräten konnte man erkennen, in welcher Ambulanz man sich gerade aufhielt. Auf jeden Fall traf man selten Patienten, nur wenn im Tagesgeschäft etwas dazwischen kam, wenn zum Beispiel ein Arzt während einer Sprechstunde auf Station abgerufen wurde und sich alles verzögerte. Diese Patienten waren zumeist mobil, und selbst wenn nicht alle von ihnen gesund aussahen, so traf ihr Anblick Roy nicht so unangenehm wie der jener, die er in der Frühschicht aus dem Schlaf riss.

Sie begannen oben, unter dem Dach, und arbeiteten sich Stockwerk für Stockwerk nach unten. In der Augen-Ambulanz im Erdgeschoss war manchmal am Spätnachmittag noch was los, da war man oben schneller durch. Zwischendurch eine Pause im dritten Stock. Hier gab es einen Aufenthaltsraum, vielleicht vier mal vier Meter, der eigentlich für die Patienten der nebenliegenden Station gedacht war, mit einem Süßigkeiten- und Getränkeautomaten und ein paar Stühlen. Um achtzehn Uhr herum waren die Patienten aber zumeist in ihren Zimmern, das Abendbrot kam bald. Tomtom ließ sich auf den allernächsten Stuhl fallen, als könne er keinen halben Meter mehr laufen. Das Knacken des Möbels ging Roy durch und durch. Am winzigen Fenstertischchen saßen zwei Polinnen und sahen betont gelangweilt aus dem Fenster, Roy und Tomtom den Hinterkopf zeigend, sie hatten keine Lust, wegen der zwei Neuankömmlinge ihre Masken wieder Richtung Nase zu ziehen.

Obwohl die beiden sicher doppelt so alt waren wie Tomtom, hielt dieser einen freundlich-anerkennenden Pfiff für die angemessene Begrüßungsform, mögliche Sprachbarrieren ungefragt niederreißend. Die ausbleibende Reaktion wartete er nicht ab, sondern wandte sich gleich an Roy: »Ziehst du mir mal eine Cola, bitte? Ich bin am Ende.« Roy tat, wie geheißen. Warum auch nicht? Über Tomtoms Erschöpfung wunderte er sich nicht, schließlich hatte dieser nicht nur diverse Flure gerockt, seinen Besen stets schwingend wie ein alternder Schlagerstar das Mikro, der gegen das Vergessen und Vergessenwerden kämpft, sein Mundwerk hatte dabei auch nie still gestanden. Manchmal hielt er hinter der Maske Selbstgespräche, die Roy entweder inhaltlich oder akustisch nicht verstand. Oder er pfiff, was Roy stets gut gefiel. Manchmal erkannte er etwas aus den Charts, aber oft hatte er den Eindruck, dass Tomtom neben der Arbeit noch so etwas wie Komponieren betrieb.

»Kannst du eigentlich Noten lesen? Und schreiben?«, fragte er unvermittelt. Tomtom sah ihn verblüfft an. Sofort hatte Roy den Eindruck, etwas Blödes gefragt zu haben. Wie Anfang Januar, als er die Nachbarn im Flur traf. Er hatte sich schon gefragt, wo die kleine Familie abgeblieben war. Als er der Frau half, den Kinderwagen zu verstauen, fragte er fröhlich: »Na, habt ihr an Silvester auch so wild geknallt?«

»Äh, nee. Wir hatten Musik und Kunst jahresweise im Wechsel, da ist bei mir echt nichts hängen geblieben. Bei dir etwa?«

Roy dachte angestrengt nach. Er gab sich wirklich Mühe. »Frag meine Lehrer.«

Tomtom feierte, auf seinem Stuhl hin und her wackelnd. »Du kannst echt so tight sein, wenn du's nicht drauf anlegst!«

Roy kaute weiter an seinem Leberwurstbrot. Pausen gingen ihm meistens auf die Nerven. Schnell arbeiten, schnell essen, wenig reden, damit konnte er den Tag am besten herum bringen.

Tomtoms ständige Unruhe, als sei der auf der Suche nach irgendetwas, fand er faszinierend, aber auch anstrengend. Nicht immer verstand er, worauf sein neuer Kumpel hinauswollte. Ob der das bemerkte und ob es ihn störte, konnte er auch nicht ermitteln, aber das waren eben schon sehr komplizierte Einstellungen in einer fremden Seele, fand Roy, das war auch schlecht zu wissen.

So lang hatte sie den Flur tatsächlich nicht in Erinnerung. Aber vor zwei Wochen war sie ja auch durch einen Sanitäter von einer anderen Station hergeführt und vor dem Türchen des Oberarztes platziert worden. Auf einer Ecke der Wartefläche, wo sie verloren hockte und sich kaum darüber bewusst war, dass sie sich in der hämatologischen Fachambulanz befand, oder welche Patienten hier mit ihr warteten. Nach einer unbestimmten Zeit (»endlos« ist ja tatsächlich auch unbestimmt, fiel Flora ein) rief der Oberarzt sie auf und erklärte ihr zartfühlend, wie hochmotiviert ihre Lymphozyten an ihrer eigenen Veränderung arbeiteten. Seine zierliche Darstellung auf der Rückseite eines alten Briefumschlages und seine freundliche Zuwendung ließen Flora glatt überhören, dass eine Zellveränderung niemals als gutartig einzustufen sei. Jedoch kämen anhand ihres Blutbildes nur zwei Erkrankungen als Erklärung ihrer Beschwerden in Frage, und zu neunzig Prozent eine, die sich sehr gut und verträglich behandeln lasse, betonte ihr Gegenüber.

Und da sie schlichtweg nicht begriff, wo sie war, fühlte sich Flora einfach nur rundum gut aufgehoben. Jemand nahm ihre Beschwerden ernst. Zuvor hieß es über Monate: Abgeschlagenheit, Gewichtsabnahme, Nachtschweiß? Der Stress. Kribbelnde Füße mit sich ausweitenden tauben Stellen? Die Nerven. Tun Sie mal mehr für sich.

Jetzt aber konnte man etwas herausfinden, sie behandeln. Eine ambulante Therapie sei möglich, in ihrer Wirksamkeit hervorragend belegt und allgemein recht gut verträglich. »Sie werden sich um Ihre Familie kümmern können«, der für sie wichtigste Satz des Oberarztes. Nur zu gern willigte sie in eine Knochenmarkbiopsie ein. Und lag einige Aufklärungsbögen später bäuchlings auf einer Liege, händchenhaltend mit einer liebenswürdigen MFA, die mindestens ebenso zartfühlend und zugewandt auftrat wie ihr Arzt, der sich alsbald nach der Betäubung einer Herkules-Aufgabe stellte. Floras Knochen waren noch jung und dicht. Eine Probe aus ihrem Beckenkamm herauszustanzen, war mit einigem Gebohre und Gerüttel verbunden. Ächzend mühte sich der schlanke Mediziner hinter ihr ab, sodass sie befürchtete, er würde sich gleich auf die Rückseite ihrer Oberschenkel knien müssen, um seinen Plan vollenden zu können. Beim zweiten Anlauf gelang ihm dies unter Schweiß, zur Erleichterung ihres seltsamen Trios aber in würdevoller Pose, und stolz präsentierte er ihr das blutige Pröbchen im Glas. Dafür scheiterte Flora an dem Versuch, ihm steifnackig aus der Bauchlage heraus ein dankbares Lächeln zu schicken.

Arzt, Probe und Räumlichkeit verschwanden alsbald wieder aus ihrem Gedächtnis, es blieb ein Schmierzettel in ihrer Handtasche, auf dem sie die möglichen Erkrankungen notiert hatte. Und erst viel später am Abend, als die Kinder schliefen, verriet ihr Google, worauf sie sich hier eingelassen hatte. Auch ein exzellent zu behandelndes Non-Hodgkin-Lymphom war letztlich nicht gutartig.

Nachdem sie die Hände desinfiziert hatte, arbeitete sie sich den Flur entlang, Labor, Toiletten, Arztzimmer, Behandlungszimmer, Arztzimmer, Anmeldung. Hier gab es neben einem weiteren Desinfektionsmittelspender eine Nummernrolle, ähnlich der auf dem Einwohnermeldeamt, als man dort noch ohne Terminvergabe vorsprechen konnte. Unentschlossen blickte sie zwischen der Tür zur Anmeldung und der Rolle hin und her, doch sogleich nickte ihr ein weiterer Patient auffordernd zu und deutete auf eine Inschrift. Tatsächlich, auch mit Termin war das Zieh-Nümmerchen notwendig, um den zu engen Kontakt in einer Warteschlange zu vermeiden. Alle Anwesenden hielten ihren Einlass-Bogen mit den Kontaktdaten und ihren Nummernzettel griffbereit. Die Wartefläche erschien ihr voll, hier gab es freitagmittags noch gut zu tun. Flora lehnte ihren aufrechten Rücken ein winziges Stück zurück, schlug die Beine übereinander und nahm die Haltung ein, die ihr sonst im Kundengespräch am angenehmsten war. Jetzt beobachten.

Vom Alter her waren sie hier bunt durchmischt. Vielleicht waren hier alle Patienten aber auch ähnlichen Alters und sahen dabei sehr verschieden aus, überlegte Flora unwillkürlich. Ihr schräg gegenüber saß eine sehr zarte Patientin, von der Flora auf den ersten Blick annahm, sie hätten annähernd dasselbe Baujahr, aber der junge Mann daneben, der ganz offensichtlich ihr Begleiter war, irritierte sie. Der Sohn? Nein. Der Freund? Hm. Vielleicht ein jüngerer Bruder? Ach, es ging sie nichts an, schlimm genug, dass die Dame Begleitung oder Beistand brauchte trotz des eindeutigen Schildes im Eingangsbereich. Begleitung nur im unbedingt notwendigen Fall. Ein weiterer Patient raschelte mit allerlei Papieren, ein paar Bögen flatterten aus der grauen Klemmmappe. Flora reichte sie ihm mit langem Arm zurück und fing seinen Blick auf. Als er die Blätter nahm, spürte sie ein Zittern.

Die Tür zur Anmeldung öffnete sich, ein Patient mit auffälliger Langhaarfrisur trug einen eng bedruckten Bogen Richtung Labortür, klopfte und trat ungebeten ein. So funktionierte das also, Flora bemühte sich, das System zu durchschauen und sich entsprechend zu verhalten. Sie würde die nächsten Monate hier ein- und ausgehen und es schadete sicher nicht, sich auf die entsprechende Routine einzustellen. Das sparte Zeit und zog Kraft von unnötigem Grübeln ab.

Anmeldung, Labor, dann erneutes Warten bis zum Arztgespräch, fand sie heraus. Daher war die Wartefläche relativ voll. Einige Patienten durften auch gleich nach dem Abstecher ins Labor gehen. Verlaufskontrolle, vermutete Flora. Die Beobachtung lenkte ihren Geist in ruhige Bahnen, Gefasstheit drang ihr aus jeder Pore. Es gab keinen Grund zur Aufregung. Ihr Urteil stand zu neunzig Prozent fest. In zwei Stunden würde sie wieder zu Hause sein und mit den Kindern Kuchen essen.

Mit jedem Patienten wurde der Ablauf klarer, bald waren nur noch Flora und die sehr zarte Patientin auf der Wartefläche. Ihre Nummer wurde aufgerufen, und als sie das Anmeldezimmer betrat, stand sie auch schon direkt vor einer Glasscheibe.

»Ja?«

»Guten Tag, ich … habe einen Termin. Zur Auswertung.« Die MFA besah sich ihr Terminkärtchen und zog einen Pappschnellhefter heran. Ihre Krankenakte. Natürlich, auf dem Weg zu ihrer Diagnose war sie bereits durch allerlei Stationen durchgereicht worden, und es hatten sich Zwischenbefunde und Arztberichte angesammelt. Heute würde einer hinzukommen.

»Ihren Triage-Bogen, bitte.«

»Was?« Der Begriff »Triage« erschien Flora deutlich verfrüht in ihrem Fall.

»Da haben Sie ihn ja.«

Die Schwester meinte den Bogen vom Einlass-Container, an dem sie ihre Symptomfreiheit versichern und ihre Kontaktdaten angeben musste. »Ach so.«

»Ich schicke Sie jetzt nicht ins Labor, da Herr Doktor Ihren Befund erst auswertet und dann sicherlich noch ein paar Blutwerte überprüfen will. Also warten Sie bitte noch einmal kurz draußen.«

»Ja, danke.«

Draußen war sie nun allein, ihre Mitpatientin war wohl irgendwohin aufgerufen worden. Man hatte ihr den letzten Termin des Tages, der Woche gegeben. Vielleicht, weil eben der noch frei war. Vielleicht aber auch aus einer Unzahl anderer möglicher Gründe heraus? War sie besonders schnell abzuarbeiten? War ihr Fall kompliziert und man musste mehr Zeit für das Arztgespräch einplanen? Oder – und dies erschien ihr plausibel – weil sie neu hier war, der Arzt sie noch nicht kannte und man nicht absehen konnte, wie sie auf die Diagnose reagieren würde? Aber es gab keinen Grund zur Aufregung. Ihr Urteil stand doch zu neunzig Prozent fest …

Jetzt, ohne Beobachtungsmaterial, krochen die Minuten träge dahin, wie betäubte Schlangen, eine kühlende Gefahr. Lange. Lange! Vor ihrem Termin schien ein intensives Gespräch stattzufinden. Hier sicher keine Seltenheit.

Eine Tür klappte schließlich, jemand verabschiedete sich, langsame Schritte. Die Zarte und ihr jugendlicher Begleiter, er half ihr in die Jacke, mit dem zweiten Ärmel wandte sie sich um und er sah ihre Tränen, drückte sie. So innig, dass Flora sich schämte, sie mussten sich beobachtet fühlen. Eine Welle des Mitgefühls spülte in ihr hoch, angestrengt starrte sie aus dem Fenster, zählte die Zweige des Baumes draußen und überlegte, welchen Kuchen sie für heute Nachmittag aussuchen sollte. Die zwei waren so eng beieinander, sie konnte sich jetzt unmöglich durch eigene Gefühlsäußerungen dazu drängen. Sie presste ihren Rücken gegen die Lehne, nahm so wenig Raum ein wie möglich. Jetzt durfte sie nicht weinen, gleich würde sie selbst aufgerufen werden. Für hoffentlich bessere Nachrichten.

»Frau Hartmann?« Das hatte keine zwei Minuten gedauert. Der Arzt, den sie nun kennenlernen sollte, gönnte sich keine echte Verschnaufpause zwischen den Tränen. Neuigkeiten im Akkord. Schnell stand sie auf und ging zügig auf die geöffnete Tür zu, schwungvoll wie im Büro. Lächeln!

»Guten Tag, Herr Doktor!«

Sehr groß, sehr jung, fand sie. Aber junge Ärzte sind gut! Top ausgebildet, motiviert, entscheiden nicht aus der Routine heraus, sondern nach reiflicher Überlegung. Oder sie holen sich im Zweifelsfall eine weitere Meinung ein. Das Beste aber war: Sie starben einem nicht unter der Behandlung weg! Dieser hier könnte sie noch jahrzehntelang behandeln, überschlug sie, und Floras Vertrauen in ihre gemeinsame Zukunft wuchs.

Der Hoffnungsträger stellte sich als Doktor Plessmer vor, und nachdem er hinter ihrer Krankenakte und den lose beiliegenden Befundblättern Platz genommen hatte, schlich sich aus dem Behandlungszimmer nebenan noch ein weißer Kittel herbei, die MFA von der Anmeldung, erkannte Flora. Hier war ein Arzt nie gern mit einem Patienten alleine, überlegte sie, und besah sich die Ordnung auf der Schreibtischkombination. Bildschirm, Krankenakten, Schmierzettel – mit der zackig-engen Schrift belegt, die Leuten eigen ist, die sich sehr gut konzentrieren können. Auch das nahm Flora für Plessmer ein. Kalenderbücher und Schreibtischunterlage auf Seiten der Schwester, in Griffweite, aber nicht direkt unter der Patientennase, eine Taschentücherbox. Auf Tränen war man also gefasst. Nun denn.

Auch Plessmer hatte sie taxiert, während sie stoisch freundlich weiterlächelte, Maske hin oder her, und seinem Blick standhielt.

»Die Auswertung ihrer Knochenmarkbiopsie aus dem Speziallabor liegt nun vor, und der Hauptverdacht, der zu Ihrem letzten Blutbild passt, hat sich eindeutig bestätigt.« Flora nickte verständnissinnig. »Ursache Ihrer Beschwerden ist somit der sogenannte Morbus Waldenström, ein eher seltenes Non-Hodgkin-Lymphom.« Er fixierte sie nun mit besonderem Nachdruck. »Sagt Ihnen das etwas?«

»Ja.« Sie brachte es klar und sicher heraus. »Ihr Kollege hat mich anlässlich der Biopsie darüber aufgeklärt, was meine Zellen so treiben. Zur Diagnose-Auswahl standen das Multiple Myelom, wahrscheinlicher aber der Morbus Waldenström, der sich deutlich besser behandeln lässt. Ich habe inzwischen Einiges darüber gelesen.«

Plessmer zuckte mit keiner Wimper, aber sein inneres Aufatmen konnte sie trotzdem hören. Er würde nicht beim Urschleim und der Zellteilung anfangen müssen zu erklären, und sie als Patientin war der Behandlung gegenüber positiv eingestellt. Kurz vor dem Wochenende konnte er mit so einem Fall zufrieden sein, fand Flora, und sie war es auch. Gewissheit. Nun her mit den Spritzen und Tabletten. Sie würde es schon überleben.

Ihr Arzt fasste den Erkenntnisstand kurz zusammen und ging dann folgerichtig zum Behandlungsplan über. »Erhält man den Befund zufällig, ohne dass der Patient bereits Beschwerden hat, wartet man bei dieser langsam voranschreitenden Erkrankung für gewöhnlich ab. Man nennt diese Strategie auch *watch and wait*. Das ist bei Ihnen aber nicht der Fall, und der Befund sagt auch, Ihr Knochenmark ist zu 81 Prozent von den mutierten Zellen, die wir so nicht haben wollen, befallen. Es besteht also durchaus Therapiebedarf.« Ein kurzer Blick, der sich ihrer Aufmerksamkeit versicherte, sie nickte eifrig. Plessmer schob ihr ein Blatt mit einem Diagramm zu, so eines hatte Flora bereits im Internet gesehen. Es sah ein bisschen wie ein Stammbaum aus, die einzelnen Zweige stellten verschiedene Ausgangssituationen mit den jeweils möglichen Behandlungsmöglichkeiten und Wirkstoffkombinationen dar. Sie fand den Begriff »Ersttherapie«, die Standardvariante, erläuterte Plessmer, sofern der Allgemeinzustand des Patienten eine Chemotherapie zuließ. Diesen Begriff hatte der Oberarzt bei der Knochenmarkstanze wohlweislich vermieden, er sprach lediglich von einer ambulanten Therapie, unter der sie sich »um ihre Familie würde kümmern können.« Nun denn.

»Kann ich mir die beiden Wirkstoffe schnell aufschreiben?«

»Jah ...« Dies wurde Doktor Plessmer ganz offensichtlich selten gefragt. Aber Flora ging davon aus, dass sie sich jetzt ohnehin nicht alles merken würde. Also aufschreiben und nachlesen. Plessmer räusperte sich.

»Das sind keine Medikamente wie Paracetamol, für die sie den Beipackzettel im Netz finden. Ich sage Ihnen jetzt, welche Nebenwirkungen möglich oder wahrscheinlich sind, aber Sie sollten immer daran denken, dass kein Patient unter allen Nebenwirkungen leidet und wir inzwischen auch viel abfangen können. Wenn Sie das möchten«, er notierte sich etwas im Plan in seiner kleinen, konzentrierten Schrift, »bringe ich Ihnen zu Ihrem nächsten Termin einen Ausdruck dazu mit ...«

Er hielt sie offenbar für eine kritische Patientin und bereitete sich vor. Plessmer umriss in kurzen Worten die Wirkung der Medikamente auf ihre Zellen und nannte einige Zusatzerscheinungen: Übelkeit, Schwäche, hohe Infektanfälligkeit, Blutungsneigung, Haarausfall, das Übliche. Er sah sie mitfühlend an: »Sie können auch unfruchtbar werden.« Na, das war das kleinste Problem. Er hatte doch ihr Geburtsdatum gelesen, oder? »Die Familienplanung ist abgeschlossen«, wandte sie beschwichtigend ein und nickte, er könne fortfahren. Und es gab noch allerlei. Zusatzmaterial, wie Flora es künftig nennen würde: »Das Rituximab wird Ihr Immunsystem schwächen, und wir müssen verhindern, dass Sie sich unter der Behandlung eine Lungenentzündung mit hartnäckigen Keimen zuziehen. Daher erhalten Sie ein vorbeugendes Antibiotikum, das Cotrim forte nehmen wir gewöhnlich«, er schrieb es auf, »und wo ein Antibiotikum wütet, sollte ein vorbeugendes Antimykotikum nicht weit sein, das Amphomoronal«, er schrieb es auf. »Die Wirkstoffkombination verursacht oft auch schwere Hautreaktionen. Wir wollen Sie vor Gürtelrose schützen, dass kann das Aciclostad, wir nehmen die vierhunderter Dosierung, je einmal morgens und abends«, er schrieb es auf.

»Notieren Sie bei den anderen Sachen auch die Dosierung mit dazu?« Für einen Nicht-Mediziner wurde die Liste bald unübersichtlich.

»Natürlich. Ansonsten liegt es in Ihrer Verantwortung, sich und Ihr Immunsystem besonders zu schützen. Von den üblichen Hygienevorschriften derzeit abgesehen: Viele Vitamine, ausgewogene Mischkost, Bewegung draußen, wenn es Ihnen gut genug geht, und Ruhe, wenn Sie diese benötigen.« Naja, Bewegung draußen war für sie sicher leichter umzusetzen als Ruhe. Neben seiner Routineaufzählung hatte Doktor Plessmer sie beobachtet und gab ihr nun Zeit, die Informationen sacken zu lassen. Die Schwester neben ihr

ergänzte unterdessen fleißig die Rezepte um die Dosierungs-
anleitung.

Flora seufzte. »Na, dann können wir ja anfangen«, gab sie
schließlich das Signal, um fortzufahren.

»Tja, da kommen wir nun zu einem wichtigen Punkt, dem
Therapiebeginn.« Plessmer raschelte mit dem Blattsalat in ihrer Krankenakte, fand ein unscheinbares Post-it mit Zahlen.
Daten waren es. Er holte Luft, einen Hauch zu tief, um es
nur auf das Tragen der Maske zu schieben. Jetzt kam also
noch ein Haken.

»Die Wirkstoffe, die bei Ihnen eingesetzt werden, sind in
ihrer Wirksamkeit gut belegt, im Bereich der Lymphomfor-
schung hat sich gerade in den letzten zehn Jahren unheimlich
viel getan. Aber sie wirken wie die meisten Chemotherapien
stark venenreizend. Um zu verhindern, dass Sie ständig mit
entzündeten Armen und Hyperinfektionen kämpfen, planen
wir bei Ihnen die Einsetzung eines Portes.« Prüfender Blick.
»Wissen Sie, was das ist?«

»Nein …?« Erstmal klang es nach Portwein und harmlos.

»Gut.« Er öffnete schwungvoll die flache Schublade direkt
unter seinem Bildschirm, dort musste etwas liegen, was er für
diese Art von Gespräch griffbereit hielt. Und es sah aus wie
eine Computer-Maus für Schlümpfe. Klein, eiförmig, mit
einem Kabel dran. »Dieses kleine Teil besteht im Wesentlichen aus einer Kammer mit einer Membran, die etwa fünf
Zentimeter unterhalb Ihres rechten Schlüsselbeins auf Ihren
Brustmuskel implantiert wird. Das Schläuchlein verläuft
dann unter Ihrer Haut und mündet in eine halsnahe Vene.
Während der Therapie wird der Port durch die Membran
hindurch mit der Injektionsnadel angestochen, und dadurch
sammelt sich das Medikament in der Kammer, um dann
durch das Schläuchlein in Ihren Blutkreislauf zu gelangen.«

»Wie aus einem Hafen heraus durch eine Schleuse?« Das
würde den Begriff »Port« erklären, fand sie.

»Ja.« Wiederum entspannte sich ihr Arzt. Sie fasste die Dinge rational auf. Daher musste sie fragen:

»Ist das eine ambulante OP? Wie lange dauert das?« »Ambulant« war für Flora der Begriff der Stunde. Er bedeutete im besten Fall stets: Mit der Notbetreuung im Kindergarten kompatibel.

»Der Eingriff selbst ist ein Routineeingriff und dauert netto nur ungefähr fünfzehn Minuten.«

»Mit OP-Vorbereitung, Betäubung, Nachsorge könnte es aber innerhalb eines halben Tages erledigt sein, oder?«, hakte Flora nach. Schwester und Arzt tauschten einen irritierten Blick, ließen sich aber nichts anmerken.

»Normalerweise ja! Sie werden zum Ablauf noch ein ausführliches Aufklärungsgespräch in der ambulanten Radiologie Haus 60a erhalten, wo die OP durchgeführt wird. Es ist wichtig, dass Sie in der Zeit danach einige Vorsichtsmaßnahmen einhalten, nicht duschen, den Arm nicht heben, generell nicht schwer heben und einiges mehr, damit der Port sich gut mit Ihrem Muskel verbinden kann und nicht verrutscht. Positiv fällt auf, dass Sie keine Angst vor Operationen zu haben scheinen …?«

Sie war alleinerziehend und fürchtete weder Tod, Teufel noch Läuse, sie musste die Angelegenheit nur organisieren können! »Nein, ich habe grundsätzlich keine Angst vor kleinen Eingriffen, Tabletten oder Spritzen, es ist alles nur doch etwas aufwändiger, als ich es mir vorgestellt hatte.« Krank sein allein war ja schon anstrengend, und jetzt das. »Sie sehen ja in meiner Sozialanamnese«, ihr gefiel das Wort im Arztbrief, »dass ich zwei Kindergartenkinder habe, da ist manches nicht so praktisch. Ich bin auch allein mit ihnen.«

Dieses Mal nickte Doktor Plessmer verständnissinnig. »Es wird sich alles organisieren lassen, aber wir sind hier eine Ambulanz und keine Fabrik mit Stechuhr. Planen Sie Menschen aus Ihrem Umfeld ein, soweit es die Hygienevorschriften zulassen. Wir rechnen jetzt positiv damit, dass die Therapie anschlägt und wir die kritischen Werte in insgesamt sechs Zyklen in den Griff bekommen. Das sind zwei aufeinanderfolgende Tage im Monat, für den Sie quasi den Notstand organisieren, und das lässt sich planen. Da Sie an diesen Tagen selbst nicht aktiv am Verkehr teilnehmen sollten, lassen Sie sich abholen oder wir rufen Ihnen ein Taxi, und jemand anderes aus Ihrem Umfeld bringt Ihre Kinder nach Hause zu Ihnen, wenn sie an diesen Tagen nicht zu Verwandten können. Lassen Sie jemanden bei sich sein, besser mit Maske natürlich, denn Spielen, vorlesen und dergleichen wird Ihnen bestimmt schwer fallen.« Er warf der Schwester einen Blick zu.

»Die Termine sind alle vier Wochen, aber ein paar Tage können wir immer schieben, wenn es nicht anders geht«, ergänzte diese beschwichtigend.

»Ich werde mich kümmern«, versprach Flora. Erschöpfung machte sich in ihr breit und ließ ihre Schultern schwer werden. Wie würde sie das ganze Tamtam den Kindern erklären? Wieder spürte sie an Plessmers Atmung hinter der Maske, dass er noch etwas auf dem Herzen hatte. Man sieht wenig Mimik, dachte sie unwillkürlich, und trotzdem können wir die Reaktionen der anderen lesen. Der Mensch ist schon ein wundersames Wesen.

»Ich habe mich im Vorfeld nach möglichen Terminen für das Einsetzen des Portes erkundigt«, begann er vorsichtig. Da Flora sich mit dem Plan als solchem noch arrangieren musste, hatte sie zum Thema Termin keine Meinung und blickte ihn nur erwartungsvoll an.

»Nach den Feiertagen ist schon alles für knapp drei Wochen voll. Das ist grundsätzlich nicht schlimm, Ihre Beschwerden werden sich in der Zeit nicht drastisch verstärken, es ist dann immer noch ein guter Zeitpunkt, die Therapie zu beginnen.«

»Das sehe ich ein, aber auf Kohlen sitzend geht es mir auch nicht besser.«

»Ich weiß. Nun ist es so, dass in der nächsten Woche ein Patient nicht operiert werden kann. Man könnte den Eingriff Dienstag vornehmen, wenn alles planmäßig läuft, bestellen wir dann für Mittwoch und Donnerstag Ihre Therapien in der Zentralapotheke. Aber das ist nun wieder die ganz kurzfristige Variante, und Sie müssen entscheiden, ob Sie das Drumherum in der Eile für sich organisiert bekommen. Wenn Sie das möchten«, Pause, dann, langsam, betont, »dann melde ich Sie an. Und wenn Sie hier Montag früh anrufen und von diesem Plan zurücktreten, finden wir einen anderen Termin. Wie gesagt, medizinisch ist die Verzögerung nicht bedeutsam. Es geht jetzt darum, was für Sie auszuhalten und machbar ist.« Er sah sie genau an und nickte ihr freundlich zu.

»Dann möchte ich Ihr Angebot annehmen. Und wenn ich mich am Wochenende damit auseinandergesetzt habe, werde ich Montag sicher auch keinen Rückzieher machen. Zuviel Grübelei davor lässt die Dinge selten besser werden.«

»Dann halten wir es so. Und denken Sie immer daran, dass Ihre Erfolgsaussichten sehr gut sind.«

»Das weiß ich, auch wenn man diese Art Lymphom nicht wegheilen kann. Wie sieht es denn mit Rückfällen aus?«

»Nun, etwa fünfzig Prozent unserer Patienten bleiben in Remission. Aber wir beginnen beim Anfang, ja? Das mit der Verlaufskontrolle bekommen wir später. Vierteljährlich prüfen wir Ihre Werte, und dann ...«

Tja, dann würde man sehen, wie lange die Sache unter Kontrolle blieb. Aber Doktor Plessmer hatte schon recht; sie sollte nicht den fünften Schritt vor dem ersten machen wollen.

»Schwester Sigrid wird Ihnen noch einmal Blut abnehmen, damit wir aktuelle Vergleichswerte zu Therapiebeginn haben

… IgM Kappa, Leukos, Thrombos, die Leber- und Nieren-
werte noch, ja?«

Schwester Sigrid nickte.

Flora konnte sich eine abschließende Frage nicht verknei-
fen. »Herr Doktor, jetzt, da ich aufgeklärt und entspannt vor
Ihnen sitze, möchte ich es jetzt doch wissen«, und sie lächelte
verschwörerisch hinter der Maske. DIE Frage. »Also: Wie
lange habe ich noch?«

Leicht und spielerisch hatte sie gefragt, Doktor Plessmer
musste schmunzeln. Aber er wusste natürlich, dass die Frage
nicht überzogen war. Sie hatte nicht einfach eine Lungenentzündung oder einen Nierenstein. Auch ein Waldenström
war schon was.

»Also: Diese Fünf-Jahres-Statistiken, die Sie in der Fachli-
teratur finden, sind nicht mehr ganz aktuell. Die Patienten
halten mit den neuen Therapien wesentlich länger durch. Ich
bin jetzt seit acht Jahren in der Hämatologie, und mir ist
noch kein Patient weggestorben.« Acht Jahre! Mein Gott,
er sah aus, als sei er für einen Nebenjob im Studium bei ihr
vorbeigekommen. Aber acht Jahre waren eine gute Erfah-
rungszeit, fand Flora. »Sie werden vielleicht keine neunzig.
Vielleicht keine achtzig, ich kann es Ihnen zumindest nicht
versprechen. Grundsätzlich können wir Sie hier aber jahrzehntelang gut behandeln.« Und das war es ja schließlich,
was sie gehofft hatte.

Schwester Sigrid erhielt ein Blatt aus Floras Krankenakte,
und sie durfte der MTA nach nebenan, in einen der The-
rapieräume, zur Blutabnahme folgen. Während eine Medizinstudentin ihre Vene anschnippste, mühte sich Flora, die
anwesenden Patienten nicht anzustarren. Wie das so lief auf
dem Stuhl, an der Infusion, würde sie ja schon nächste Woche
am eigenen Leib erfahren. Stattdessen spähte sie auf das Blatt
in Schwester Sigrids Hand, die einen Stift hervorsuchte. Die
Zahlen und Abkürzungen darauf konnte sie nicht entziffern,

Doktor Plessmers Stempel und Unterschrift waren gerade so erkennbar. Theo hieß er mit Vornamen, was sie sehr passend fand. Größe, Statur und das noch jugendlich rundliche Gesicht ließen ihn ein klein wenig bärenhaft wirken, aber nicht stur oder wie ein unfreundliches Raubtier, nein, mehr so frisch und unternehmerisch wie der Bärenmarke-Bär. Flora konnte sich gut vorstellen, dass die Schwestern ihn heimlich Teddy oder Doktor Teddy nannten. Weshalb er keinesfalls zu unterschätzen war, er beobachtete die Patienten sehr genau und wählte jedes Wort bedacht.

Nun gab die Vene auch etwas her. Vor etwa drei Monaten hatte ihr der Hausarzt Blut abgenommen und etwas ratlos allerlei Überweisungen ausgestellt. Im Zuge der Abarbeitung derselben hatte man Flora mehrfach Blut abgenommen und gerätselt, päckchenweise Röhrchen mit ihrem Blut gefüllt, sie weiter überwiesen und Blutwerte überprüft, gewartet, kontrolliert und diverse kleine und große Blutbilder anfertigen lassen und sie schlussendlich ins Krankenhaus geschickt. Dort wurde ihr auf mehrerlei Stationen Blut abgenommen, bis man die Lösung in der Hämatologie erhoffte. Wo sie sich jetzt Blut abnehmen ließ.

»Wird Ihnen irgendwie komisch?«, fragte Schwester Sigrid in ihre rot gefärbten Erinnerungen hinein.

»Ach was. Ich bin das gewohnt.«

»Bitte überprüfen Sie hier Ihre Adresse und geben Sie eine Handynummer an, ja? Wer ist denn ihr nächster Angehöriger?«

Oh. Das war nun eine Frage. Natürlich fiel ihr zuerst Matthias ein. Hm, er lebte für den pandemischen Geschmack eindeutig zu weit weg, um als naher Angehöriger durchzugehen. Genauso ihre Eltern, die mit eigenen gesundheitlichen Problemchen kämpften. Ihre Angehörigen waren ihre Kinder, und sie selbst als deren erste Angehörige durfte nicht ausfallen. Unter keinen Umständen. Ein Pflaster wurde in ihre

Armbeuge geklebt, und die zierliche Studentin, die in ihrem Kittel fast versank, strich noch einmal sanft darüber. Flora weitete ihre Augen und blinkerte dann ein paar Mal, dann war es wieder gut, sie konnte Schwester Sigrid jetzt ansehen.

»Hmmmm. Ich verstehe. Wollen wir eine Nachbarin eintragen oder ein Freundin, die in der Nähe wohnt?« Das wollten sie.

»Gibt es sonst noch irgendwelche Auffälligkeiten, Vorerkrankungen, von denen wir wissen sollten?«

Flora Gehirn fand das in der letzten Stunde Gesagte völlig ausreichend. »Nicht, dass ich wüsste. Ich bin bloß ein Linkshänder ohne Weisheitszähne, dafür mit Mandeln und Blinddarm.«

»Na, dann isses ja gut. Und der Rest … wird auch wieder.«

Schon zehn nach zwei, Frauke war bereits draußen. Flora bemerkte wieder einmal überrascht, wie hübsch ihre Freundin doch war. Sicher, sie machte etwas aus sich – »Wenn der Nagellack zum Halstuch passt, ist der Tag nicht ganz verloren«, pflegte sie zu sagen. Aber es war eben nicht das Gemachte an ihr, was ins Auge stach. Fraukes Gesicht und ihre Proportionen wirkten einfach harmonisch und, obwohl sie kaum schwerer sein mochte als Flora, weiblich und elegant. Auch auf flachen Schuhen hielt sie sich sehr aufrecht, und ihre Bewegungen hatten stets einen feinen, energischen Schwung. Jetzt bemerkte sie Flora und löste sich, strahlend und winkend, vom Zigaretten-Mäuerchen ab. Und als sie so aus dem Hintergrund hervortrat, wusste Flora, auch ohne sich umzusehen, dass noch mehr Leute im Hof Frauke bemerkten und ins Auge fassten.

»Verschwendung«, dachte sie unwillkürlich. Ihre Freundin war unübersehbar ein Hauptgewinn, hübsch, tatkräftig, intelligent und voller Humor. Und doch stand sie im

Aus. Mit zwei Kindern von zwei Männern, beide ohne jeden praktischen Alltagsnutzen, blickte Frauke nach ihren eigenen Worten voller Neugier, aber mit wenig Hoffnung in die Zukunft. Für potentielle Liebhaber und Arbeitgeber war sie nur auf den ersten Blick attraktiv; letzteres war Flora schon aus ihrer täglichen Berufserfahrung schmerzlich bewusst. Alleinerziehende Mütter waren oft schwerer zu vermitteln als chronisch Kranke oder Langzeitarbeitslose. Schon gar, wenn keine Verwandten zur regelmäßigen Kinderbetreuung einspringen konnten. Frauke hatte zwar ihr regelmäßiges, wenn auch überschaubares Einkommen, und sie beschwerte sich nie, trotzdem wusste Flora, dass ihre Tätigkeit sie nicht zufriedenstellte. Und Frauke wiederum wusste, dass sie ihre Vorgesetzten nicht nach anspruchsvolleren Aufgaben oder gar Fortbildungen zu fragen brauchte. Weshalb sollte man in sie investieren, wenn schon eine Teambesprechung am Spätnachmittag für sie ein organisatorisches Problem darstellte? Louis ging noch nicht einmal zur Schule. Er würde noch oft krank werden, noch lange hin- und hergefahren werden müssen. »Aber jammern bringt auch nichts«, hatte Frauke dazu einmal gesagt. »Manche Fehler sind eben so schön, die muss man einfach zweimal machen. Also vorwärts. Wir dürfen den Sand nicht in den Kopf stecken!«

Was Louis offenbar gerade versuchte, indem er einem Käfer am Boden hinterher schnüffelte, und der Staub sich in seinem Gesicht breit machte. Frauke zog ihn geschwind auf die Füße und war sofort bei der Sache. Schließlich wusste man nie, wie lange die Zwerge einem Zeit für ein zusammenhängendes Gespräch ließen.

»Jetzt sag es halt, meine Flori.«

»Es ist ganz so, wie vermutet. Mensch, Frauke, guck nicht so. Wir wussten es doch.«

»Also die Kacke ist am Dampfen.«

»Ja – ABER: Es ist nicht die radioaktive Kacke.«

»Die gut behandelbare Variante, wie du es genannt hast?«

»Mit ziemlich guten Aussichten, ja. Jetzt mach halt nicht so ein Gesicht.«

Schniefen. »Darf ich dich jetzt eigentlich noch drücken?« Frauke nestelte ihre Maske hervor, die schon ein kleines, dezentes Mascara-Muster am Rande aufwies.

»Du kannst auf jeden Fall etwas für mich tun.«

»Was?«

»Ich muss es den Kindern sagen. Aber nicht freitagnachmittags nach der Kita. Ich überleg mir was, wie … also wie ich es erklären soll. Gib mir zwei Nächte, um drüber zu schlafen, und komm Sonntag kurz zu uns. Mir wird schon was einfallen, aber ich will nicht alleine sein dabei.«

»Oh mein Gott. Was ist mit deinen Eltern? Mit Matthias?«

»Was soll mit denen sein? Ich muss abends in Ruhe mit ihnen telefonieren. Ich kann sie nicht gleichzeitig mit den Kindern abarbeiten, das sorgt nur für Stress und Tränen.«

»Klarer Plan. Wie kannst du das alles so – abwickeln?«

»Ich kann es, weil ich muss.«

»Bist du jetzt eigentlich krankgeschrieben? Musst du noch irgendwas von zu Hause machen? Versuche das ja zu umgehen! Was schleppst du da eigentlich mit dir 'rum?«

»Kuchen.«

»Schön!« Frauke sah ihr in die Augen und atmete tief durch. »Essen beruhigt, nicht wahr?« Umarmung. »Hoffentlich sieht das keiner.«

»Ach was.« Flora drückte demonstrativ zurück. »Die sind bloß neidisch.«

Der Anrufbeantworter blinkte unausgesetzt, aber hierin ergab sich die Daseinsberechtigung von Anrufbeantwortern. Sie konnten schlecht unblinksam herumstehen. Ihre Eltern waren so aufgeregt, da waren ihnen Termine und Betreuungszeiten herzlich egal. Mama schniefte und schickte Papa vor, der ja nun sonst kein großer Telefonseelsorger war. Aber vielleicht war das auch ganz gut so, sie konnten sich an die Fakten halten. »Doch, ich bin ganz zuversichtlich. Wenn die Jungs schlafen, schicke ich dir ein paar Links, den Onkopedia-Eintrag zur Übersicht und einige Erfahrungsberichte aus den einschlägigen Foren. Hab ich mich die letzte Zeit über gründlich mit befasst. Die meisten kommen gut durch die Therapie und leben Jahre beschwerdefrei.« Manche länger, manche kürzer. »Und ich hab einen ganz tollen Arzt. Doch, er kümmert sich persönlich darum, dass meine Therapie umgehend beginnen kann.« Stimmte sogar. »Mit dem Kindergarten habe ich auch schon gesprochen.« War nicht so erfreulich. Zur Abholzeit zwischen Tür und Angel irgendwelche Probleme wälzen war gerade einfach nicht angesagt. »Es klappt alles.« Musste ja. »Ihr solltet euch wirklich nicht so viele Sorgen machen.« Brachte auch nichts. »Doch, natürlich verstehe ich das. Aber ich bin wirklich zuversichtlich, und ihr solltet es auch sein.« Was könnte sie noch sagen, um die Lage zu entspannen? »Frag Mama, ob sie noch die Jungs ans Telefon haben möchte.« Wo steckten die? »Nicht auf die Knöpfe drücken, nur schön gerade halten.« Atmen.

Das Beste war es wohl, sich schnell noch einen Kaffee zu brühen, solange die Knirpse ausgefragt und ermahnt wurden, recht brav zu bleiben, damit Mama gesund werden könne. Dann würde Oma einmal schniefen und sich verabschieden, aber Flora gab sich keinen Illusionen hin: Pünktlich morgen Vormittag würde ihre Mutter erneut anrufen. Um mitzuteilen, dass sie die ganze Nacht nicht schlafen konnte vor lauter Sorgen, und um nachzufragen, welche Rolle Matthias in diesem Drama spielen würde. Konkrete Angaben über Akt und Auftritt, bitte.

»Nicht schlingen, nicht stopfen!« Die Kaffeetafel wurde zugunsten eines brüderlichen Zwistes um ein Feuerwehrauto alsbald aufgehoben, und Flora starrte ein Weilchen die Krümel auf der glatten Tischplatte an. Es war ja ein bisschen dumm gewesen, beim Einzug einen Hochglanztisch auszusuchen, aber dieser war so schön groß. Eine echte Tafelrunde, hatten sie gescherzt, als die ganze Mischpoke hier drum herum saß, Eltern, Schwiegereltern, Schwager mit Anhang, und Flora dazwischen, schon so etwas wie sichtbar schwanger. Zwei Entbindungen und ein- oder zweitausend Mahlzeiten später hatte die graue Fläche so viele winzige Kratzer und ein paar echte tiefe Schlatzer, und die Krümel krümelten einen jeglichen Tag, kullerten in dem Muster herum wie Fußballspieler zwischen den Linien eines Feldes. Zu müde war sie, um aufzustehen und einen Lappen zu holen, mit einem Stück Küchenrolle schob sie das Fliegenfutter zusammen. Die Butterstreuselreste drückten kleine Fettflecken in den Zellstoff, die erneut ein Muster ergaben, und die zierlichen Punkte, Kreislein und Striche auf dem Briefumschlag des Oberarztes begannen wieder, vor ihrem inneren Auge zu tanzen. Es war alles eitel.

Aber was, sie war nur müde. Und ein großer Teil des Nachmittags lag noch vor ihr. Zwischen Wäscheaufhängen und Tumor-Fatigue würden sich die Anforderungen an Mama hoffentlich nur auf ein paar Runden Memory beschränken. Wenn sie denn alle Karten fänden. Vielleicht war es eine kluge Idee, ein wenig mit den Kindern aufzuräumen und auszumisten, in den nächsten Wochen würde sie vermutlich das eine oder andere neue Spielzeug bereitstellen müssen, um die beiden zu beschäftigen. Wenn die äußere Lage sich entspannte, hoffentlich umgekehrt proportional zu ihrer wachsenden Anspannung und Erschöpfung unter der Therapie, würden sie vielleicht häufiger bei Matthias sein. Gut, dass sie noch nicht in die Schule gingen, da ließen sich Kinder zwar durch Unregelmäßigkeiten im Rhythmus irritieren, aber andere Konsequenzen, um die man sich kümmern müsste, gäbe es nicht. Flora selbst schätzte zwar Regelmäßigkeit und Verlässlichkeit, andererseits lag der Vorteil auf der Hand, dass ihre Söhne mit knapp vier und sechs Jahren Regeln und Ausnahmen sehr wohl unterscheiden konnten. Und dass Mama krank war und eine Zeit lang nicht verfügbar, sollte doch wohl die Ausnahme bleiben.

Sie musste ihn anrufen. Aufschub zwecklos, es war nicht fair, er würde auch nur auf Kohlen sitzen. So geschäftsmäßig ihr Umgang miteinander inzwischen war, es würde ihn doch treffen, Mitgefühl und Verantwortungsbewusstsein würden alte Emotionen an die Oberfläche spülen, ein paar Anspielungen, ein kleines Machtscharmützel nebenher – sie sollte sich gut überlegen, was sie sagte und wie. Aber im Namen der Kameradschaft, der gemeinsamen Elternschaft und der allgemeinen Planungssicherheit schlug jetzt das Stündlein. Hohe Zeit für ein Glas Wein, letzte Labsal vielleicht für sechs Monate oder länger.

»Ich bin's.«

»Nun sag.«

»Wie vermutet, und damit Glück im Unglück. Es wird gehen. Der Arzt heute war sehr optimistisch. Wir können nächste Woche mit der Therapie beginnen.«

»Und wie fühlst du dich?«

»Ja.«

»Entschuldige, dass ich frage.«

»War nicht so gemeint, ich bin etwas überreizt. Es war ein langer Tag, meine Eltern … Du kennst sie ja. Und ich grübele noch herum, wie ich es den Kindern erkläre.«

»Soll ich kommen? Ich fände es schon besser.« Ja, er fände es besser, schließlich ist man ja eine Familie. Nur sie fände das überhaupt nicht besser.

»Ich verstehe das, und ich möchte ja auch, dass du die Kinder siehst, aber pandemiehalber können wir gerade kein fröhliches Hin und Her veranstalten. Ich habe die Schwestern in der Hämatologie ein bisschen ausgefragt. Anfangs geht es. Zum Ende hin wird es immer anstrengender. Wir sollten die nächsten zwei, drei Wochen erstmal alles so lassen, wie es ist, und die Entwicklung der Lage abwarten. Vielleicht kannst du gerade jetzt noch Überstunden aufbauen?«

Matthias war Servicetechniker für Industriemaschinen, derzeit einhundert Kilometer weit weg. Die Firma, für die er arbeitete, hatte viele große Vertragskunden in der Lebensmittelherstellung und war damit hochgradig systemrelevant. Wenn Not an der Nudel herrschte, rief man nach Matthias. Gut so, er würde sich gebraucht fühlen. Eine Empfindung, die ihm Flora nicht allzu oft vermittelt hatte.

»Ich weiß, dass du immer alles alleine lösen willst, aber ist das nicht jetzt der falsche Zeitpunkt? Du bist ernsthaft krank!«

Ja, und es war ihre Krankheit, belastend genug. Da musste man nun nicht auch noch den Ex in der Wohnung herum hirschen lassen.

»Es war ein Vorschlag, aus reiflicher Überlegung heraus. Wenn du die Kinder übernimmst, muss es vielleicht auch für länger als ein paar Tage klappen. Gerade hab ich nochmal Wäsche, Socken, Jogginghosen für sie auf Vorrat bestellt. Ich weiß doch, dass du für uns da sein willst, aber die äußere Lage gebietet, dass wir mit unseren Ressourcen klug haushalten.«

Eine Weile ging es noch hin und her, vielleicht war es besser, dass sie zu müde war, um sich aufzuregen. Sie wiederholte einfach ihre Argumente, betonte, dass sie eine mögliche Abreise der Kinder vorbereitete, und wartete ab, bis Matthias es auch leid wurde. Dann einigten sie sich darauf, am ersten Therapietag erneut zu telefonieren.

Als sie am Abend noch einmal durch die Seiten scrollte, die sie für ihren Vater als zumutbar empfand, überlegte Flora für sich, ob Dr. Plessmer in Gesprächsführung geschult worden war. Oder betrieben Hämatologen und Onkologen *learning by doing*, was den Umgang mit Patienten anbelangte? (Und falls ja, was tun im Fall von *trial and error*?) Onkopedia und das ganze Programm gaben hierüber keine Auskunft. Sie selbst hatte ja wenigstens Übung darin, Dinge einfach und greifbar zu erklären, sich selbst im Gespräch zurückzunehmen. Das war heute von großem Wert für sie gewesen, fand sie beim letzten Schluck Wein. Wie kamen Patienten durch diese Situation, die schon mit der Diagnose und dem Therapieverlauf überfordert waren? Wie erklärten die sich nebenher ihrer Verwandtschaft? Es war alles nicht so einfach, beschloss sie, und ging schlafen. Schließlich, morgen war auch noch ein Tag, und den wollte sie frei machen. Es würde vollkommen genügen, sich Sonntag wieder mit dem Thema zu befassen.

»Ich wollte nicht schon wieder Ina einspannen, tut mir leid!« Frauke schickte Louis ins Bad zum Händewaschen.

»Ach was, genau richtig. Sie hat ihr eigenes Leben und hat derzeit ganz schön zu ackern.«

Fernunterricht in der Berufsschule war das eine, in Inas Ausbildungsbetrieb herrschte derzeit ein hoher Krankenstand, es blieb ein bisschen viel an der Maus kleben, fand Flora.

»Ich dachte, wir dürfen uns nicht mehr besuchen!« Elias merkte sich aber auch alles.

»Das ist eine Ausnahme, weil deine Mama sehr krank ist und ...« Frauke sah sie hilfesuchend an. Ja, was und?

»Und weil ich euch dreien«, warum nicht auch Louis, er würde ohnehin allerlei mitbekommen und Fragen stellen, »also euch dreien etwas erklären möchte. Was nächste Woche und die nächsten Monate so passiert.«

»Musst du nun ins Krankenhaus?«

»Ja. Aber ich muss dort nicht schlafen, ich kann abends wieder bei euch sein, und vieles läuft erstmal normal. Trotzdem sollt ihr mir ganz genau zuhören.«

Sie setzten sich auf die Couch, Flora zog Julius auf ihren Schoß. »Frauke hat schon gesagt, dass ich sehr krank bin, aber es ist nicht DIE Krankheit und überhaupt nicht ansteckend. Außerdem kann mir der Arzt im Krankenhaus wahrscheinlich sehr gut helfen. Es wird nur sehr lange dauern, bis alles wieder so ist wie früher. Bis ich nicht mehr so müde bin, meine Füße wieder besser funktionieren und so weiter. Und dafür benötige ich ziemlich starke Medizin. Diese Medizin ist so stark, dass man sie nicht einfach als Tablette schlucken kann. Damit mein Körper genau so viel Medizin bekommt, wie nötig ist, und sie auch überall im Körper wirken kann, hat man sich etwas überlegt.« Sie musste zum Punkt kommen, die Aufmerksamkeitsspanne der Kinder war noch kurz.

»Am Dienstag habe ich eine kleine Operation. Man wird mir hier oben«, sie zeigte in etwa die Stelle, »die Haut betäuben und einen kleinen Tankdeckel einsetzen. Den kann man dann einmal im Monat aufschrauben, sozusagen, und dort die Medizin einfüllen, die ich brauche. Das tut zwar nicht weh, aber ihr müsst dann auf der Seite«, sie zeigte es besser noch einmal, »ein bisschen vorsichtig sein. Mich nicht anrennen, den Kopf nicht dranlegen beim Kuscheln, und Hochheben kann ich euch dann eine Zeitlang auch nicht.« Die Kinder nickten eifrig, das klang plausibel. Frauke schauderte.

»An den Medizintagen werde ich vielleicht sehr schwach sein oder besonders lange auf der Toilette brauchen. Da wird euch dann Frauke vom Kindergarten abholen oder Frau Seifert von nebenan, aber nur an solchen Tagen, und ich werde euch das immer vorher genau sagen.«

»Müssen wir oft in den Kindergarten?« Flora seufzte. Sie hatten sich bestens an den Lockdown gewöhnt.

»Nicht oft, nein. Ein paar Tage im Monat. Und ich sage es euch vorher immer genau.« Elias legte Wert auf so etwas, das hatte er vielleicht von ihr. Sie war schon immer viel allein gewesen mit den Jungs. Als Baby hatte Julius kaum geschlafen, und Flora hatte den Großen beizeiten an Reihenfolgen gewöhnt: Wenn wir das und das geschafft haben, habe ich Zeit für dich. Jetzt hängen wir Wäsche auf. Dann hat Julius Hunger. Dann wasche ich ihn, dann wir können rausgehen, und so weiter.

»Ok!«

Die Kinder waren es zufrieden und wandten sich zum Spielen.

»Na, das ging ja schnell.« Frauke putzte sich die Nase und atmete tief durch.

»Zuviel Information stiftet bloß Verwirrung. Ich habe es eingedampft.«

»Prima.« Pause. »Du? Ich hab keine Ahnung, was das mit dem Tankdeckel soll!«

»Ich krieg Dienstag 'nen Port. Für die Chemo.«

»Warte. Ich hab sowas schon mal bei einer Kollegin gesehen. Darüber macht man heutzutage die Infusion rein?«

»Ja. Damit die Venen sich nicht entzünden, wenn man ständig Kanülen und Flexülen drin rumdrückt.« Flora fiel noch ein Grund ein: »Spart vermutlich auch Sondermüll. Auf die Dauer oder wenn man sich als Wiederholungstäter entpuppt.«

»Na, wenn es derart nachhaltig ist, müssen wir's natürlich machen!« Aber auch Frauke konnte ihr Lächeln nicht lange zementieren. Sie grübelte, man merkte es ihr an.

»Das soll ich dir geben von Ina!«

Es war eine Gute-Besserungs-Karte. Ina hatte sehr lieb geschrieben, Flora freute sich wirklich. Und sie bot sich ebenfalls an, die Kinder abzuholen, wenn die Umstände es erforderten. Anbei die Abholvollmachten zum Unterschreiben für Flora, eine zum Abheften für den Kindergarten, eine für Ina.

»Wir möchten, dass du weißt, dass wir … ja.« Frauke gab sich offensichtlich Mühe, nicht zu sehr auf den Putz zu hauen. Was, dass? *Dass wir immer für dich da sind!* Das würde sie nicht sagen, obwohl sie genau das meinte.

»Also ...«

»Also wir möchten, dass du weißt, dass wir geschlossen an deiner Seite kämpfen! Oder hinter dir! Oder wo du uns brauchst!«, platzte sie schließlich heraus.

Sie lachten, und alles war gut. »Ich danke dir, meine Sonne. Du bist übrigens meine nächste Angehörige. Seit Freitag.«

Frauke überlegte eine Zehntelsekunde und nickte dann kurz. Flora widerstand dem Impuls, sie zu umarmen, theatralische Gesten führten zu Tränen, die Kinder könnten meinen, sie wäre viel kränker als gedacht, oder ... Nun ja. Jetzt nahm Frauke ihre Hand und drückte sie, da kämpfte sie schon. Das Leben war nicht so einfach.

»Ich zeig dir was.« Frauke wühlte ihr Portemonnaie aus der Tasche und hielt es Flora aufgeklappt hin. »Am 23. Oktober, als Ina weg war mit ein paar Freundinnen, habe ich mir einen Sekt aufgemacht und das hier feierlich 'reingeklebt!« An dem Tag war Ina achtzehn geworden, und zwischen Fraukes Kärtchen und einem Foto klemmte ein unscheinbarer Zettel, »Im Notfall zu benachrichtigen«, darunter die Adresse von Inas Einraumwohnung und ihre Telefonnummer.

»Das kann ich mir so richtig bildlich vorstellen!« Wie Frauke in der Schlauchküche im Block hinter dem Frühstückstisch klemmte, der mehr ein kleines Brett war, das Fenster dahinter geöffnet, um ein heimliches Kippchen zu rauchen, Gläschen in der Hand ... Und den ganz großen Tag der Unabhängigkeit zu feiern, für Ina, aber auch ihre eigene von Ben, dem Menschen in ihrem Leben, auf den sie sich am wenigsten verlassen konnte.

»Da kommste auch noch hin, Flori«, bemerkte Frauke, und, vom lärmenden Trio umzingelt, fügte hinzu: »Dauert nur ein bisschen.«

Dauern. Durchhalten. Bevor die Gedanken trüber wurden, sollten sie irgendwas anderes tun.

»Lass uns zusammen rausgehen. Luft! Ich brauche Luft – was sagst du?«

»Ja, super. Jungs! Corona-Lüftung! Wer als Erster in der Matschhose steckt, hat gewonnen!«

Julius wurde von den beiden Älteren umgerannt und kam angeweint, so hatte man Ablenkung. Dann suchte Flora den Fußball, und als alle abflugbereit im Flur standen, pellte sich Louis noch einmal komplett aus, um ein Ei zu legen. »Ich sagte ja: Es dauuuu-ert!«

Aber es lag etwas über allem. Im Hof grübelte Frauke weiter. Und weiter. »Also Dienstag OP. Da kommt Ina gleich das erste Mal zum Einsatz. Und was hat man dir sonst noch so in Aussicht gestellt?«

»Hm, jetzt nicht so viel. Die üblichen Risiken und Nebenwirkungen. Ein Rezept für 'ne Perücke könnte ich noch brauchen.«

»Oha. Aaaaber gut. Dann kannst du wenigstens in der Hinsicht mal was Neues ausprobieren, auch wenn die Friseure dicht haben. Und noch dazu auf Rezept!«

»Ja, immerhin hat das Establishment mal eingesehen, wie das so ist mit Frauen in meinem Alter.« Flora warf sich gespielt in Positur und strich theatralisch die ungemachten Haare zurück. »Man wird ja doch zur Ruine, bist du hinten fertig mit den Wartungsarbeiten, fängst du vorn wieder an. Und nachdem ich jahrelang in Sport, Ernährung und Körperpflege investiert habe, kann ich ruhig mal unter Denkmalschutz gestellt und ein bisschen gefördert werden.«

Frauke schnaubte amüsiert. »Mensch, so betrachtet, werden da fast schon EU-Gelder relevant. Aber die müsstest du ja dann auch irgendwie wieder reinwirtschaften … durch Eintritt oder so.«

»Himmel hilf! Hast du denn kein Schamgefühl? Wenn Ina das hören würde …«

»Ach komm, wir sind doch schon groß. Kam mir halt so an bei Ruine.«

»Ja, ich weiß.« Flora streckte sich. »Aber bei 'nem Mann mit meiner Krankheit würde man so nicht reden.«

»Natürlich nicht. Alles ab Männergrippe aufwärts ist potentiell tödlich. Uns haut nichts um.«

»Ich meine das andere.«

»Ja. Hast recht. Weißt du was?«

»Nee.«

»Ich weiß gar nicht, warum ich dir das erzähle. Aber: Ich hab das mal gegoogelt, also – *Male Escort* und unsere Stadt. Gibt's nicht!«

»Im Umkreis von fast achtzig Kilometern nicht, zumindest nicht offiziell.«

»Und ich dachte schon, ich wär zu blöd für die Recherche!«, strahlte Frauke und schüttelte den Kopf. »Das ist schlimm, oder? Für eine weibliche Ruine – Entschuldigung, das war jetzt dein Ausdruck – kann man in unserer Gesellschaft theoretisch noch was verlangen, aber in unserer Gesellschaft ist es umgekehrt nicht möglich, dass wir ganz ehrlich mal einen Typen mieten!«

»Jegliches hat seine Zeit! Das Thema priorisiere ich grad nicht. Lass uns lieber von was anderem reden.«

Was die Jungs sofort für sie übernahmen, denn einer hatte gerade einen Stock gefährlich nah ans Auge bekommen, und prompte Intervention war nötig.

Trotzdem sinnierten sie beide noch kurz vor sich hin, wie das so war mit den Männern, den Frauen und überhaupt. Bloß gut, dass die Menschen sich fortpflanzen und eine Weile mit der Aufzucht beschäftigt sind, räsonierte Flora. Sonst hätte man glatt noch mehr Zeit, schlecht von sich selbst zu denken.

Es begann zu nieseln. Frauke rief die Kinder zusammen und straffte die Schultern. »Los jetzt, tapfere Mutti. Was macht ihr heute noch bei dem Mistwetter? Eine Knete-Schlacht? Wir sehen uns morgen im Hof, ja?«

KW 15

Nichts ist, das ewig sei, kein Erz, kein Marmorstein.
Itzt lacht das Glück uns an, bald donnern die Beschwerden.

Es hatte alles länger gedauert, sie würde Frauke verpassen. Dabei wollte sie gerade heute jemanden sehen, warum auch immer. Aber jetzt nutzte alle Eile nichts mehr, sie würde im Kindergarten anrufen müssen und sagen, dass es leider, leider noch eine halbe Stunde dauerte, bis sie da sein konnte. Und bei der Gelegenheit ein paar Fakten zur angefangenen Woche anbringen, das war jetzt am Telefon vielleicht sowieso günstiger als zwischen Tür und Angel in der Notbetreuung. Flora kramte ihr Terminkärtchen hervor und drückte die Schnellwahl zur Kindergarten-Leitung.

Das Gespräch war kurz und verständnisvoll auf beiden Seiten, entgegenkommend, aber ohne unnötige Emotionen, es war ihr ganz recht. Mitleid würde ihre Situation nicht verbessern, ihr keinen neuen Schwung für den Nachmittag geben. Die Abholmodalitäten für die nächsten drei Tage waren nun auch geklärt. Im Sprechen war Flora durch die Wohnung getigert, nun war sie in ihrem Schlafzimmer angelangt und ließ sich kurz auf die Bettkante plumpsen. Gegenüber sah sie sich im Spiegel der Schranktür, sie hatte das Bürokleid noch an. Jetzt, wo sie einmal saß, sollte sie vielleicht damit beginnen, die Strumpfhose auszuziehen. Es war ein recht kühles Frühjahr, wenn sie noch eine Weile mit den Kindern draußen blieb, brauchte sie besser etwas Wärmeres, eine dickere Sweathose und ihre Lieblingsjacke, die hing noch von gestern her im Flur. Erschöpft starrte sie in ihren Schoß, befühlte den Stoff des Kleidersaumes. Kein Kleidchen, ein Etuikleid aus festem Viskosegemisch, es saß perfekt und war ideal für die

Jahreszeit, durch das Karomuster aber nicht zu festlich für das Büro. Sie konnte sich noch genau daran erinnern, wie sie es ausgesucht hatte, eigentlich wollte sie nur zwei Unterziehrollis nachkaufen, dann stach es ihr ins Auge. Ein Glücksgriff, sie hatte einige Komplimente dafür bekommen. In dieser Saison würde sie es nicht mehr tragen, überlegte sie, und wendete es beim Ausziehen auf links für die Wäschebox. Heute hatte sie es nur ein paar Stunden an, aber es lohnte nicht, das Kleid noch einmal auf den Bügel zu hängen für morgen oder nächste Woche. Ihr Wirkungskreis für die nächsten Wochen und Monate gab das nicht her.

Ungeduldig zerrte sie an der Hose für die zweite Schicht des Tages. War sie nicht schon müde genug? Zeit für eine Tasse Kaffee hatte sie herausgeschunden, auf dem Weg in die Küche drängte der Anrufbeantworter sein Leuchtsignal ins Blickfeld. Bestimmt ihre Eltern, sie würde zurückrufen, wenn sie mit den Kindern zu Hause war. Das schaffte Ablenkung von Themen, die zur Genüge besprochen waren. Sie hatte Glück im Unglück gehabt, was gab es mehr zu sagen? Ihre Aussichten waren gut, bestens, und sie würde sich um ihre Familie kümmern können.

Während der Wasserkocher zu surren begann, zupfte sie noch ein paar Wechselsachen für die Jungs von der Wäschespinne. Falls es die nächsten Tage ein kleines Malheur beim Essen gab, eine umgekippte Tasse, oder einen Sturzflug in eine besonders einladende Pfütze, hatte sie vorgesorgt und ihre Wäscheschubladen im Kindergarten gut bestückt, noch ein paar Socken aus dem Schrank legte sie dazu. Sitzen. In zehn Minuten würde sie losgehen, ach, in zwölf genügte auch. Ihre Privatsphäre war eng bemessen genug. Mit der Tasse in der Hand stromerte sie ins Schlafzimmer zurück, legte ihre Wäsche für den großen Tag heraus. Eine bequeme Jeans mit etwas zu lockerem Bund, Trainingsjacke, leicht an- und auszuziehendes Top. Kontrollblick: Die Wohnung war sauber.

Die Müllbeutel konnte sie jetzt wechseln und die gefüllten gleich mit nach unten nehmen. Atmen.

Sie wollte fröhlich sein, doch, sie wollte es so sehr. Denn wer froh ist, ist ein König. Immerhin, es würde etwas passieren, ja, es ging los. Das Warten und Grübeln hatte doch ein Ende, was jetzt falsch lief in ihrem Körper, konnte ab morgen in Angriff genommen werden. Es ging vorwärts, jetzt, ohne Alternative. Es war gut.

Obwohl man beim Entlanglaufen einer stark befahrenen Straße kaum von frischer Luft sprechen konnte, tat sie Flora doch wohl, und Erleichterung machte sich in ihr breit, als sie an der Ecke des Blockes in den Hof einbog. An der alten Kiefer hielt sie kurz an, ohne jetzt erschöpft zu sein – sie könnte hier vermutlich Stunden im Kreis oder, besser, im Carré marschieren. Ab morgen würde dieser Weg sich anders anfühlen und nie wieder so wie heute, aber ein Zuhause konnte es bleiben.

Sie blickte die sich gegenüberliegenden Häuserfronten an, die sich in Richtung Wäscheplatz perspektivisch verjüngten. Im Weitergehen wurde ihr bewusst, dass es ein inneres und ein äußeres Viereck gab, im Westen, wo sie jetzt hinlief, lag der Kindergarten, zehn Minuten weiter des Weges der Eingang der Uniklinik. Aus dem Osten kam sie, ein Stück im Südwesten lag die kleine Supermarktfiliale, nicht wirklich günstig, aber günstig gelegen für den schnellen Einkauf zwischendurch, und gleich einen Straßenzug weiter der Südfriedhof. Und wo ein Friedhof lag, ließen sich auch Bestatter und Notare nieder, wie die unten im schicken Neubau Richtung Norden, in dem oben ein paar Arztpraxen zu finden waren. Alle wichtigen Gänge des Lebens waren von hier aus ein Katzensprung, wer hier wohnte, der …

Zu Ende. Sie sollte jetzt die Straße zum achtzig Meter entfernten Kindergarten überqueren und warf noch einen Blick zurück. Wer hier lebte, brauchte nicht viel herumzukommen, alles Lebenswichtige fand man anbei. Und wer vor die Tür trat, stellte Flora sich gern vor, befand sich in einem Meer von Geschichten, von kleinen Fischen und ein paar größeren, von vielen gestrandeten und vielleicht noch von fliegenden. Frauke war bestimmt eine glitzernde Forelle, und sie? Ein Stör? Ziemlich langer Knochenfisch mit interessantem Namen. Und ein Räuber, ließ sich nicht leicht unterkriegen. Was für einen Fisch aber auch nicht ernsthaft gefährlich wäre, oder?

Sie konnten ja heute Meerestiere spielen und so tun, als seien die Büsche Korallenriffe. Die umherliegenden Stöcke, mit denen sie sonst Minihütten und Lagerfeuer aufbauten, würden ein gestrandetes Piratenschiff ergeben. So lange alle Spielplätze abgesperrt waren, musste man sich jeden Tag etwas Neues einfallen lassen, aus dem Provisorium vor der Tür etwas zaubern, um die Lärmphasen in der Wohnung (und die Trickfilmzeit) kurz zu halten. Und sobald man zu Hause war, konnte man grübeln oder neben der leise murmelnden Heizung auf der Couch wegdösen, während die Kinder Unfug trieben, das war nicht gut.

Ohne Frauke und Louis war natürlich alles doof, dabei herrschte heute sogar angenehmes Wetter, und Flora mühte sich redlich, versteckte den Ball als Piratenschatz, tauchte mit durch die Büsche. Wer weiß, wann sie das das nächste Mal konnte. Tanzen mit einem 20-Kilo-Kind auf dem Arm, um die Wette rennen, Fußball spielen – es war ihr die letzten Wochen täglich schwerer gefallen. Die Sonnenstrahlen lockten noch ein paar Familien vors Haus, als ein paar weitere Kinder in das Spiel einstiegen, tauten die Jungs auf, und Flora zog sich auf den Kapitänsposten, das Mäuerchen, zurück.

»Wie aus dem Boden gestampft« traf es genau, fand Flora. Niemand hatte bemerkt, wie der Mann sich der losen Gruppe im Hof näherte. Lose, weil sie sich alle nur vom Sehen kannten, einander nicht zu nahe traten, den begonnenen Schwatz kaum intensivieren würden. Auf Gesprächsnähe hatten sie nicht einmal die Kinder gebracht, die gut verteilt herumwuselten, als hätten sie sich unbewusst längst alle geltenden sozialen Regeln zu eigen gemacht. Flora wurde schmerzlich bewusst, wie stark das Tun und Reden der Erwachsenen auf die Knirpse wirkte. Fast kamen ihr die Tränen. Ich muss wieder geduldiger werden, dachte sie. Mich mehr in der Gewalt haben. Die Jungs können nichts dafür. Für nichts.

Nein, die Hunde zog es zueinander. Ein Zug, dem die Herrchen und Frauchen gewohnheitsgemäß folgten und dabei vergaßen, zu den anderen Herrchen oder Frauchen eine Leinenlänge Abstand zu wahren.

Der Fifi der winzigen älteren Dame begrüßte schließlich den Mann und schnupperte interessiert an seinem Gepäckstück, das an ihm bemerkenswert und ungewöhnlich wirkte. Prall und beulig gefüllt hing ihm eine quietschbunte, quaderförmige Tasche am Arm, aus stabilem Kunststoff mit breitem Rippsband gefertigt, eine von der Art, die Supermärkte und Drogerien verkauften. Junge Familien trugen damit freitags ihren Babynahrungs- und Windeleinkauf und samstags Mengen an Sandspielzeug herum. Flora sammelte ihr Altglas in so einem geräumigen Behältnis. Aber der Mann wirkte nicht wie ein Typ, der gewohnheitsmäßig viel Kram mit sich herumtrug. Sein buschiges, ergrautes Haar und das wettergegerbte Gesicht ließen ihn wie einen Westernhelden aus den Fünfzigern wirken, der in einer Drehpause mit seiner drahtigen Gestalt direkt aus dem Sattel in einen peinlich sauberen, da sehr oft gewaschenen Trainingsanzug gesprungen war. Und da stand er nun.

»Na, was hast du denn da?«, fragte jemand. Das deutete darauf hin, dass der Hinzugetretene auch hier irgendwo wohnte. »Brote. Wollt ihr nicht ein Brot haben?«, antwortete der Gefragte vertraulich, mit einer überraschend klaren Stimme. Tatsächlich, in seiner Tasche befanden sich ungefähr acht

Brote, runde, längliche oder kastige Laibe. »Wir bekommen jeden Morgen soviel Brot für die Tafel, das kriegen wir gar nicht verteilt. Kommen auch grad nicht so viele. Und dann wird das immer weggeschmissen. So eine Verschwendung!«

»Brote?« Die Gruppe hielt buchstäblich die Luft an. Sie alle hier hatten nichts zu verschenken – sonst lebten sie wahrscheinlich nicht im Block. Aber sich unter offenem Himmel ein Brot schenken lassen, das für Bedürftige gedacht war, auf die Idee war noch keiner gekommen. Zwei Frauen tauschten nun auch einen pikierten Blick und traten instinktiv einen Schritt zurück. Anderthalb Meter Abstand zum Angebot sollten es schon sein. Die Chuzpe, Menschen, die nicht im eigenen Haushalt lebten, mit der bloßen Hand unverpackte Lebensmittel anzubieten, grenzte an Blasphemie. Flora wandte ihre Aufmerksamkeit wieder dem Mann zu, der in seiner selbstbewussten Haltung erstarrt war und immer noch auf eine Reaktion wartete. Wenn er bei der Tafel arbeitete (die in ihrer Stadt von drei Bäckern unterstützt wurde), hatte er tagtäglich hygienisch zweifelhafte Kontakte, und zwar nicht erst seit der Pandemie. Und genau das gab ihm die Haltung eines Kerls, der nur durch einen Schuss in die Brust umzuwerfen war. Fest erwiderte er ihren Blick, den Flora schließlich in das Taschen-Ungetüm lenkte, und sie beschloss, die Situation aufzulösen: »Ich möchte mir gern das Zwiebelbrot herausnehmen.«

»Siehste, das Mädchen weiß, was das ist.« Einladend hielt der Brotmann unter Floras Nase die Tasche auf. Die Brote waren heute morgen frisch gebacken worden und verströmten einen mehlig anheimelnden Geruch. Flora musste lächeln: Es war einfach dufte. Sie tauschte ihr Lächeln mit dem Mann, der vielleicht nur zehn Jahre älter als sie war, um die fünfzig – aber in diesen Jahren hatte er genug gesehen, um sie ganz selbstverständlich »Mädchen« zu nennen.

Sie nahm das Brot an sich, tatsächlich klemmte sie den leicht mehligen Laib nach kurzem Zaudern unter den Arm, während sie über dem anderen die Jacken der Kinder und das Ballnetz trug. Wie zu erwarten, folgte man nun ihrem Beispiel, und die anderen Laibe fanden nach und nach Abnehmer. Schließlich konnten die Brote ja nichts dafür.

Die Jungs waren begeistert. Ein ganzes Brot zum Abend, wie aufregend. Dabei hatten sie selbst neulich in der Lockdown-Langeweile ein Brot gebacken. Und während sich die Mehlspuren auf Floras Jacke ausbreiteten, schwand die Vorfreude neben den Verlockungen des Heimweges. Verließ man den Hof in Richtung der Straße, in der sie wohnten, kam man an einem ungepflegten Stück Rasen vorbei, auf dem sich durch Pollenflug verschiedene Gräser angesiedelt hatten. Die waren jetzt bis übers Knie hochgewachsen und stellten ein echtes kleines Feld dar. Schon bald würde es gemäht werden, Bauzäune standen schon bereit: Das anliegende Gebäude sollte neue Balkone bekommen – und die dazugehörigen Wohnungen attraktiver und lukrativer werden lassen. Aber jetzt tummelten sich die Brüder im Feld, wateten durch die Gräser, untersuchten einige Betonbrocken und Mauerbrösel, von denen man schlecht sagen konnte, wie sie wohl dahin geraten waren. Man könnte hier gut einen Trümmer-Film drehen, dachte Flora. Und ich steh hier als Trümmerfrau mit dem Brot unterm Arm, das ich auf dem Schwarzmarkt ergattert habe. War denn nicht gerade alles so provisorisch wie nach einem Krieg? Sicher, sie hatte eine Wohnung, ein Einkommen, konnte für ihre Kinder sorgen. Aber was mochte der nächste Tag bringen?

Flora stellte sich vor, wie nun die anderen Brotabnehmer ihre Gespräche beendeten, um nach Hause zu gehen. Mit welchen Gedanken sie wohl das Brot anschneiden würden? Konnte eine so alltägliche Handlung, ein vertrauter Geruch im Leben eines Menschen etwas verändern?

Das Essen mit den Kindern verlief wie immer lebhaft: überschaubarer Appetit und viele Krümel. Flora räumte die Teller fort und bereinigte das Schlachtfeld. Dann strich sie mit der flachen Hand den letzten Mehlstaub vom Laib. Die Kruste war im Laufe des Tages hart geworden, und morgen würde das Brot trocken und fad sein. Flora nahm mechanisch einen Müllbeutel aus der Schublade und schob den Laib darin in die dafür vorgesehene Kühlkammer – und als sie die Tür ihrer Gefrierkombi danach schloss, mischten sich in ihrem müden Gehirn Gedanken an bedrohliche Nachrichtenbilder und daran, das kommende Osterwochenende vorzubereiten.

Sie war schon beim Zähneputzen, als Frauke sich bemerkbar machte. Flora winkte sie hinein:

»Ist Ina bei Louis?«

»Babyfon-App. Von deiner zu meiner Haustür benötige ich dreiundneunzig Sekunden. Bevor er rafft, dass ich nicht da bin, falls er aufwacht, steh ich schon wieder in der Tür.«

Nun, mit fünfeinhalb, waren die Zeiten des ständigen Wachwerdens allerdings vorbei. Frauke gewann mit jedem Tag, an dem Louis pflegeleichter und ihr ähnlicher wurde, an Frische und Zufriedenheit zurück, und alles, was an Ben hing, wich ein Stück weiter in den Hintergrund des Gedächtnisses.

»Danke, dass du gekommen bist.«

»Aber wir machen's kurz, für uns beide. Schlafen ist auch wichtig.«

»Klar.«

»Wie war es auf Arbeit? Was hat man dir gesagt?«

Tja, wie war es gewesen? Man fragte nicht viel, man schonte. »Sie müssen sich nicht erklären. Auch Langzeiterkrankungen müssen wir abfangen können.« Der öffentliche Dienst, ein sozialer Arbeitgeber. »Die Verteilung Ihrer Kunden hat jetzt für Sie keine Priorität. Wir als Teamleitung regeln das für Sie.« So konnte auch kein Kollege Groll gegen sie empfinden – es kam alles als Anweisung von oben. Sie war da raus. »Nein, Frau Hartmann, Sie lassen das Homeoffice ruhen und loggen sich aus. Alles andere können wir nicht verantworten.« Ganz raus.

Und dann trat das Unvorstellbare ein: Frauke verstand zum ersten Mal ein Problem nicht. »Wieso um alles in der Welt willst du denn jetzt arbeiten?«

Ja, wie erklärte man, dass eine Arbeitsvermittlerin ohne Ziel und Aufgabe etwa so überzeugend dastand wie ein Samurai ohne Schwert? Aber – vor wem wollte sie eigentlich »dastehen«? Gott und der Welt war es schließlich egal, ob sie arbeitete oder nicht. Man vertrat und ersetzte sie, fertig.

Folgerichtig insistierte Frauke: »Jetzt kümmere dich doch endlich mal um dich.« Rumms! Flora erinnerte sich an eine hochmotivierte Kundin Mitte fünfzig, die voller Angst vor ihr saß und deren größte Sorge es zu sein schien, mit einer unerwarteten Diagnose »raus« zu sein aus einer geplanten Maßnahme. Draußen, draußen vor der Tür zum geordneten Leben. Was hatte sie selbst zu der Dame gesagt? Genau. »Kümmern Sie sich jetzt zuerst …« Manche Menschen verstanden es ja hervorragend, sich um sich selbst zu kümmern. Und dann gab es diese tapferen kleinen Preußen wie Flora, die über das tägliche Funktionieren verlernt hatten, wie das geht – wenn sie es denn überhaupt einmal wussten. Konnte man das denn von Natur aus?, überlegte Flora. Wie war es denn bei Kindern, Heranwachsenden? Ihre eigenen Kinder kümmerten sich um Sinn und Wohlbefinden, indem sie um Süßigkeiten und Trickfilme feilschten (»Mama, noch einen ganz kurzen! Bitte!«) und sich in die animierte Welt der Figuren flüchteten, die so glatt und bunt waren wie Gummibären. Wenn Elias und Julius Jan und Henry waren, Feuerwehrmann Sam und Elvis oder Pittiplatsch und Moppi, konnten sie alles überspielen. Trennung, Corona, Waldenström. Vielleicht war es gut so. Noch waren sie zu klein, um all das zu verarbeiten. Das Beste war wohl noch, sie spielte einfach mit, solange ihre

Kräfte das zuließen. Disziplin war also gefragt. Oder? Womit sie wieder bei der Frage war, wie das mit dem »sich um sich selbst kümmern« so gehen sollte.

»Das erscheint dir jetzt vielleicht als Luxusproblem«, setzte Flora langsam an. »Aber ich habe einfach Angst davor, außer Krankheit und Kindern nichts mehr zu haben.«

»Das hattest du schon mal, ich weiß.« Immer wieder kamen sie auf diese Wiederholungen zu sprechen. Flora war in ihrer zweiten Elternzeit schwer erkrankt – nicht so schwer wie jetzt, aber auch damals war es ein kräftezehrender Prozess gewesen, mit Hoffen und Bangen, Medikamenten und Nebenwirkungen Flora fühlte sich nicht mehr als Person, und als Personen kamen sie und Matthias einander abhanden. Ein Prozess, der sein langsames, aber logisches Ende in der Trennung fand.

»Wie soll ich mich denn um mich selbst kümmern, wenn da nichts ist?«

Frauke atmete tief durch und setzte sich. »Das ist doch Quatsch. Du bist immer mehr als zum Beispiel Patientin und Mutter. Du bist meine Flori. Du hast eine ganz präsente Ausstrahlung. Du bist clever, analytisch, lässt dich nicht ablenken. Das mag für eine Fallmanagerin und Kollegin super sein, aber warum ist es nicht gut für Flora selbst?«

»Das weißt du: Es ist einfach schwierig, allein auf dem Sofa zu sitzen und eine faszinierende Persönlichkeit abzugeben.«

Darüber mussten sie beide kurz nachdenken. Das Problem dürfte wohl inzwischen eine Volkskrankheit sein, überlegte Flora. Man war zu Hause und lernte sich selbst neu kennen, und das, was man da so kennenlernte, war nicht immer schön. Wenn man allein war, nicht, wenn man sich zwangsweise als Partner und Elternteil reflektierte, wohl auch nicht. Und was blieb übrig, wenn man das auch noch abzog vom Selbst? Hartz-IV-Fernsehen, vermutete Flora. Und sie beneidete erstmals Frauen, die schon immer ihre Kinder auf Mann,

Oma oder Tante abstellen konnten, um gelegentlich nach der Arbeit einem sogenannten Hobby nachzugehen. Vielleicht sollte sie sich doch einmal an ihre verlodderten Balkonkästen wagen? Auf dass doch noch eine richtige kleine Flora aus ihr würde? »Flora mit dem braunen Daumen«, witzelte ihre Mutter immer. Tja, finde den Fehler ...

»Weh über unser Leid!« Frauke legte mit einer theatralischen Geste ihre Fingerspitzen auf Floras knochiger Schulter ab. »Ich sehe uns gerade so von außen hier sitzen. Zwei verzweifelte Frauen, die nach einer Arbeit oder einem Mann jammern, um sich irgendwie anwesend zu fühlen.«

»Wir müssen nicht verzweifelt sein, um über uns selbst zu lachen.«

»Wenn es denn lustig wäre.«

»Ja, isses denn dein Ernst? Das mit dem Mann? Hat Ina gerade einen neuen Freund, dass du mitziehen musst? Manche Krise mag ja ein Neuanfang sein, aber der April 2020 ist wohl nicht der beste Zeitpunkt für eine neue berufliche Herausforderung oder die nächste Beziehung, oder?«

Flora war schon bewusst, dass Frauke gern wieder ihre Netze ausgeworfen hätte. Trotz ihrer hohen Jugend, wie Frauke selbst gern betonte, war sie ja noch ein recht motivierender Anblick. Aber war es so dringend?

»Flora, du weißt, was ich auf Arbeit tue. Ich bin Sachbearbeiterin. Ich bearbeite Sachen. Eine Schadensnummer redet nicht mit mir.« Das leuchtete ein. »Ich brauche einen Erwachsenen um mich 'rum, sonst werde ich verrückt.« Da wäre Ben genau der Falsche, fiel Flora dazu ein, sie sagte aber besser nichts. Frauke war ohnehin in voller Fahrt. »Du möchtest, dass jemand ,Frau Hartmann' zu dir sagt, und ich möchte, dass jemand ,Frauke' sagt oder ,Schatz' oder so etwas Albernes. Jedenfalls nicht ,Mama', jedenfalls nicht ,ich'.« Frauke verdrehte schon mal vorwegnehmend die Augen. »Und für die große, starke Flora bin ich jetzt das bedürftige Weibchen!«

»So ein Quatsch! Aber wenn ich den Spieß nun umdrehe, müsste ich sagen: Du bist auch ohne Mann meine Frauke. Ist das nicht gut genug?«

»Das weißt du: Es ist einfach schwer, allein auf dem Sofa zu sitzen und eine bemerkenswerte Frau abzugeben.« Und dieses Mal lachten sie nicht.

Frauke hatte wenigstens Ina, überlegte Flora. Wozu wieder jemanden wie Ben in ihr Leben holen?

Nachts, wenn er erschöpft aus dem Restaurant kam, schrie der Kleine seine Koliken in die Welt. Vormittags, wenn Ben Zeit gehabt hätte, sich um sein Fleisch und Blut zu bemühen, schlief das Baby. Frauke und er waren gleichermaßen erschöpft und knobelten morgens herum, wer Ina für den Schulweg versorgte. Letztlich waren die beiden schon länger ein Team als Frauke und Ben, und so wurde leise, unmerklich, aber stetig aus Papas Kronprinzen ein Mama- und Schwesternkind. Und während Frauke zu ihrer eigenen Verwunderung noch einmal ganz in der Mutterrolle aufging, zog Ben sich immer mehr zurück.

»Diese Diskussion hatte ich neulich auch wieder mit meiner Mutter«, setzte Flora schließlich fort.

»Welche?«

»Na, die alte Frage: Ist mein Wert als Frau abhängig davon, ob und welche Sorte Mann ich in diesem Leben noch abkriege?«

»Und was hat sie gesagt?«

»Ja.«

»Was ja?«

»Na, sie hat ja gesagt. Sie ist schließlich meine Mutter.« (Und was wünscht man sich als Mutter für seine Tochter? Eben. Einen »guten Mann«.) »Und was sagst du, Frauke?«

Betretenes Schweigen. Dann ein kurzes Luftholen, ein Ansatz zum Sprechen. Ein abgewandter Blick.

Spar dir die Spucke. Wir haben das doch alles schon gehört, selbst gesagt, selbst gefühlt, selbst beweint. Die tausend

Aber, die dich angeblich Frau sein lassen wollen. Aber ich will doch nur glücklich sein. Aber ich will doch nur geliebt werden. Aber ich will doch nur nicht allein sein müssen. Nicht immer allein mit den Kindern, allein mit dieser dämlichen Gepflogenheit, die sich Geldverdienen nennt, allein mit der Wohnung, dem Fernseher, den Gedanken vor dem Einschlafen. Nicht allein mit sich selbst. Wer konnte es einem verbieten, wie sollte man sich selbst davon abhalten, diese Aber zu denken, wieder und wieder? Um dann tapfer zu lächeln, die Schultern zu straffen und mit großem Schwunge gelassen zu sprechen: »Was? NEIN danke. Ich muss keinem Mann seinen Arsch hinterhertragen – ein weiteres Kind brauche ich nicht.«

»Ich sage, eine Mutter wünscht sich einen guten Mann für ihre Tochter. Sei froh, dass – wie ging das? – aus deinem unbezwung'nem Stoffe Söhne entsprangen nur! Oder so«, deklamierte Frauke.

»Ja, du musst es ja wissen. Aber was ist ein guter Mann?«

»Ich glaube, auf die Diskussion lass ich mich mit dir nicht ein. Für dich muss noch einer gebacken werden. Aber wäre es nicht für's Erste genug, wenn er einigermaßen respektvoll und nett ist und einem gelegentlich seine Kinder vom Hals hält?«

»Einigermaßen? Gelegentlich? Für's Erste wäre schon mal ein Mann toll, der rational denken kann. Eine Fähigkeit, die bei Männern meist überschätzt wird. Wenn sie das drauf hätten, wäre der Rest ja selbstverständlich, oder?«

»Aaaach ... Rational betrachtet, sind Erwartungen grundsätzlich erstmal scheiße. «

»Hm.« Pause. »Woran denkst du?«

»Rossini.«

»Wie jetzt?« Flora stand auf dem Schlauch. »Barbier von Sevilla? Friseur und Urlaub ist grade nicht.«

»Nee. Ich meine diesen Helmut-Dietl-Film aus den Neunzigern. Da gibt es so eine Szene, in der sagt Hannelore Hoger zu Götz George: Es gibt keine Liebe zwischen Männern und Frauen. Es gibt nur Sex. Und Sex ist auch scheiße.«

»Aha?«

»Jaaa, und heute müsste es heißen: Es gibt keine Liebe zwischen Männern und Frauen. Es gibt nur Beziehungsgespräche. Und Beziehungsgespräche sind auch scheiße.«

»Gleich dreimal das Sch...-Wort? Lass das nicht die Kinder hören.«

»Ach was.«

Gehn jetzt los. – Flori, ich denke an dich, toi, toi, toi!
Sie hatten beide alle Hände voll zu tun, da fiel das Texten kurz aus. Auch die Erzieherin war abgelenkt.

»Haben Sie die beiden für die Frühgruppe angemeldet? Die Hartmänner stehn hier nicht!«

Das KONNTE nicht ... Flora schwitzte hinter der Maske und fingerte – wieder einmal – ihr Terminkärtchen hervor.

»Ich werde in etwa vierzig Minuten operiert! Und da nehme ich die Kinder garantiert nicht mit!«

Skeptisch blickte die junge Frau auf Floras mittelgroße Umhängetasche. Als wenn man zu einer ambulanten OP mit einem Reisekoffer erschien.

»Kein Grund, mich so anzuplauzen. Ich frage mal nach.«

»Mama?«

»Zieht schon mal Hausschuhe an und geht Hände waschen. Ina holt euch heute Nachmittag ab und bringt euch nach Hause, ja?«

Ina war jung, fröhlich und hatte bestimmt einen kleinen Snack in der Handtasche, daher war die unschöne Begrüßung gleich vergessen. Die Jungs flitzten.

»Die Leitung sagt: ok.«

Wär ja auch ein Ding, wenn nicht, dachte Flora, verabschiedete sich aber höflich. Sie sollte besser nett sein zu allen, wer wusste schon, wie sich die Dinge noch für sie entwickeln würden.

Mit dem Kontaktabfragebogen vom Einlass-Container unterm Arm marschierte Flora über das Gelände der Universitätsklinik. Jetzt ging es also los. Jetzt war sie Patientin. Ein Fall. Lasset die Therapie beginnen …

Sie brauchen keine Angst zu haben vor der OP, hatte ihr der junge Arzt beim Aufklärungsgespräch gesagt. *Der Port ist Ihr Freund! Sie werden alle Kraft für die Chemo benötigen, denken Sie also nicht unnötig über den kleinen Eingriff nach.*

Lange Gänge und lange Anmeldungsmodalitäten später hockte sie in einem kalten Flur der ambulanten Radiologie. »Sie gehen jetzt in diese Umkleidekabine und machen den Oberkörper frei!«

»Äh, guten Morgen. Den, hm, ganzen Oberkörper?«

»Sie machen jetzt den Oberkörper frei! OP-Hemdchen hängt drinnen!«

»Ach so. Vielen Dank.«

Unter dem Fetzen, der auch einen Hundertfünfzig-Kilo-Patienten unter sich begraben hätte, fröstelte sie eine Weile vor sich hin, während sie auf der anderen Seite der Tür zum OP-Saal Geklapper hörte. Natürlich, das Besteck.

Die Schritte näherten sich energisch und schwungvoll. »Sie legen sich jetzt da rüber. Kopf nach dort.«

Da ihre Antworten bisher nicht von Interesse waren, verzichtete sie nun darauf. Auf der Pritsche lag sie so, wie man im OP-Saal eben liegt. Es war eisig kalt, aber das gehörte bekanntermaßen dazu. Ein verhüllter Teil ihrer selbst wurde wieder freigelegt. »Das wird jetzt kalt!« Pffffft-schhh. Flora hatte nicht den Eindruck, dass sie desinfiziert wurde, sondern eher imprägniert, so sorgsam gingen die beiden vom Scheitel bis zum Zeh in Grün ummantelten OP-Schwestern zu Werk. »Den Kopf zur linken Schulter hin ablegen und ab jetzt nicht mehr bewegen!« Dann lag sie eine Weile herum.

»Der Professor kommt gleich!«

Flora bedauerte, dass der junge Arzt vom Aufklärungsgespräch nicht den Eingriff vornehmen würde. Ein vertrautes Gesicht wäre ihr jetzt angenehm gewesen. Viel zu sehen gab es für sie aber ohnehin nichts, ihr Blickfeld befand sich etwa auf Hüfthöhe der Anwesenden, und der Mann, der nun zu ihrem Tisch eilte – der Professor, nahm sie an – begrüßte sie zwar kurz, unternahm aber nicht die Mühe, sich zu ihr zu bücken, um sie anzusehen. Seinen Namen vergaß sie sofort wieder.

»Haben Sie noch irgendwelche Fragen?«

»Nein.«

»Dann betäube ich Sie jetzt, es sind mehrere Spritzen in Halsnähe notwendig. Wird unangenehm.«

Flora knurrte.

»Sie können auch gerne fluchen und schreien, solange Sie sich nicht bewegen, stört mich das nicht.«

Verdammt, sie hatte Krebs, deshalb war sie hier und bekam ein DING eingepflanzt. Da konnte man durchaus mal fluchen und schreien, oder?

Nach der zweiten Spritze hatte sie genug.

»Kann man sich hier irgendwo festhalten?«

»Unter der Liege ist eine Metallstange, da können Sie sich ankrallen«, gab die OP-Schwester zurück.

Nun weinte sie ein bisschen bis zur vierten Spritze, aber ihr Kopf lag nach links gestreckt, mit dem linken Nasenflügel fast am Laken, und man war mit der rechten Seite ihres Oberkörpers beschäftigt, es würde also niemand bemerken.

Dafür bemerkte sie etwas. Jemand schien ihre Haut unterhalb des Schlüsselbeins anzuheben. Es tat nicht weh, gab aber ein metallisch ratschendes Geräusch. Er schneidet, dachte sie, er schneidet mich auf und hat nichts gesagt. Als wär ich ein totes Vieh.

Professor Hirschfänger, wie sie ihn jetzt bei sich nannte, herrschte nach Tupfern und Schere. Etwas wurde in sie eingeführt und wieder herausgezogen, gekürzt und wieder in Position gebracht. Dann ein Drücken, vermutlich der Port, der in die optimale Lage gepresst wurde. Es hatte nur wenige Minuten gedauert, dann ging es ans Nähen. Allgemeines Aufatmen, Verpflasterung, Professor Hirschfänger verabschiedete sich und stürmte hinaus.

Ihre Tränen waren versiegt, und nach einer Weile durfte sie den Kopf bewegen. »Ist das nun wenigstens eine schöne Narbe?«, fragte sie die OP-Schwester in einem kurzen Anfall von Trotz.

»Oh ja«, kam es ohne Zögern und ohne Anflug von Ironie zurück, »das hat er wirklich gut gemacht.«

Im Aufwachraum fing sie sich wieder. Man umtüddelte sie ein bisschen, fragte nach der Diagnose, der Familie. »Ihr Puls ist noch ein bisschen schnell. Frühstücken Sie mal was und denken Sie an was Schönes. Wenn in einer Stunde alles gut ist, dürfen Sie gehen.«

UND? Ist alles gut mit dir? Ich denke immerzu an dich, tapferes Mädchen.

Alles gut, schrieb sie zurück. *Aber ich hatte meine schwachen Momente. KANNSTE GLAUBEN.* Den Pittiplatsch-Tonfall würde Frauke sich dazu denken können.

»Entschuldigung?«

»Ja?«

»Das OP-Team, also ...« Flora sah die Schwester im Aufwachraum vielsagend an. »War heute irgendwas, hm, Besonderes?«

»Wir erwarten heute Mittag noch einen infizierten Patienten mit inneren Blutungen zur OP. Da sind gerade alle ziemlich von der Rolle.«

»Ach so.«

Jetzt also war er drin. Zehn Tage lang sollte sie die Stelle in Ruhe lassen, nicht duschen, die Arme nicht heben, kein

Kind heben und so weiter. Mit dem Nachlassen der Betäubung begann der Brustmuskel höllisch zu schmerzen, und sie fühlte sich wie Herkules, der sich auf einen Wettkampf im Bodybuilding vorbereitete. Sie äugte auf die weiß verpflasterte Erhebung an ihrem Rippenbogen hinunter. Wie viel davon war bloße Verpackung, und wie viel gehörte davon jetzt zu ihr? Morgen würde sie vielleicht einen Blick darauf erhaschen können, wenn man sie an die erste Therapie anschloss.

»Und, was bekommen Sie Schönes?«

Flora erinnerte sich sofort an den jungen Mann. Neben dem Labor hatte er zur Blutabnahme vor ihr angestanden. Etwas ausgedünnte, aber schön geschwungene Augenbrauen, ein sich hinter der Maske wellender Backenbart. Beides mittelbraun und in ansprechendem Kontrast zu der weizenblonden, perfekt geglätteten Langhaarfrisur, die gar nicht – und Flora gönnte es sich, über den eigenen Gag zu schmunzeln – aufgesetzt wirkte. Aber so vollkommen saß einfach kein Echthaar.

»Heute Doxorubicin und Bleomycin, stand oben auf der Karte.« Ein sonniges Lächeln um die bernsteinfarbenen Augen, die bestimmt nicht nur Damen in ihrem Alter auffielen.

»Isses gut?«

»Mal probieren?« Ein lässiger Schwung des Kopfes Richtung Infusionsbeutel, eine hochgezogene Augenbraue. Ihr Blick folgte unwillkürlich dem Schlauch Richtung Port. Man sah die Adern unter der Haut des jungen Mannes, die dünn und trocken war. Auf dem Infusionsthron wirkte er ungleich hagerer und zerbrechlicher als letzte Woche, als sie den Fall der Zweitfrisur zwischen seinen Schulterblättern begutachtete.

Und sie konnte noch ein warmes Lächeln im Raum fühlen. Die MFA neben Flora fing ihren Blick auf. »Na, ich empfehle der schönen Frau Bendamustin mit Rituximab, nacheinander gerührt und nicht geschüttelt!«

Die stämmige Dame unschätzbaren Alters mit dem selbst hinter der Maske durchdringend gütigen Gesicht drückte Flora sanft auf ihren Therapiestuhl. Dabei leitete sie die Patientin unmerklich in die für das Personal am besten zugängliche Haltung, um dann mit einem energischen Schwung ihres bekittelten Hinterteils den Blick auf Floras Leidensgenossen wieder freizugeben. Mit Absicht? Tatsächlich warf die MFA dem Jungen einen vielsagenden Blick zu, um dann ungefragt den Reißverschluss von Floras Trainingsjacke zu öffnen und ihren Oberkörper rechts bis auf Porthöhe freizulegen. Der junge Mann sah sie immer noch voll an und hielt sein Lächeln auf sie gerichtet. Es war spürbar. Seine Freundlichkeit war ebenso mit Händen zu greifen wie die Sicherheit und Fürsorglichkeit von Schwester Sigrid, jetzt erinnerte sich Flora an ihren Namen. Er stand ja auch auf dem Schildchen an der Betonkittelbrust.

Flora konnte nicht anders, sie strahlte aus jeder Pore: »Na, hier lernt man sich ja richtig schnell kennen.«

»Ich mag es auch hier«, kam es zurück, und jede Schallwelle grinste.

»Haben Sie sich hier nicht schon mal geseeehen?«, setzte Schwester Sigrid gedehnt fort und unterdrückte ein tiefes Glucksen. Sie hatte inzwischen Floras Port mit einer Art grünem Zellstoffflätzchen keimabwehrend umlegt. »Ich lass Sie mal kurz alleine. Das erste Mal sticht der Doktor Ihren Port an. Und der gibt Ihnen gleich noch was Vorbeugendes gegen den Kater danach. Damit der Cocktail nicht so schwer im Magen liegt morgen.«

Sie spielten die Szene nicht weiter, sondern sahen einander nur an. Manchmal ist eben kein zu brechendes Eis da, der Fluss fließt einfach, ändert nur Richtung und Tempo.

»Hodgkin«, sagte er schließlich, mit einer winzigen Neigung des Kopfes, die irgendwie entschuldigend wirkte. Flora beschloss, sie als Nicken aufzufassen.

»Sehr erfreut! Waldenström«, stellte sie den Grund ihrer Anwesenheit vor. Wir sind unsere Diagnosen, zwei Fälle, schoss es ihr wieder durch den Kopf.

»Ah. Die sanfte Variante.«

»Hoffentlich. Ich dachte, ich fang mal klein an.« Falls »bösartig« zu steigern oder abzuschwächen war, musste der Junge sie wohl beneiden. Mit seinem Morbus Hodgkin, einer gefährlichen Tumorerkrankung des Lymphsystems, hatte er den peinvolleren Leidensweg vor sich und war ihn offenbar schon ein gutes Stück gegangen. Den genannten Wirkstoffen in seinem Cocktail nach wurde er dem BEACOPP-eskaliert-Schema gemäß behandelt. Wie alt mochte er sein? Einundzwanzig, Zweiundzwanzig vielleicht. Wann er wohl die Diagnose erhalten hatte? Und war das seine erste Therapie – oder gar schon ein Rückfall? Er wirkte so – eingeübt, vertraut mit der Situation, dem Raum, dem Thron, auf dem er installiert saß.

»Seit wann?«, fragte Flora schließlich, bevor die Gesprächspause zu lange andauerte und sie den Faden vielleicht nicht wieder aufnehmen würden.

»Fünf Monate. Mein vorletzter Zyklus vor der Strahlentherapie. Bis zum dritten ging es einigermaßen.«

Nun, das klang immerhin nach Erstthérapie, beruhigte sie sich. Floras Gedanken rasten. Viel mehr als das Hier und Jetzt schreckte sie die Aussicht auf den langen Weg danach: Die ständige Angst vor Rückfall, Therapie-Wiederholung, Bestrahlung, Leistungsabfall, Folgekrankheiten: »Jede Chemotherapie erhöht das Risiko für weitere Tumorerkrankungen.« Die Sorge, ihre Kinder könnten sie nur noch als krank erleben, bevor sie irgendwann einmal über einer Therapie wegstarb. Ein Schatten über allem, den man nicht wegschieben konnte, auch wenn man sich um die lichten Momente intensiv kümmerte.

Der Junge war voller Humor und Freundlichkeit, so jemand musste zuversichtlich sein, den Willen zur Heilung haben. Ein sehr junger Erwachsener, der seinen eigenen Weg nur kurz unterbrochen hatte, auf eine dunkle Abzweigung gedrängt wurde, um dann wieder auf die Sonnenseite zu wechseln. Flora wünschte ihm, er würde sein Leben danach, sein eigentliches Leben, unbeschwert gestalten können. Aber was wusste sie schon? Würde er unbeschwerter, stärker, gesünder sein als sie, nur weil er jung war?

»Was werden Sie danach tun?«, fragte sie schließlich.

»Sie fangen aber gar nicht klein an.« Nein, das war eine weitreichende Frage, da hatte der Junge schon recht.

»,Und, was haben Sie heute noch vor?‘ erschien mir aber unpassend!«, gab Flora zu bedenken.

»Stimmt, wir reißen heute keine Bäume mehr aus. Sie werden auch gleich müde, warten Sie's ab.« Aber ihr Gegenüber war offensichtlich nicht gewillt, sich sofort in den Dämmerschlaf der Therapie zu flüchten. Therapie, Therapie-Stuhl — das klang alles so harmlos und freundlich, fand Flora. Mehr nach Gesprächstherapie oder der sprichwörtlichen Couch. Oder dem Barhocker …?

»Wenn ich clean bin«, knüpfte er an ihre Frage an, »mache ich wohl dasselbe wie jetzt. Nur hoffentlich besser. Ich setze mein Studium fort.«

»Was studieren Sie?« Hoffentlich nicht ausgerechnet Medizin. Mit Schwerpunkt auf Erkrankungen des Lymphgewebes. Das fände sie irgendwie bitter.

»Medizin«, antwortete der Junge und lachte leise. »Nee, Quatsch, blöder Witz. Das andere.«

Wie jetzt, das andere? Seit wann konnte man im 21. Jahrhundert nur zwei Fachrichtungen studieren? Was sollte denn »das andere« sein?

»Jura?«, fragte Flora vorsichtig.

»Genau! Mediziner und Juristen sind in unserem kulturellen Gedächtnis immer noch der Inbegriff ‚studierter Leute‘, seltsam, oder?«

Das ist tatsächlich verrückt, dachte Flora. Es gab ungezählt mehr Ingenieure, Lehrer und Wissenschaftler aller Art als Ärzte und Juristen zusammen.

»Nicht logisch, aber meine Eltern fanden ganz gut, dass ich mich für etwas entschieden habe, womit man was anfangen kann, wie sie sagen. Nicht so ein abstraktes Bachelor-Ding, O-Ton mein Vater.«

Versteh ich sofort, dachte Flora. Seit sie ihr Studium abgeschlossen hatte, oh Gott, seit fünfzehn Jahren, hatte sich so viel verändert in der Hochschulkultur, da blickte sie auch schon lange nicht mehr durch. Was nicht hieß, dass man nur mit klassischen Studiengängen etwas Gescheites anfangen konnte.

»Aber Ihr Vater ist kein Jurist?«

»Er ist Zimmermann mit einer kleinen Werkstatt. Es ist kompliziert mit den Aufträgen im Moment …«

Selbstständigkeit, wirtschaftliche Schwierigkeiten, und dann das Kind krank. Auf das man so stolz war – super Abitur, Studienplatz Jura … Angst vor schwierigem Verlauf oder Ansteckung in der Pandemie, das ging an die Substanz. Flora erschrak einen Moment über sich selbst: Wieso war sie gleich wieder in der Fallanamnese? Aber – wieso auch nicht? Denken schadet ja nun nicht, fand sie.

»Haben Sie ein enges Verhältnis zu Ihren Eltern?«

»Sie gehen wirklich ganz schön ran!«, lachte der Junge. »Es ist herzlich, ja, aber enger im Moment, als uns lieb ist.«

Klar, was das bedeutete.

»Sie sind wieder eingezogen.«

»Als es … schwierig wurde, ja.«

»Ihre Mitbewohner konnten Sie nicht hinreichend auffangen«, riet sie. Kleiner Betrieb des Vaters, der Junge würde nicht genug Mittel gehabt haben für eine eigene Wohnung.

»Mein Mitbewohner, ja.« Ihr Gesprächspartner klang nicht erstaunt, eher versonnen, als versuche er sich an die Situation zu erinnern.

»Wir sind in eine Klasse gegangen und dann zusammen zum Studium.«

Oh je. Ein Freund, den die Situation auch enorm belastet. Kontaktbeschränkungen. Rücksicht auf den Risikopatienten. Entfremdung. Wie geht es dir? per WhattsApp. Ausbleiben zusammen-hängender Gespräche. Naja, vielleicht skypten sie bei Gelegenheit. Aber – Flora kannte das Aber. Ob er einsam war?

»Sind Sie, hm, allein?«

Er sah aus dem Fenster und ließ sich Zeit mit der Antwort, folglich gab es dazu wohl eine Geschichte zu erzählen. Eine Liebesgeschichte vielleicht, die ein Ende gefunden hatte.

»Sie zuerst.« Ja, das war fair.

»Also: Achtunddreißig, zwei Jungs, werden Anfang Mai sechs und vier Jahre alt. Alleinerziehend seit anderthalb Jahren.«

»Oh.« Warum nur war es immer ein Grund, bedauert zu werden, wenn man Alleinerziehung erwähnte? Aber er war jung, seine Eltern führten vermutlich eine stabile Ehe, vom üblichen Knatsch abgesehen glücklich.

»Sind die Kinder jetzt beim Vater?«

»Nein. Noch nicht. Man sagte mir, es sei sehr gut verträglich, und … Ich … wir wollten nicht so viel verändern für die Kinder. Der Vater lebt jetzt in einer anderen Stadt.«

Dr. Plessmer trat ein und verschaffte ihr Zeit zum Nachdenken. »So, Frau Hartmann. Geht es Ihnen gut? Schöne Narbe. Einmal tief Luft holen und anhalten, bitte.« Ein kurzer Pieks, und im Handumdrehen hatte er auch schon ein rot gefülltes Röhrchen in der Hand, gar nicht so klein.

»Ist das mein Blut?«

»Na klar«, lächelte Plessmer, als er es entsorgte. Schwupps, weg. Wahnsinn, wenn sie daran dachte, wie viel ihr hier an

Blut schon abgenommen wurde – und jetzt in den Sondermüll damit. »Ich muss doch das Schläuchlein da oben reinigen, damit eine Infusion an ihren Bestimmungsort kommen kann.« Er spülte den nun geleerten Zugang mit Kochsalz, was sie erstaunlicherweise sofort schmeckte. »Die Spritze hier«, er setzte an, schwupps, drin, »ist gegen die Übelkeit. Das hier vorbeugend gegen eine mögliche allergische Reaktion. Es wird Sie sehr müde machen. Die zwei Paracetamol schlucken Sie bitte mit viel Wasser.«

Er wartete, bis sie getrunken hatte, und sah sie prüfend an. Offenbar war er zufrieden mit ihrem nach außen erkennbaren Gesamtzustand und verband den Infusionsbeutel über die Portnadel mit Floras Blutkreislauf. Es ging los. Sie wusste nicht mehr genau, ob sie es sich irgendwie spektakulärer und gefährlicher vorgestellt hatte. Wahrscheinlich war sie jetzt einfach abgelenkt durch den Verlauf des Gespräches.

»Plaudern Sie noch ein wenig und machen Sie ein Nickerchen. Sie haben jetzt viel Zeit. Wir werden öfter nach Ihnen sehen.«

»Also ihr Mann zog nach der Trennung in eine andere Stadt«, nahm Floras Gesprächspartner nach Plessmers Abgang den Faden wieder auf. »Waren Sie traurig?« Er hatte sich schnell auf sie eingestellt, formulierte einfache Fragen, die es in sich hatten.

War sie traurig gewesen? Viele Emotionen hatte es gegeben, sicher. Aber wann und wie lange war sie traurig?

»Doch, natürlich. Aber es gab soviel anderes zu regeln. Kinder, Wohnung, Geld. Wir mussten rational und klar sein, beherrscht gegenüber den Jungs. Und so ging es dann schnell, sang- und klanglos. Wissen Sie«, sie schob sich in ihrem Therapiestuhl ein wenig nach oben, »wir sind beide zugezogen, haben uns nach einer Fernbeziehung sozusagen hier getroffen, um zusammenzuleben und eine Familie gründen zu können. Für mich war es zunächst gut, aber Matthias lebte sich nicht so recht ein. Als es dann«, wie sagte man so etwas? »Als es zu Ende ging, wurde eine attraktive Stelle im Unternehmen meines Schwagers frei, in Matthias' Heimatstadt. Und so ging es dann schnell. Wir haben, nachdem der Gedanke ausgesprochen war, beide nicht gezögert.« Sie wusste es damals, und sie wusste es heute: Es war der richtige Zeitpunkt gewesen. »Ja, ich war traurig. Aber am traurigsten macht mich, dass es so einfach war.« Einfach und banal.

»Aber Sie haben es hinter sich«, antwortete der Student leise, dabei zählte er offensichtlich die Schmutzflecken an der Scheibe, so konzentriert beobachtete er sie. Sein Gesichtsausdruck war hinter der Maske nicht zu erkennen.

Flora verstand sofort: Sie hatten es davor hinter sich gebracht. Matthias und sie mussten sich nicht mehr als Paar neu aufstellen, ja, die Erkrankung würde sich wohl eher positiv auf die Beziehung zum Vater ihrer Kinder auswirken. Vergangene Streitthemen und Verletzungen traten in den Hintergrund. Und wenn sie jetzt Matthias' Mitgefühl hatte, seine aufrichtige Sorge um sie, seine Traurigkeit darüber, dass es sie treffen musste, dann gab ihr das keinen bösen Stich ins Herz. Bot Matthias ihr jetzt seine Unterstützung an, machte sie das nicht zu einer bedürftigen Frau, da sie nicht mehr seine Frau war.

Der Junge wandte sich ihr nun wieder zu und sah sie mit klarem Blick an. Flora nickte ihm zu, als Zeichen des Einverständnisses. Sprich oder schweige, ich werde es verstehen.

»Wissen Sie, meine Freundin ...« Er suchte nach Worten. Aber sie hatten ja Zeit. »Also, sie war schon einen Schritt weiter im Leben. Sie hat letztes Jahr ihre Ausbildung abgeschlossen und ihre erste Stelle angetreten.«

Eine aufregende Zeit, dachte Flora, in der scheinbar alles vorwärtsdrängt, man in Eroberungslaune ist. Man lernt soviel dazu, ist aktiv. Sie versuchte sich den jungen Mann zu Hause vorzustellen und sah ihn unwillkürlich in einem

Lehnsessel, den Sitzenden in derselben Haltung wie auf dem Therapiestuhl. Aber solche Lehnsessel hatten junge Leute doch gar nicht ... Daneben eine junge Frau, schlank, agil, aber schemenhaft. *Wie geht es dir heute, mein Schatz? Was hat Doktor Plessmer zu deinen Blutwerten gesagt?* So sprach Floras Oma damals mit dem Opa, als es ihm zusehends schlechter ging. An Bild und Ton schien etwas Grundfalsches zu sein, etwas nicht Passendes, und beides verschwand daher sofort wieder aus ihrem Kopf.

Der Junge schwieg wieder. »Sie haben sich als Bremse gefühlt?«, fragte Flora, ganz leise zwar, aber jetzt erschrak sie doch über ihre Direktheit. Er griff den Gedanken auf.

»Anfangs nicht. Es war so unwirklich, die Diagnose-Odyssee und alles, da denkt man nicht darüber nach, ob man damit jemanden stört. Es bricht über beide Partner herein, und man weiß gar nicht, was im Laufe der Zeit alles auf einen zukommt. Wir wollten zueinander halten. Aber es wurde schwierig. Wenn ich mit mir selbst nicht zurande komme, wie soll es jemand anderes können?«

»Es hat sich zu viel in Ihrem Alltag geändert?«

»Ja. Und sie wurde ein Besucher darin.«

Sie schwiegen wieder eine Weile.

Flora versuchte sich vorzustellen, wie das ist, wenn die gemeinsame Normalität wegbricht. Eine, die ein junges Paar sich erst erarbeitet. *Bist du noch mit mir zusammen, obwohl ich krank bin? Oder bist du noch mit mir zusammen, weil ich krank bin?* Wie lange konnte man es vermeiden, sich das zu fragen? Der andere konnte sich alle Mühe geben, seine aufrichtige Liebe und sein Verständnis zu zeigen. Diese Gedanken wollen trotzdem irgendwann gedacht werden.

»Sie besuchte Sie bei Ihren Eltern?«

»Ja, meistens. Anfangs war auch ich noch etwas unterwegs, aber dann begann die Therapie, mich immer mehr anzustrengen.«

Mein Gott. Sie hatte vermutlich alles, was er sich wünschte. Eine eigene Familie, Verantwortung. Sicher, es kümmerte und betüddelte sie niemand, aber das war vielleicht leichter zu ertragen als das bedauernswerte Kind zu sein und nicht mehr der Geliebte, der Mann, mit dem man eine Zukunft plante. Kinder. Kinder, die es vielleicht nie geben oder die krank sein würden ... Die er seiner Freundin nicht wünschen würde. Er hatte sie ziehen lassen müssen und damit einen Teil seiner Pläne.

Wie es für seine Freundin gewesen war? Anfangs war sie sicherlich ein Halt für ihn. Jemand, der sich genau wie er belas und beriet, um die Krankheit und die Therapiemöglichkeiten zu verstehen. Da zogen sie an einem Strang. Aber dann? Irgendwann war die Therapie eingeleitet, und es begannen die Wiederholungen. *Wie geht es dir? – So einigermaßen. Erzähl mir lieber etwas von dir. – Ach, bei mir war es auch wie immer ...* Nach vielen Beziehungsjahren, wie damals bei ihren Großeltern, konnten solche Gespräche nicht die Basis erschüttern. Aber wenn diese Art von Austausch begann, die gemeinsame Basis zu werden ... Erst ist es Rücksichtnahme, man will den ernsthaft Kranken nicht mit Belanglosigkeiten aus dem Alltag belegen. Man fragt lieber, zeigt Interesse. Aber der Erkrankte will sich auch nicht nur in Befindlichkeiten suhlen, sein Interesse am wahren Leben erhalten. Und irgendwann ist der Faden weg, man weiß nicht mehr, was überhaupt noch erzählenswert ist. Man treibt auseinander, kein Ufer, an dem man sich wiederfinden könnte.

Flora kämpfte gegen den Schlaf. Wer wusste schließlich, wann sich die nächste Gelegenheit ergab, mit einem Erwachsenen zu sprechen? Sie wollte nicht einschlafen, vermeiden ließ es sich nicht.

Als sie hochschreckte, schlief der Hodgkin-Patient. Unruhig schaukelte sein Kopf in der sitzenden Haltung über der linken Schulter hin und her. Schließlich schrak auch er aus seinem Dämmerzustand auf.

»Haben Sie geträumt?«

»Hmh. Es war kein richtiger Traum. Mehr so ein Bild. Kennen Sie das? Man denkt an eine Person, und dann hat man ein Bild im Kopf oder manchmal einen Geruch … Wenn ich an meine Freundin denke«, *es fällt ihm schwer, »Ex« zu sagen,* dachte Flora unwillkürlich, »also, dann sehe ich uns. Wie in einer Filmeinstellung. Wir stehen nebeneinander in einem freien Feld.« Er schnaubte kurz, ein unwilliges Geräusch. »Ironischerweise mit anderthalb Metern Abstand. Jedenfalls ungefähr. Es ist ganz still. Vor uns, am Rand des Feldes, ein Wald und dahinter ein sengend roter Himmel. Hitze. Trotz der Stille wissen wir, dass der Feuersturm gleich hier ist, und wir können nichts tun, wir können nur abwarten und hoffen, dass der andere hinterher noch da sein wird.«

Dieses Hinterher würde es für die zwei nicht geben, aber im Traum ließ ihn die Hoffnung noch nicht los. »Was sehen Sie, wenn Sie an Ihren Mann denken?«

Flora hatte nie darüber nachgedacht, doch das Bild kam sofort. »Es ist ganz anders als bei Ihnen, laut, aber dafür schwarz-weiß. Wir gehen eine Straße entlang, mit vielen Autos und Lärm. Jeder von uns hat ein Kind an einer Hand, und der Fußweg ist für uns zu schmal. Einer drängt den anderen immer ab, weil man nicht nebeneinander laufen kann, und wir versuchen dabei miteinander zu reden. Ab und an bockt ein Kind oder beide wollen zugleich etwas erzählen, es gibt zu viele Geräusche aus der Umgebung, der Wind trägt die Stimme des anderen weg, und – wir können einander einfach nicht verstehen.«

Sie schob die Maske nach unten, um einen Schluck Wasser zu trinken, und atmete tief durch. Es war vorbei.

»Und jetzt? Ist es jetzt ruhiger geworden?«

»Ja.«

Er nickte.

»Ich glaube, in allen entscheidenden Situationen ist man allein. Vielleicht ist es sogar einfacher, wenn man sich nicht jemandem erklären muss.«

Sie fiel in sein Nicken ein, ein komisch pantomimisches Duett, und sie mussten wieder grinsen. »Jetzt sitzen wir hier und müssen uns einander nicht erklären.«

»Nein.«

Flora hätte nicht sagen können, ob die Zeit schnell oder langsam verging. Vermutlich lag es an dem Dämmerschlaf, in den sie hinüberglitten und aus dem sie wieder erwachten, ohne sich zu fragen, wo sie waren und wie sie hierher gekommen waren. Sie spürte etwas Kratziges im Hals und einen unangenehmen Geschmack. Als sie Wasser trank, merkte sie auch, wie dringend sie zur Toilette musste.

Schwester Sigrid stöpselte sie für den Klogang ab. »Noch eine knappe Stunde, dann haben Sie es für heute geschafft.«

Mit ihrem grünen Lätzchen auf der Brust, die Portnadel vor sich hertragend wie ein Narwal seinen Zahn, erregte Flora auf dem Gang keinerlei Aufmerksamkeit. Also beschloss sie auch für sich, beim Händewaschen nicht in den Spiegel zu blicken und der Sache keine unnötige Beachtung zu schenken. Wozu sollte es gut sein?

Bald waren sie beide wieder inthronisiert und angestöpselt. Wie zwei Kleinkinder auf dem Topf, dachte Flora. Nur dass was reingehen soll und nicht raus.

»Erster«, bemerkte Hodgkin entsprechend.

Die Anzeige an seinem Infusionsgestell piepste, die Therapie war durchgelaufen. Schwester Sigrid oder eine der Medizinstudentinnen würde gleich kommen, um seinen Port zu spülen, ihn zu verpflastern und den jungen Mann mit weiteren Terminen zu versorgen. Er wartete geduldig wie der kräftige Mann draußen vor dem Fenster, der Flora jetzt auffiel. Auch ihr Gesprächspartner hatte ihn bemerkt, hob grüßend den Arm. Hinter der Maske war nicht zu erkennen, ob er lächelte. Der Mann trat ein Stück näher an die Scheibe heran und grüßte zurück, Flora konnte seine vollen, geschwungenen Augenbrauen und die bernsteinfarbenen Augen erkennen. Haare und Schnauzer waren leicht ergraut, trotz seiner Statur wirkte der Mann unsicher und kraftlos. Wie gut, dass sie hier saß. Wie gut, dass sie nicht herkam, ein Kind abzuholen.

»So, dann sind Sie also fertig für heute. Morgen sehen wir uns noch einmal, dann feiern Sie erstmal schön Ostern mit ihrer Familie.« Das konnte an sie beide gerichtet sein. »Ich gebe Ihnen morgen die neuen Termine mit, in etwa zehn Tagen dann wieder eine kleine Blutkontrolle.«

Seine Augen lächelten sie an. »Dann sehen wir uns also bald wieder. Zum kleinen Blutbild, alles klar?«, setzte er in einem spielerischen Tonfall hinzu, und Flora lachte leise. Wieso gab man Studentenkneipen so langweilige Namen wie »Zur alten Post« oder »Zum groben Gottlieb«? »Zum kleinen Blutbild« klang viel interessanter. Existentieller. Durch den Zusatz »klein« aber auch nicht bedrohlich. Und falls in ihrem Blut eine neue Bedrohung existierte, würde sie es in frühestens zehn Tagen erfahren.

»E. Matuschek« unterschrieb sie, allerlei Papierkram erledigend. Eine Ironie des Schicksals, dass sie diesen Namen nie abgelegt hatte, obwohl ihr doch damals alle sagten, er stünde ihr gar nicht zu. Sie musste selbst daran zweifeln, seit sie verständig genug war, um neun Monate rückwärts zu zählen. Anfang Oktober 1945 war sie geboren, dieses Jahr würde sie stolze fünfundsiebzig werden. Doch während der schweren Bombenangriffe am sechzehnten Januar war ihr Vater bestimmt nicht auf Heimaturlaub gewesen, wahrscheinlich galt er schon länger als verschollen, ihre Mutter schwieg sich darüber hartnäckig aus. Sie war ohnehin keine gesprächige Frau, aber herzlich und praktisch, und sie

liebte ihr kleines Mädchen sehr. Lehrerin wollte sie werden, doch vor dem Abschluss des Lehrerinnenbildungsseminars in Schlesien kam die Flucht dazwischen. Als sie sich für den ersten Neulehrerkurs im Kloster Unserer Lieben Frauen anmelden wollte, schickte man Frau Matuschek nach Hause: Bis zur Niederkunft war es nicht mehr lange hin, das konnte jeder sehen.

So ließ sie denn ihre pädagogische Ader tapfer an der Tochter aus, mit liebevoller Strenge. Das kleine Mädchen lernte, auch schwere Zeiten zu überstehen, im Vertrauen, geliebt und beschützt zu werden. Von außen erfuhr dieses Vertrauen seine erste Erschütterung, als offensichtlich wurde, dass mit ihr etwas nicht stimmte.

Dass viele Kinder schlecht wuchsen, verwunderte damals keinen. Sie erinnerte sich noch, wie sie 1953, während der schlimmen Ernährungskrise, mit der Kartoffelkarte zwischen den anderen Kindern in der Reihe anstand. Sie musste ständig zusehen, als Kleinste nicht abgedrängt zu werden. Und das blieb so über die Jahre, bis man schließlich die Hoffnung aufgab, sie würde noch wachsen. Ein Kinderarzt untersuchte sie obenhin und erklärte ihrer Mutter, Skelett und Organe seien bei dem Mädchen fürs Erste in Ordnung – ob sie einfach nur sehr klein war oder ob es eine gesundheitliche Beeinträchtigung gebe, die ihren Wuchs hemmte, könne er in seiner Praxis nicht bestimmen. Da müsse sie sich einen Termin im Bezirkskrankenhaus am anderen Ende der Stadt geben lassen, wenn sie mehr wissen wolle. Ob es denn in ihrer oder in der Familie des Vaters Vorfahren mit sehr kleinem Wuchs gegeben habe?

Dies war sicherlich eine Frage, die die Mutter schmerzte. Welche Bekanntschaft sie auch immer im Januar oder Februar 1945 geschlossen hatte, freiwillig oder unfreiwillig, zu tiefen Gesprächen hinsichtlich der Stammbäume würde es damals nicht gekommen sein. Und auch mit einem Termin im Bezirkskrankenhaus wurde es nichts, sie kamen während Fräulein Matuscheks Adoleszenz dort einfach nicht hin. Die Mutter vergaß, sich die passende Telefonnummer geben zu lassen, und als der erste Münzfernsprecher in ihrem Viertel stand, von dem man aus einen Termin hätte regeln können, da war sie fast volljährig.

Um die Zeit war sie Lehrling im HO-Warenhaus, in dem auch ihre Mutter arbeitete. Da schickte man sie einmal zum Arzt wegen einer Bronchitis, die sie nicht loswerden wollte. Beim Abhören fragte er sie allerlei, ob sie sonst noch Beschwerden habe, auch solche, an die sie vielleicht schon gewöhnt sei, ob sie ihre Mensis regelmäßig bekomme, und vieles mehr. Sie verstand das damals nicht so recht, schließlich ging es um einen Husten und die Lunge. Aber als der Arzt ihr schließlich ein Rezept ausstellte und sie bis zur Tür des Behandlungszimmers begleitete, riet er ihr, sich vor einer Ehe und vor allem einer Schwangerschaft genauer untersuchen zu lassen. Verwirrt verließ sie die Praxis und legte sich zu Hause hustend zu Bett.

Seitdem mied sie Ärzte, wenn ein Besuch nicht dringlichst erforderlich war, und zu der empfohlenen Untersuchung kam es ebenso wenig wie zu einer Ehe, wodurch sie das Fräulein Matuschek blieb. Doch, hübsch war sie gewesen als junges Mädchen, auf eine niedliche, fast puppenhafte Weise. Es gab schon Männer, die sie süß fanden – süß und ungefährlich vielleicht. Die waren zuvorkommend und gingen auch mal ein paar Abende mit ihr aus. Aber eine Ehe, gar Kinder? Sie war zu kurz für eine lange Liebe, zu klein für das große Glück. Geweint hatte sie dann, wenn es wieder vorbei war, ganz heimlich unter ihrer Decke, aber die Mutter merkte es ja doch. Nie hatte sie groß gefragt, wohin sie ging und mit wem, ob sie wohl brav bleiben wolle – als wüsste sie, ihr kleines Mädchen würde ihr auf Dauer keiner nehmen. Bestimmt sorgte sie sich, sprach aber nie darüber, das war ihre Abmachung ohne Worte: Die Mutter fragte nicht nach einem Freund und die Tochter nicht nach dem Vater. Und wenn es dann mal schlimm war – und wenn man jung ist, ist es das immer – dann nahm die Mutter sie in den Arm und hielt sie fest, dass sie nicht weggespült werde von ihren albernen Tränen.

*Sie sprachen nicht, aber ein, zwei Tage später sah die Mutter sie
wissend an und sagte etwas wie: »Mein Däumelinchen. Es wird
schon wieder«, oder: »Wir haben schon ganz andere Zeiten ohne
Mann überlebt. Soll's denn jetzt anders werden?«*

Und so blieben sie denn, wie sie waren.

*Ein schlechtes Leben war es nicht, aber still. Die Aufregung,
die Sehnsucht, die Erfüllung, die kamen erst so viel später. Und
da war es alles richtig und gut.*

Am Abend, als die Kinder schliefen und Ina bei Louis war,
stahl sich Frauke herein, gerüstet mit Maske und Einkaufs-
korb: »Statt Blumen und Klopapier.«

»Seit man weiß, dass ich eine Chemo mache, will jeder
Nachbar für mich einkaufen gehen. Andauernd Lebensmittel. Dabei wird einem doch bekanntlich übel davon!«

»Jetzt warte doch mal ab«, tönte Frauke betont gedehnt
und deutete Flora mit einem Nicken Richtung Sofa an, sie
solle sich wieder setzen. »Zuerst einmal: Wie war es und wie
geht es dir jetzt?«

»Sowas wurden die Mädels früher nach der Hochzeitsnacht
gefragt!«

»Also dann geht es dir den Umständen entsprechend gut«,
schlussfolgerte Flora, »und wir können jetzt etwas für dein
weiteres Wohlbefinden tun. Mir ist klar, dass du jetzt keine
Sahnetorte mit sauren Gurken drauf möchtest, aber etwas
solltest du essen. Was derzeit mit dir passiert, ist zehrend, und
Fett hast du keins mehr. Wenn du weiter abnimmst, geht es
an die Muskelmasse. Dann fühlst du dich noch schwächer
und hast irgendwann nicht einmal mehr Lust zu kauen, ein
Teufelskreis. Und deine beiden Sonnenscheine werden dich
kaum päppeln, sondern weiter fordern.« Frauke saß nun auch
und packte ihren Korb aus. »Ich hab mich etwas belesen.
Wenn du während der Chemo vegan lebst, verträgst du es

auf den Magen besser. Zucker nährt die Krebszellen, aber einige Obst- und Gemüsesorten können den Heilungsprozess unterstützen.« Flora zuckte zusammen. »Nein«, wehrte Frauke ab, »ich trage keinen Aluhut, und Himbeeren heilen keinen Krebs, aber unterstützend kann man den Dingern ja eine Chance geben. Sind noch ein paar Sachen dabei, die eigentlich jeder gern isst. Und«, sie öffnete eine Tupperdose, »ich habe vegane Kekse gebacken. Mit Hafer und Banane. Sowas hab ich auch in der Schwangerschaft gegessen, gleich morgens einen, wenn mir kotterig war, dann ging es.« Die Dinger sahen aus wie Mauerbrocken. Tja, wer konnte da widerstehen?

»Hrrghh«, kaute Flora. Ihr Mund wurde immer voller. »Etwas trocken im Abgang.« Zisch. Frauke war vorbereitet, und schon hielten sie jeder ein geöffnetes Weißbier in der Hand. Alkoholfrei. »Die Powermischung für Sportler, Stillende und sonstige Sonderfälle. Auf die Gesundheit!« Kurz klackten sie die Flaschenböden gegeneinander.

»Ach Frauke!«

»Ich weiß.« Sie starrten beide auf die Platte des Couchtisches. Hier lagen an Silvester ihre Karten, hier trockneten die Weingläser an ihren Rändern an, wenn sie an einem kinderfreien Freitagabend vor einem langweiligen Horrorfilm nebeneinander eingenickt waren. Ewig schien das her zu sein, mindestens ein halbes Leben und nicht ein paar Wochen.

»Also«, hakte Frauke schließlich nach.

»Sie sind nett in der Häma. Also schon professionell nett – sie wissen einfach, mit wem sie es zu tun haben. Sie tun ihr Bestes, ohne uns zu nah an sich ran zu lassen. Ansonsten ...« Unendlich müde war sie. Wie sollte sie die Eindrücke des Tages jetzt zusammenfassen? »Ich glaube, ich erzähle dir das besser ein anderes Mal.« Flora lehnte sich zurück und hatte plötzlich wieder dieses Bild vom Hodgkin-Patienten im Lehnstuhl vor Augen. Es war sehr still. »Und wie war dein Tag?«

»Hmm. Das Übliche.« Sie starrten nebeneinander her und hingen ihren Gedanken nach.

Dazwischen klingelte das Telefon.

Matthias wollte alles wissen, natürlich. Ein Mann, der die Situation einzuschätzen wünscht, braucht Informationen.

»Den Kindern geht's gut, wirklich. Beim Schlafengehen haben sie bemängelt, dass ich nach Medizin stinke, aber ich glaube, das werden sie überleben.«

»Bist du sicher, dass du das alleine schaffst?«

Was konnte sie darauf antworten? »Das« würde sich ja noch eine Weile hinziehen, und woher sollte sie wissen, wie es ihr in ein paar Stunden ging?

»Hör zu, ich bin ok, aber zu müde für eine Presseerklärung im großen Stil! Es wird schon gehen. Und Frauke ist ,rumgekommen. Wir trinken veganes Weißbier jetzt ...« Frauke prustete hörbar dazwischen. Dann sprang sie auf, um ein Geschirrtuch zu holen und ihr Getränk wegzuputzen.

Das sorgte immerhin für Erleichterung am anderen Ende der Leitung.

»Ja, also, ich höre, du bist – ganz die alte.«

Welche Erinnerungen Matthias auch immer an eine alte Flora hatte, die neue wünschte ihre Ruhe.

»Vermutlich. Ich gebe mein Bestes. Und ich rufe dich morgen wieder an, versprochen. Nachmittags, dann kannst du auch mit den Jungs reden, ja?«

»Schon fertig?« Frauke setzte sich wieder. »Was musstest du auch so cool sein?«

»Wieso?«

»Er hätte sich ruhig ein bisschen mehr sorgen können.«

»Was welchem Zweck gedient hätte?«

»Ach so.« Frauke verdrehte die Augen. »Männliche Fürsorge, gar Ritterlichkeit gelten ja nichts in deinem Universum. Du bist so alleinstehend wie ein Fels im Bermuda-Dreieck.«

»Das werde ich heute nicht mehr erschöpfend parieren, daher nur die Frage: Wie kommst du jetzt da drauf?«

»Fehlt er dir manchmal?«

»Nein.«

Sie schwiegen kurz.

»Du willst das jetzt nicht hören, aber – vielleicht wird es ja doch noch mal was mit mir und Ben.«

»MÖÖÖÖP.«

»Sei doch nicht immer so negativ!« Immerhin, Frauke verstand sie auf Anhieb. Zum Thema Ben konnte Flora nichts Positives beisteuern.

»Ich denke immer, nach außen sieht das so aus, als hätte ich ihn fallengelassen wie eine heiße Kartoffel. So: Er bringt keine Kohle, wird krank, und sie schmeißt ihn raus.«

»Sind ja netto betrachtet keine schlechten Gründe, oder?«, gab Flora zu bedenken.

»Nnnnnjjj … Aber so geht man da ja wohl nicht ran.«

»Wer war jetzt noch mal ‚man‘?«

»Och, nicht deine philosophische Tour schon wieder. Du wirst wohl besser wissen, wer ‚man‘ ist, du hast doch Abitur und den ganzen Kram.«

»Ja, und der ganze Kram, den man gemeinhin gesunden Menschenverstand nennt, flüstert mir da was. Nämlich, dass dieser Mann nicht gut für dich ist. Er hat dich oft genug hängenlassen. Louis rechnet schon nicht mehr mit ihm als Vater, oder er hat er mal in den letzten Wochen nach ihm gefragt? Wenn du ihn dir wieder ins Haus holst, hast du wieder ein drittes Kind, und das wohnt dann ewig bei dir, liegt dir auf der Tasche und zieht dich runter. Das ist ein hoher Preis für einmal die Woche Babysitten, wenn es denn mal klappt bei ihm.«

Die Rede hatte sie angestrengt. Im Magen begann der Weißbier-Bananen-Mix zu schlingern. Einatmen, ausatmen.

Fraukes Miene war eisig.

»Es tut mir leid. Ich weiß, wie sehr dich das umtreibt, aber mich überfordert das Thema heute.«

»Ich hätte nicht davon anfangen sollen, aber... Ich hab Angst, uns wächst das alles über den Kopf. Ich brauche irgendwen.«

»Klar, für den Fall, dass ich nicht funktioniere.« Sie hatten sich immer aufeinander verlassen, jetzt wurde es eng.

»Flori! Wir kriegen das hin. Du wirst gesund. Du bist so schlau und so stark und ...« Frauke legte den Kopf schief, um zu einem verbindlichen Gag anzusetzen: »Sag mal, wieso hast du eigentlich keinen Freund?«

»MÖÖÖÖP.«

»Ja, ja.«

»Ich muss mal kurz auf den Balkon.«

»WAS?« Frauke entsetzte sich. »Zum RAUCHEN?«

»Nee. Pupsen vom Antibiotikum.«

Sechs Uhr zehn: Das Schweigen der Frühschicht. Nachdem Roy sich vorschriftsmäßig desinfiziert und vermummt hatte, griffen sein Schichtpartner und er die Nephrologische im Haus 60b an. Mit den Fluren waren sie schnell durch, um diese Zeit waren die Schwestern und Pfleger noch mit dem Schichtwechsel um sechs Uhr beschäftigt, befüllten die mit Patiennamen bedruckten Behälter mit verschiedenen Tabletten und wuselten nur in Ausnahmefällen auf dem Gang herum. Dann trennten sie sich, Roy säuberte und desinfizierte die Zimmer auf der linken Seite des Anmeldetresens, die andere Reinigungskraft jene auf der rechten.

Wer einen Blick dafür hatte, musste Roy für unbedingt talentiert halten: Er war schnell, aber doch so behutsam, dass er bei seiner Reinigung kaum Geräusche verursachte. Die meisten Patienten schliefen in »seinen« Zimmern weiter, die Lichtempfindlichen erwachten durch die Dämmerung und die zusätzliche Beleuchtung vom Flur her, wenn Roy die Tür öffnete. Dabei machte er sich soweit es ging unsichtbar. Noch nie hatte er in den vergangenen Wochen mit einem Patienten gesprochen. Er konnte auch nicht sagen, ob die Patienten hier auf der Neph gewechselt hatten oder ob er sie alle schon »kannte«. Nur der Patient in R3.1 kam ihm vertraut vor, ein älterer Mann mit buschigem weißen Haar. Aufrecht stehend würde er vermutlich eine imposante Erscheinung abgeben. Unausgeschlafen im Krankenhausbett, mit den üblichen Gerätschaften drumherum, sah natürlich niemand topfit aus, aber auch im Dämmerlicht ließ die Hautfarbe des Patienten vermuten, dass es ihm wirklich schlecht ging. Zudem schlief der Mann den leichten Dämmerschlaf der schwer Kranken, die nie hellwach wurden und nie erholsam tiefen Schlaf fanden. Er war auch das letzte Mal hochgeschreckt, als Roy hier Schicht hatte. Unmöglich aber, dass er ihn unter Schutzkluft und Maske erkannte. Was der Patient murmelte, schien auch nicht für Roy bestimmt zu sein, doch es klang – ja, wie eigentlich? Alarmiert? Besorgt? Kummervoll. Roys Ziel war es, einwandfrei saubere Flächen zu hinterlassen, nicht Leute aus dem Schlaf zu reißen, damit sie vor dem Aufstehen Sorgen wälzten. Oder gar bedrückt und reuevoll auf ein langes Leben zurückblickten. Also beeilte er sich, seinen »Auftrag abzuschließen und keine Spuren zu hinterlassen«, wie Tomtom es nannte. Er wollte den Patienten nicht ansehen, aber als er sich zum Abwischen nach der Leiste hinter dem fahrbaren Nachtschrank streckte, streifte sein Blick das Gesicht des Mannes. Die Augen geschlossen, gut, aber die dicken Schweißperlen irritierten Roy. Jetzt rumpelte er doch aus Versehen zu laut mit dem Besen herum. Die glatten Flächen aus Kunststoff und Metall waren gut zu reinigen, ergaben aber diese lästige Krankenhausakustik, die gemeinsam mit dem typischen Geruch bei den meisten Menschen Fluchtverhalten auslöste. Das Kabel mit dem roten Drücker am Ende, mit dem man sich beim Pflegepersonal bemerkbar machen konnte, war auf den Boden gerutscht. Roy wischte es reflexartig ab und legte es neben die faltige, aber doch kräftig wirkende Hand des Liegenden. Sollte er den Piepser drücken, bevor er sich das nächste Zimmer vornahm? Er zauderte und zuckte heftig zusammen, als der Mann dies zu Roys Überraschung selbst tat. Wie eine Hexe auf ihrem Besen wutschte Roy mit seinen Utensilien hinaus und, ohne sich umzusehen, ins nächste Zimmer, in dem angenehm beruhigend geschnarcht wurde.

Die Uhr auf dem Gang verriet, dass er wie üblich gut in der Zeit war, er und der Kollege, der seinen Reinigungswagen aus dem gegenüberliegendem Zimmer rollte, würden pünktlich die nächste Station pflegen. Dort war mit mehr Leben zu rechnen, die kleinen Patienten auf der Kinderstation waren zeitig munter. Kinder waren zumeist Frühaufsteher wie Roy, besonders, wenn sie nach einem langen, ereignislosen Tag auf der Station früh die Nachtruhe begannen. Beim Zurückrollen über den Flur prüfte er, dass er nichts liegengelassen hatte. Eine Schwester schlich gerade aus R3.1, und ohne zu wissen, weshalb, spitzte Roy die Ohren. »Das Übliche«, teilte die Schwester ihrer Kollegin am Anmeldetisch mit. »Die Angehörigen wissen nicht, was er meint. Vielleicht hatte er als Kind mal ein Haustier, das so hieß.« Haustier? Nun gut, es ging ihn ja nichts an, er wollte nur nicht dabei sein, wenn jemand den Löffel abgab oder gar nach einer Beichte rief. Was in R3.1 augenscheinlich nicht der Fall war.

Der Rest der Schicht verlief ohne Zwischenfälle. Die meisten Kinder waren mit begleitendem Elternteil eingewiesen, das spätestens bei Roys Eintreffen schlaftrunken aufstand und sich bemühte, nicht im Weg herumzustehen. Was ihn auch stets peinlich berührte, da dies ja sonst seinem Bestreben entsprach. So beeilte er sich noch mehr, obwohl mit den gewonnenen Minuten nichts anzufangen war. Roy präparierte einfach den genutzten Reinigungswagen für die nächste Schicht besonders sorgfältig. Tomtom hatte heute seinen freien Tag, und überrascht stellte Roy fest, dass ihm die Stille um sich her gefiel.

Wenn Roy irgendwohin unterwegs war, wählte er stets den kürzesten Weg, und den ging er zügig. Daher war er immer pünktlich und hatte immer Zeit. Wie jetzt. Als er heimkam, hatte Mama ihm ein Frühstück hingestellt, heißer Kaffee blubberte noch in der Maschine. Kyra saß im Eltern-schlafzimmer vor dem alten PC, während sie lautstark am Telefon debattierte. Anscheinend ging es um eine Aufgabe, die ihr Lehrer gepostet hatte, das konnte Roy ausblenden. Mama war ihrerseits auf Raumpflege-Tournee, Papa anschei-nend auch unterwegs. Ruhe. Zu Hause sein war schön. Roy streckte die Füße erst aus und rieb dann mit der rechten Ferse den linken Ballen, hob die geballten Fäuste gerade über den Kopf und dehnte seinen Rücken. Zuhause bemerkte er erst, dass er mehrere Stunden gebückt gearbeitet hatte, aber das ausgiebige Strecken brachte seinen leichten Körper schnell wieder ins Gleichgewicht, und eine umfängliche Mahlzeit, heiß begossen, sorgte für Wärme und Ausgeglichenheit von innen. So ließ es sich leben. Er hatte getan, was zu tun war für heute, und wenn er den Tag mit einem kurzen Nickerchen, ein bisschen Haushalt und einem Spaziergang herum brachte, bevor es ans Schlafen und Frühaufstehen ging, konnte keine Menschenseele etwas dagegen einzuwenden haben. Dies war es, was Roy am meisten beruhigte: Die Aussicht darauf, heute keinen Fehler mehr zu machen und nichts und niemanden zu stören.

Sogleich bereute er, sein Telefon nicht abgestellt zu haben. »Bist du da? Komm runter, ja?« Tomtom hatte anscheinend Pläne mit ihm, was Roy überraschte. Und natürlich mochte er Überraschungen nicht.

Tomtom zuppelte wieder aufgeregt hin und er, ungefähr wie eine zwei Zentner schwere Biene, die ihrem Schwarm den Weg ins Gartencenter anzeigt. Nur dass Tomtom für gewöhnlich der Meinung war, eine Marktlücke anzuzeigen, die ihm und seinen Kumpels den großen Durchbruch bescheren würde. Im Moment bemühte er sich redlich, die Schallmauer zwischen sich und Roy zu durchbrechen, der, gestört in seiner rechtschaffenen Feiervormittagsträgheit, lustlos neben Tomtom hermarschierte.

»Was wir eigentlich anbieten müssten, sind so PC-Kurse für Senioren«, sinnierte Tomtom. »Die kommen doch jetzt noch weniger raus. Brauchen Starthilfe bei Skype und so. Wenn die sich da reinarbeiten, haben sie mehr Kontakt zu ihren Familien und untereinander. Man könnte auch eine kursinterne Plattform anbieten, auf der die reifen Jungs und Mädels dann quasseln können ...« führte er aus.

»Gibt's sowas nicht schon bei der Volkshochschule?« Roy war skeptisch. Bei vielen Ideen von Tomtom kam er gar nicht mit, aber das hier ließ sich vertraut an. Davon hatte er zumindest schon etwas gehört.

»Aber die ist doch jetzt dicht. Muss man halt online anbieten.«

»Jaaah. Aber wie kommt die Zielgruppe dann online, um zu lernen, wie sie dahin kommt?«, überlegte Roy laut. Huch, hatte er das eben wirklich gesagt? Abrupt blieb er stehen. Im Sprechen hatten er und Tomtom ganz schön Fahrt aufgenommen, sodass dieser jetzt nach Roys Bremsung ein paar Schritte weiter purzelte und vor ihm zum Stehen kam.

»Mensch Roy, denk doch mal nach. Du kannst doch nicht ewig den großen Putzinator machen im KH. Je länger du dort festhängst, desto schlechter isses für deine Karriere. Jetzt ist der Zeitpunkt, um Initiative und Erfindungsgeist zu zeigen. Die Kunden, die du in der Krise gewinnst, bleiben bei dir!«

Karrjehre. Roy hatte dieses Wort schon einmal gehört. Allerdings nicht in einem Zusammenhang mit ihm selbst.

»Wir müssen uns jetzt endlich mal was einfallen lassen!«

Roy seufzte und beobachtete die Feuerwanzen zu seinen Füßen, von denen er immer nicht recht wusste, ob die sich miteinander paaren, wechselseitig fressen oder beides wollten. Möglicherweise wussten die Tiere das auch nicht so genau und folgten im Zweifelsfall einer Spontaneingebung durch Instinkt. Auch Tomtom wurde wieder durch die Vibes seines Bienentanzes in Bewegung gehalten und steuerte seine ultimative Eingebung an. »Also, was hältst du vom Oma-Online-Kurs? Bist du dabei? Lass uns zu mir gehen und ein Konzept erstellen. Und ein möglichst einfaches Layout, mit großen Buchstaben, falls die Lesebrille mal verschwunden ist … !«

Beifallheischend schaute Tomtom auf Roy und dieser auf die Feuerwanzen. Drei der Tiere hatten eine Kette gebildet, konnten sich aber auf keine Marschrichtung einigen, wobei die mittlere kein erkennbares Mitbestimmungsrecht zu beanspruchen hatte. Roy fühlte mit ihr. So war es, wenn man immer irgendetwas sollte – und dann ging man wohin und es ging prompt etwas schief. Warum nur? Warum dieses Gezerre? Im Moment funktionierte doch alles. Er war noch nicht negativ aufgefallen. Das Krankenhaus würde keinesfalls im Lockdown geschlossen. Gereinigt wurde dort jeden Tag. Endlich ging mal alles seinen sozialistischen Gang, wie es die älteren Bewohner im Block auszudrücken pflegten. Für Roy war heute nicht der Augenblick gekommen, irgendetwas zu riskieren oder sein Leben umzukrempeln. Aber seinen Kollegen, sprich rund fünfundzwanzig Prozent seiner sozialen Kontakte, zu verprellen, war auch eine blöde Idee.

»Ja, ähm, also«, begann er sicherheitshalber. Und das war schon ganz schön viel. »Also du machst das bestimmt krass gut.« Wer weiß, vielleicht stimmte das sogar. »Aber du«, tja, was? Roy fühlte sich auf einmal schwach. Was sollte er Tomtom entgegensetzen? Widerspruch war unter seinen rhetorischen Talenten nicht angelegt. Also sagte Roy die Wahrheit, wie immer: »Ich fühle mich grad total schwach.«

Tomtom schaute entgeistert, was Roy nicht ganz verstand. Vielleicht hatte die Monster-Biene mit ehrlicher Begeisterung gerechnet. Aber wieso wich Tomtom einen Schritt zurück? Roy grübelte und legte dann nach: »Hab auch so'n Kratzen im Hals«, Mamas Kaffee war der beste und der stärkste, da konnten einem die Mandeln schon mal antrocknen, »und 'nen komischen Geschmack habe ich auch.« Roy war ganz erschöpft von so einer ungewohnt langen Rede. »Ich glaub', ich leg mich ein bisschen hin.«

Nun war Tomtom direkt blass geworden. »Alter!«, ächzte er. »Sieh mal ja zu, dass das nichts Ernstes ist.« Er hatte sich auf Sicherheitsabstand gebracht und entspannte sich. »Mann, dass man auch immer gleich so'n Schiss kriegt wegen 'ner popeligen Erkältung. Sorry. Sind die Umstände. Mach dich lang und meld' dich, ja? Ich will mir keine Sorgen machen müssen!« Weg war er, um allein an seiner Idee weiter zu brüten.

Um sich von dieser unerwarteten Gesprächswendung zu erholen, setzte sich Roy erst einmal unter die Kiefer im Hof. Die Feuerwanzenkette hatte sich aufgelöst oder verflüchtigt, einzelne Tiere krabbelten herum, um aus Roys schmalem Schatten zurück an die Sonne zu gelangen. Und die flachen Insekten kamen ihm auf einmal wie Menschen vor, die stets den Anschein zu erwecken strebten, ihr Ziel zu kennen, obwohl sie eigentlich nirgends hin wollten. Warum konnte man nicht einfach nur so dasitzen? Roy hätte jetzt gern die Füße aneinander gerieben, vermied es aber, die Schuhe auszuziehen. Es sollte ja nun auch kein Viehzeug hineinkrabbeln.

Am zweiten Tag hatte sie bereits Übung, schob ihren Triagebogen samt Zieh-Nümmerchen unter der Glasscheibe durch, trat einen Schritt nach rechts, wandte sich zur Seite und senkte ihre Stirn, damit die kleinere MFA bequem ihre Temperatur messen konnte.

»Wie ging es Ihnen gestern so?«

»Ich war sehr müde, habe eine von den Tabletten gegen Übelkeit genommen vor dem Schlafengehen. Ansonsten ...«, ansonsten war nichts zu berichten, was Schwester Sigrid nicht schon hunderte Male gehört hatte. »Die OP-Narbe ist eben noch hinderlich.«

»Das wird ganz schnell besser und irgendwann denken Sie gar nicht mehr daran, dass Sie da irgendwas haben!« Sie sahen einander an, und Flora begriff, dass die MFA das nicht einfach zur Beschwichtigung sagte. Es war mehr ein Erfahrungsbericht aus der Beobachtung vieler Patienten heraus, also lächelte Flora dankbar und mühte sich, an das Gesagte zu glauben.

Durch die Tür zum anliegenden Therapieraum konnte Flora erkennen, dass derselbe Stuhl wie gestern für sie vorgesehen war, die Decke, die man ihr zum Schlummern über die Beine gelegt hatte, wartete dort auf sie, ordentlich gefaltet. Ein neuer Stammplatz. Ergeben hing sie ihre Jacke auf, klemmte die Bügel ihrer Tasche über die linke Armlehne des Therapiestuhls und setzte sich, ordentlich mit Rücken und Po zur Lehne. Eine Medizinstudentin kam herein mit einem sterilen Tablett, Portnadeln, Röhrchen, Spritzen ... Flora nickte ihr aufmunternd zu: »Einmal wie immer bitte.« Was half es, mit dem Schicksal zu hadern? Das machte den Leuten hier die Arbeit auch nicht leichter. »Das sieht alles super aus bei Ihnen. Tief einatmen, bitte.«

Von draußen hörte sie ihn bereits mit Schwester Sigrid sprechen. »Aber Sie wissen doch ...« – »Jaja. Zu Beginn durfte ich mein Kreuz wenigstens noch selbst tragen!« Als sie eintraten, vermutete Flora, dass es um das Tablett ging. Nichts in dieser sterilen Umgebung durfte von den Patienten berührt werden, nein, eigentlich war es völlig untragbar, sich während einer Pandemie überhaupt in die Hämatologie zu wagen ... Nun gut, jetzt waren sie einmal hier, also trugen sie es alle zusammen wacker und verbargen ihre Anspannung hinter den blauen und weißen Masken.

Sie nickten einander zu. Wurden installiert. Die Therapie lief durch.

»Und?«

»Ja.« Sie lächelten. Bei Hodgkin fiel es ein bisschen gequält aus, fand Flora. Und bemerkte, dass sie sich auf ihn gefreut hatte. Es war alles so schnell gegangen, sie hatte keinen rechten Vertrauten oder Verbündeten für sich. Frauke und alle, die sie kannte, hatten ein eigenes Leben und eigene Sorgen, natürlich auch Hodgkin. Hier aber waren sie ganz auf sich geworfen, und es schien zwecklos, sich mit einem Krimi oder Gedaddel auf dem Smartphone abzulenken, in diesem Geruch, mit diesem Geschmack und mit der Nadel auf der Brust. Also konnten sie auch erzählen. Flora sah Fetzen von alten Schwarz-Weiß-Filmen vor sich, in denen Männer schwer schätzbaren Alters in irgendeinem Gasthof an irgendeinem Ort über ihrem Bier saßen und erzählten. Gab es das noch? Ach nein, es war ja etwas dazwischengekommen. Aber irgendwann würde es vorbei sein, und dann gingen die Männer vielleicht wieder in Kneipen, und die Frauen, die Studenten, Zur alten Post oder in den Stammbaum, die Flora noch aus dem Studium kannte, und vielleicht würden sie dann erzählen, das Neue, das Alte, mal sehen.

»Wie läuft es zu Hause?«, fragte sie vorsichtig. Das Feiertagswochenende stand bevor, man würde sich zusammen- und auseinandersetzen müssen.

Er dachte nach über eine Antwort. Sie hatten Zeit.

»Es ist für mich schwierig mit meinen Geschwistern«, setzte er an und warf ihr einen prüfenden Blick zu. Es war klar, dass er ausholen musste bei dem Thema, aber ihr Blick und eine kaum merkliche Bewegung des Kopfes gaben ihm jeden Raum, den er nutzen wollte.

»Als die Zwillinge zur Welt kamen, war ich fünf, und eigentlich war das Häuschen ein bisschen klein für eine Familie mit drei Kindern. Aber die beiden waren sehr eng miteinander, fast symbiotisch, das kenne ich bis heute so von anderen Zwillingen nicht. Sie sind zweieiig, Junge und Mädchen, vielleicht macht das einen Unterschied, wer weiß. Jedenfalls waren es zwei Babys auf einmal, und meine Eltern hatten mit der Werkstatt und den Kleinen gut zu tun. Meine Mutter arbeitet zwar als Sekretärin in einem anderen Unternehmen, beim Papierkram ist sie meinem Vater aber immer eine wichtige Stütze. Als ich eingeschult wurde, waren die beiden knapp anderthalb. Naja. Ich bin sehr gern zur Schule gegangen, vom ersten Tag an. Ich war nicht mehr der Älteste in der Gruppe, ich war mit mehr Gleichaltrigen aus dem Ort zusammen, das war toll. Kurz und gut: Ich hatte Freunde und gute Noten, es lief wie geschmiert, und meine Mutter hat mir immer gesagt, wie stolz sie auf mich sei … Sie wusste sehr wohl, dass es sie enorm entlastete, dass ich so ein Selbstläufer-Kind war. Und ich wollte natürlich weiterhin, dass sie stolz auf mich ist und es ihr gut geht, dass es der Familie gut geht.«

Er musste schnell groß werden, dachte Flora bei sich. Sicher, er hätte auch anders Aufmerksamkeit einfordern können, aber er war eben ein gutes Kind, und so kam eins zum andern. Die Zwillinge hatten eben mehr voneinander und vom Kindsein.

»Eine Zeitlang war ich auch ziemlich gut als großer Bruder. In der Schule wollten sie dann aber zeigen, dass sie es auch drauf haben, ich sollte ihnen auf keinen Fall helfen. Günstig natürlich, dass sie zu zweit waren. Sie machten alle Hausaufgaben zusammen, und anders als Freunde, die einander besuchen, lenkten sie sich gegenseitig nicht ab. Sie hatten dann schon ihre eigenen Freundeskreise, Jungen und Mädchen eben, aber in der Schule sind sie sich bis heute treu. Sie haben auch ein paar Kurse zusammen und manchmal sitzen sie sogar nebeneinander, sehr ungewöhnlich für Zwillinge, wie gesagt.«

Eine ausgesprochen disziplinierte Familie, die Eltern konnten wirklich zufrieden sein. Und die Kinder?, fragte sich Flora. Wie ging es dann weiter mit dem Erstgeborenen?

»Als sie aufs Gymnasium wechselten, an das ich auch ging, wurde das Verhältnis noch etwas distanzierter. Blöderweise mochten mich die Lehrer, und sie waren immer die Geschwister von …, das hat ihnen gar nicht gepasst. Aber wir hatten viele Freunde im Ort, waren wenig zu Hause, und als es in der Pubertät ein bisschen anstrengend wurde, schloss ich die Schule ab und zog aus. Als Besucher zu Hause war es dann immer schön.«

Da hatte es das Universum natürlich nicht sehr clever eingerichtet, dass es den Einzelgänger der Familie zurückschickte. In dem nach seiner Beschreibung kleinem Haus hatten die herangewachsenen Geschwister längst sein Zimmer für sich beschlagnahmt.

»Als Sie dann zurückkehrten, wieder Raum einnahmen in der Familie, wurde es dann bestimmt eng und ungemütlich«, setzte Flora ihren Gedanken fort.

»Auch wenn unser Verhältnis nicht so eng war wie das der Zwillinge untereinander, so hatten sie doch ein bestimmtes Bild vom großen Bruder. Mir flog doch alles zu, ich würde es schon packen, das Schicksal hatte mich ausgesucht, denn einer wie ich müsste doch eine Krankheit nebenbei aussitzen. Vielleicht habe ich das anfangs auch noch ein bisschen geglaubt, als mir alle sagten: Wir schaffen das.« Aber das Wir begann bald zu zerbröseln, darüber hatten sie ja bereits am Vortag gesprochen. Und mit dem Fortschreiten der Therapie, mit dem Zerfall des Wir bröselte irgendwann auch das Ich.

»Ich vermute, sie haben bis zum Schluss nicht daran geglaubt, dass ich wieder einziehen würde, bis ich in der Tür stand. Zu diesem Zeitpunkt hatten wir uns etwa drei Wochen lang nicht gesehen. Nur drei Wochen, aber ...«, Hodgkin schob seinen langen Körper auf dem Therapiestuhl zurecht, seine Beine fanden auf der Fußstütze keine bequeme Position, »aber es war eine Zeit, die einen Unterschied machte in meiner Erscheinung und in meinem Geist.« Er verließ sein eigenes Leben und kehrte als Schatten in ein fremd gewordenes Zuhause zurück.

»Die Veränderung machte auch Ihren Geschwistern zu schaffen«, stellte Flora in die entstandene Pause hinein fest. Sie hoffte, er würde weitersprechen. War sie zu neugierig, vielleicht sogar unverschämt? Sie nahm sich vor, zurückhaltender zu sein, aber die Aussicht auf ein richtiges Erwachsenengespräch blieb verführerisch.

»Sie mussten sich abgrenzen, sie hatten keine Wahl«, fasste Hodgkin nach einiger Überlegung zusammen. »Wir alle wollten Normalität, natürlich. Wir taten anfangs alle so, als sei ich nur zufällig für ein paar Wochen wieder da, kein Problem, aber natürlich wurde es grauenvoll.« Er lächelte tapfer, sie konnte es seinen Augen ansehen. »Man konnte es nur falsch machen. Ich, der Kranke, blieb morgens länger liegen, auch wenn ich wach war, damit der Rest der Familie seine Ruhe hatte, sich für die Arbeit oder die Schule fertig machen konnte. Damit fühlte ich mich schon alles andere als normal. Dann waren alle weg, und ich konnte mich beschäftigen oder grübeln. Erledigte ich etwas im Haushalt, befürchtete meine Mutter, ich könnte mich überanstrengen. Aber ich glaube, es stresste sie einfach, wenn ich etwas anders machte als sie. Es war eben nicht normal. Kamen meine Geschwister nach Hause, um etwas für die Schule zu arbeiten, sah ich zu, dass ich hinaus ging, spazieren, aber der Winter war lang und ungemütlich. Manchmal holte meine Freundin mich ab und ich blieb übers Wochenende bei ihr. Aber wie gesagt, es war einfach nicht mehr dasselbe. Ja, und dann«, fügte er hinzu, und sie wusste, was kam, »dann waren wir plötzlich alle zu Hause.«

Eine Weile hingen sie wieder ihren Gedanken nach. Für die Geschwister wird es am einfachsten gewesen sein, sich zurückzuziehen, überlegte Flora. Im Homeschooling mussten sie für sich selbst sorgen, hatten eine echte Aufgabe und Herausforderung. Bestimmt waren sie fleißig, fraßen den Stoff, als gäbe es kein Morgen. Sollten sie denn an sich und ihrer Aufgabe zweifeln, sollten sie denken, dass auch für sie alles ganz schnell vorbei sein könnte? Nein, in der trüben Stimmung der Familie brauchten sie etwas, für das es sich zu kämpfen lohnte, Erfolgserlebnisse, Bestätigung. Und – sie waren keine Sorgenkinder. Selbstläufer wie einst Hodgkin. Sie machten ihr Ding. Kinder funktionierten manchmal so gut, wenn … Sie konzentrierte sich darauf, nicht zu weinen.

Den Eltern kam die Aufgabe der Versorger zu und damit die Sorge, drückende Sorgen mussten es sein. Ungewissheit und ausbleibende Aufträge. Angestellte die es gewohnt waren, dass der Chef ihnen sagen würde, wie es weiterging. Was wiederum den Vater Tag und Nacht umtrieb. Je stärker sich die Zwillinge davon abschotteten und auf die Schule konzentrierten, desto besser. Flora fühlte vor allem mit der Mutter, deren Rolle in alldem belastend unklar sein musste. Konnte sie mit ihrem Gehalt finanzielle Verluste ausgleichen? Wie lange? Verbündete sie sich wieder stärker mit dem Sohn oder würde sie ihre Sorgen von ihm fernzuhalten versuchen?

»Ich konnte nicht mehr zurück. Anfang des Jahres überzeugte mich meine Mutter, dass es zunächst sinnvoll ist, das WG-Zimmer zu kündigen. Das ging problemlos zum ersten März, und das war keinen Tag zu früh. Mein Freund fand einen Nachmieter, bevor alles kompliziert wurde. Im Studium bemühte ich mich weiterhin, voranzukommen, aber ich konnte den Nebenjob im Kino nicht mehr ausführen, der dann ohnehin wegbrach – so blieb die Miete wenigstens nicht an meinen Eltern hängen. Wissen Sie ...«, er stellte eine Brücke über die Pause her, die er einlegte, das lange Sprechen hinter der Maske strengte ihn an. »Sie wollte eigentlich Geld zur Seite legen für eine zweite ärztliche Meinung, Kosten während der Reha oder was sonst noch so kommen könnte. Es schmerzt sie ungemein, dass das Geld einfach so … verschwand. Ich war ein großes Problem, auf das sie sich voll und ganz eingestellt hatte. Es klingt ein bisschen dramatisch, aber sie wollte alles tun, damit es mir besser ging. Sie wollte mich retten und wieder in einem schönen Leben sehen, vor allem, als sie bemerkte, dass ich mich von meinen Geschwistern und meiner Freundin entfernte. Und dann gab es plötzlich so etwas wie ein schönes Leben nicht mehr.«

Sie schwiegen wieder ein Weilchen, bedrückt und aufgewühlt, und Flora schämte sich. Für ihre Ungeduld, ihre kurze Leitung, für jedes Mal, das sie sich wünschte, ihre Kinder wären einfach einen Tag lang nicht da. Sie musste mit allem zufrieden sein, wie es war, und so einsam sie beide sich fühlen konnten, ihr Elend gehörte ihnen nicht allein. Flora stellte sich Hodgkins Mutter vor, wie sie am Fenster stand und grübelte, so wie sie selbst sich gelegentlich dabei ertappte, und das Grübeln führte einfach nirgendwohin. In all der Trostlosigkeit würde sie den Staub im Regal bemerken und ihn fortwischen, etwas Gesundes kochen, versuchen da zu sein und zu lächeln. Die Gegensätze zu verbinden. Der Inhalt von Floras Infusionsbeutel war zur Hälfte durchgelaufen, ihr wurde leicht übel.

»Ich möchte nicht mit ihr tauschen, lieber bin ich es, der hier sitzt«, schloss ihr Gegenüber ab. Wie sollte man anders darüber denken, sie hatten es ohnehin nicht in der Hand.

»Sie werden nun alle ein paar Tage zu Hause sitzen«, gab Flora zu bedenken.

»Hoffentlich nicht«, gab Hodgkin zurück. »Ich werde flüchten, so gut es meine Möglichkeiten zulassen. Schlafen, spazieren gehen, schlafen, spazieren gehen.« Wenn das Wetter sich hielt, würden auch die Zwillinge flüchten, Fahrradfahren oder was auch immer. Der Mann mit dem ergrauten Schnauzer würde über Abrechnungen sitzen, seine Frau würde ihm helfen oder rastlos durch das Haus tigern. Und irgendwie würde es vorbeigehen, das Davor ins Danach übergehen. Nichts würde passieren. Genau wie bei ihr.

Auf Facebook konnte man alles Mögliche teilen, aber mit wem teilte man solche Gedanken?

KW 16

Der hohen Taten Ruhm muss wie ein Traum vergehn.
Soll denn das Spiel der Zeit, der leichte Mensch, bestehn?

Ostern kam und ging, sie zählte die Stunden. Die Kinder hielten respektvollen Abstand vor Mamas Medizingeruch, sie merkte es selbst, aus jeder Pore drang es, Duschen, Haarewaschen, Zähneputzen, es hielt nur für eine Stunde, dann roch man es wieder. Möglicherweise war es ein gutes Zeichen, die Chemie kämpfte in ihr gegen entartete Zellen, und das Schlachtfeld stank entsprechend. Sie selbst fühlte sich auch ziemlich modrig, wie ein Zombie, der sich schleppend durch einen zähen Sumpf quälte, aber das sagte sie natürlich niemandem. »Es geht so«, wenn jemand fragte, denn es hätte doch schlimmer kommen können, mit ein wenig Übelkeit und Müdigkeit musste sich schließlich jeder herumschlagen, der krank war. Und das war sie ja nun offiziell.

Von der Teamleitung hatte sie gleich letzte Woche die Unterlagen für die Beantragung von Krankengeld erhalten, womit sie sich über die Feiertage amüsieren konnte, ein langwieriges Geschäft. Und so, wie sich ihr Krankenstand mit Gewissheit hinziehen würde, so fand sich der Großteil ihres Umfeldes nach Ostern im Übergangszustande angekommen. Das Davor verblasste, das Danach rückte in die Ferne.

Man traute sich nicht, sie zu besuchen, aber man hatte ohnehin keine Zeit dafür. Zuhause gab es erstaunlich viel zu tun. @homewithkids war der neue Status der Nation. Früher, in diesem irgendwie anstrengend normalen Leben, gab es neben der Arbeit hier und da einen Schwatz, eine Kaffeepause, auch ein Telefonat außerhalb der Arbeitszeit. Wenn man abends mal Zeit hatte. Wenn die Kinder schliefen. Aber jetzt gab es keine Arbeitszeit, keinen Feierabend mehr. Zu ein, zwei anderen Vermittlerinnen strebte Flora, den Kontakt zu halten – aber die Gespräche waren stockend, unterbrochen von den vielen Nebenher-Tätigkeiten, und letztlich schnell beendet: »Oh Gott, schon fast elf! Sag mal, was kochst du heute? Ich muss noch ...« Die Tage waren zäh, nicht nur für Flora. Sie konnte es den Kolleginnen nicht verübeln. Das Leben ging weiter, nicht war. Alle hatten sie ihre Probleme, und sie, Flora, schließlich nur mal kurz Krebs. Die Kartoffeln schälen und mit den Kindern schimpfen musste man ja trotzdem.

Können wir später telefonieren?
Klar, alles gut. Um neun?
Ich halt mich wach, ok!
»Und? Schläft die Bande?«
»Ich durfte rausgehen, weil sie sich noch unterhalten wollen.«
Frauke prustete leise. »Tiefschürfende Gespräche, was?«
»Ich saaage dir ...«
»Meinst du nicht, Matthias sollte sie mal nehmen? Warum tust du dir das an? Du musst dich ausruhen, verstehst du das nicht?« Flora konnte hören, wie Frauke eine Zigarette ansteckte und sich dabei Mühe gab, es sie nicht hören zu lassen. »Tapferkeit ist aller Lasten Anfang! Indem du dich zum Märtyrer machst, kriegst du auch bloß nicht die Goldene Ananas verliehen..«
Klar war der Gedanke verführerisch, die Kinder abzuschieben, sich ins Bett zu legen und mal eine Runde ordentlich zu leiden. Aber woher würde sie dann einen Grund dafür hernehmen, wieder aufzustehen?
»Ich versteh schon, was du meinst. Aber ich kann nicht. Zum Einen denke ich, wird er später noch genug zu tun bekommen, wenn ...« So genau wollte sie es sich aber heute Abend nicht vorstellen. »Also Schwester Sigrid sagt, ab der

Mitte wird's zäh. Spätestens im dritten Zyklus wird es heftig. Bis dahin will ich schon noch ...« Tja, was?

»Deinen Stolz.« Frauke wusste es. »Matthias war immer nur unterwegs, als die Kinder noch klein waren und wir ihn brauchten«, äffte sie Flora nach, »jetzt soll er auch nicht kommen und den Ritter mit der goldenen Rüstung spielen!«

»Nee, und auch keinen Gott aus der Maschine, das könnte ihm so passen!«, ging Flora darauf ein, aber Frauke lachte nicht mit. Es blieb still in der Leitung. »Was?«

»Was was? Nichts was.« Frauke quälte sich mit irgendwas. »Aber sag Bescheid, wenn du etwas brauchst, ja? Und wenn's nur mal ein Brot ist!«

Ein Brot? Jetzt konnte sie mit einem Lächeln im Ton antworten. »Es wird alles gut, Meine. Die neuen Termine hab ich dir doch schon gegeben. Einen Tag du, einen Ina, wenn ihr euch absprechen könnt, und alles ist im Lot.«

»Naja.«

»Wart's ab, es wird schon anschlagen, das ist das Wichtigste.« Zeit, das Thema zu wechseln, fand Flora. »Gibt's bei dir was Neues? Oder bei Ben? Wie ist der Kontakt so?«

»Ja.« Fraukes Ton veränderte sich. »Er gibt sich wirklich Mühe. Eigentlich wollte ich ihn nicht wieder in die Wohnung lassen, aber ... Es war so ungemütlich draußen, und als er Louis neulich gebracht hat, haben wir eben noch zusammen Abendbrot gegessen. Er hat Louis ins Bett gebracht und wir haben noch gequatscht. Entwicklung des Kindes und so. Es war eigentlich gut.«

»Arbeitet er wieder?«

»Noch nicht. Ich hab ihm gesagt, er soll es mal Richtung Lieferservice versuchen, er kennt da doch bestimmt auch Leute ...«

»Schade, dass du ihm das sagen musst.«

»Er will wirklich wieder auf die Beine kommen.«

»Wenn du es sagst.«

»Mensch, Flora!« Frauke atmete hörbar durch. »Du glaubst einfach nicht an das Gute im Menschen.«

Das war auch schwer, fand sie. Ben schmorte für ihren Geschmack schon etwas zu lange im eigenen Saft, weder ihr professioneller noch ihr freundschaftlicher Blick darauf konnten das gutheißen. Er hatte es einfach zu lange bereut, Frauke zu ihrem Glück, nun ja, überredet zu haben, und Flora fragte sich, wieso noch nie jemand den Begriff *regretting fatherhood* geprägt hatte. Bei Männern nahm man doch schließlich immer alles viel ernster als bei Frauen. Oder galt dieser Zustand bei Männern einfach als normal, während man *regretting motherhood* als außer der Norm begriff und daher schon wieder vorwurfsvoll einsetzen konnte? Für Ben jedenfalls war der kleine Schreihals eine falsche Entscheidung, was traurig genug war, und Flora blieb bei ihrer Meinung: Es gab keine falschen Entscheidungen, nur solche, mit denen man hinfort arbeiten musste. Mit der Zeit wurde Ben immer trauriger und abweisender, flüchtete sich erst in seine Schichten und dann in wiederkehrende unklare Beschwerden. Frauke hatte noch Witze darüber gemacht, ein Gastronom mit Bauchschmerzen – wie lange sollte das gut gehen? Nicht lange, lehrte die Erfahrung, es kriselte in der Branche und Ben war alsbald nicht mehr gefragt. Da er sich dann zu Hause keineswegs mehr einbrachte, hatte Frauke irgendwann genug: »ICH kann auch nicht einfach so eine Männergrippe kriegen und mich aus allem rausnehmen. Es GEHT nicht, und MIR wäre es auch zu unmännlich! Also sieh zu, dass du Land gewinnst.« Wenn Frauke in Form war, konnte sie mit filmreifer Deutlichkeit aufwarten.

Auf den Rauswurf folgte der Aufprall, den Ben anscheinend brauchte, doch als er sich in den Griff bekam und sich die Aussicht auf eine interessante Anstellung bot – kam etwas dazwischen. Die Lokale schlossen, und Ben stand wieder draußen vor der Tür. Da lag es nun im Universum der männlichen Logik mehr als nahe, wieder an der von Frauke zu kratzen, das gestand Flora ihm zu. Nur dass sie sich vor Kurzem noch mit Frauke darüber einig war, dass diese die Tür besser geschlossen halten sollte. Von zu vielen Aussprüchen und Patzern von Ben hatte sie inzwischen Wind bekommen, um noch daran zu glauben, dass ein erwachsener Mensch sich mir nichts, dir nichts ändern könne und aus einem überforderten Lurch noch ein Ritter ohne Furcht und Tadel hervorkäme.

»Jedenfalls haben wir uns ganz zivilisiert unterhalten. Er hat von sich aus danach gefragt, wie es im Kindergarten läuft und so.«

»Hm, nach der Trennung interessieren Männer sich plötzlich für sowas. Vorher läuft ja immer alles wie geschmiert. Pass auf, bald kannst du dir Erziehungsratschläge anhören.« Flora suchte solchen Gesprächen immer vorzubeugen. Aber es gab sie, natürlich.

»Also heutzutage möchte ich auch kein Mann sein oder Vater. Ob vor oder nach der Trennung, entweder bringt man sich zu wenig ein oder scheißt klug.« Frauke klang gereizt, der Tag hatte bereits seinen Tribut gefordert. »Irgendwo müssen wir doch anfangen, wenn er Kontakt zu seinem Kind halten will. Was ich ja nicht unterbinden möchte.«

»Nein, ich versteh schon. Aber lass dich nicht einwickeln.«

»Wolltest du mit mir telefonieren, um mir das zu sagen?« Frauke sagte nicht: *Kümmere dich um dich selbst*, dazu war sie dann doch zu Frauke.

»Entschuldigung. Aber Krebs ist keine Ausrede dafür, andere Leute offenen Auges in ihr Verderben rennen zu lassen.«

»Zitat: Ich versteh' schon. Ich will doch auch nur alles richtig machen.«

»Wollen wir das nicht alle?«

Und dann schwiegen sie noch eine Weile.

»Mama?«

»Hm-mh?«

»Wie sieht eine Tür von innen aus?«

»Na, wie eine Tür von außen, nur von der anderen Seite, oder?«

»Ach so.« Elias schwieg, schien aber nicht recht zufrieden.

»Wie kommst du denn darauf, mein Schatz?«, fragte Flora müde. Irgendwie war sie trotz Spiellärm erschöpft auf dem Sofa weggeratzt.

»Julius möchte das wissen. Er guckt in die Kinderzimmertür.«

Da war irgendein kratzendes Geräusch … »Was? Hast du ihn eingesperrt? Was ist denn los?«

Elias wich ein Stück zurück, da ihr Ton schärfer wurde, erklärte dann aber geduldig und bestimmt (weil man Erwachsenen immer so viel erklären muss): »Na, er guckt IN die Tür!«

Gut, dass Bastelscheren für die Altersgruppe nur eine mittelmäßige Bedrohung für Möbel und andere Einrichtungsgegenstände darstellten. Trotzdem sah Julius' Forschungsergebnis für Floras Augen nicht so schön aus. Sie ging in die Knie und winselte.

Julius' Augen wurden groß und rund. Dann knuffelte er sich auf allen vieren an sie heran und winselte entschuldigend mit. Elias besah sich die Angelegenheit und schüttelte mit dem Kopf.

»Mama?«

»Es ist alles furchtbar.«

»Was?«

»Ach.«

Nun gut, demnächst würde kein Staatsbesuch kommen. Man musste aber etwas unternehmen wegen der Tür, damit Julius nicht in einem schwachen Moment sein Treiben wieder aufnahm. Etwas Spachtelmasse aus dem Baumarkt, wenn der wieder öffnete, und eine Folie zum Bekleben. Vielleicht mit hellem Holzmuster, nicht gerade mit irgendwelchen kindlichen Motiven, die ein paar Monate später nicht mehr gefielen, und die man aufwändig entfernen musste, wenn man doch noch mal umzog. Sie seufzte.

»Mach das nie wieder. NIE wieder, bitte.« Erneut setzte sie auf deutliche Schärfe statt kindgerechter Erklärungen. Wie konnte sie früher nur all die Geduld aufbringen für Themen wie: Weshalb man auf seinen Bruder nicht draufklettert, Pflanzen nicht mit Milch gießt, auch wenn man die nicht mehr austrinken mag, angebissene Kekse nicht für schlechte Zeiten zwischen den Schlüpfern im Schrank versteckte und dergleichen mehr. Wie nur? Sie lehnte sich gegen die niedrige Kommode im Kinderzimmer, die als Bücherablage genutzt wurde.

Jetzt kroch auch Elias am Boden herum und winselte mit. Was für ein erschöpftes Drei-Mann-Wolfsrudel. Flora erinnerte sich daran, wie sie einmal vor dem Fernseher eingeschlafen war, um inmitten einer Tierdokumentation wieder aufzuwachen. Eine ausgezehrte Wölfin lag im Schnee, ihr Atem ging sichtbar schwer, ihre Rippen standen weit heraus, um sie herum und über sie hinweg tummelten sich zwei hungrig-muntere Jungtiere. Ein Snack würde jetzt auch ihre Situation entspannen, und Flora wies die Hartmann-Welpen an, auf Futtersuche zu gehen. Als Vorbild schnupperte und witterte sie engagiert und nahm sich vor, in der Küche noch einmal vernünftig über Türen, Werkzeuge und dergleichen zu sprechen. Wenn sie es bis dorthin nicht vergessen hatte. Ein wenig vergesslich wurde man ja doch, mit so einer Medikamenten-Dunstglocke rund um den Kopf.

Eine Woche war die Infusion jetzt her. Nach der Übelkeit kam das Kratzen. Unten im Kreuz, wo der Waschzettel im Schlüpfergummi eingenäht war, ging es los mit einer juckenden roten Stelle, aber binnen Stunden bildeten sich Blasen und verteilten sich über ihren Rumpf bis zum Hals. Dort juckte auch noch das Pflaster. Flora besah sich ihren Hals von Nahem und stellte fest, dass sie im Schlaf anscheinend versuchte, das Schläuchlein herauszukratzen, das unter ihrer dünnen Haut vom Port zur halsnahen Vene führte. Rundum Blasen. Sie googlete Bilder von Herpes und Gürtelrose und beschloss, dass die Angelegenheit nicht ansteckend war, was zumindest ihren Geist, aber leider nicht die Haut beruhigte. Im Schrank fand sie noch zwei sehr lose Umstandsslips mit weichem Bund, weite T-Shirts und ein Flanellhemd, Kleidung, die geringen Hautkontakt versprach. Wenn es wärmer wird, geht vielleicht auch ein weites Strandkleid, überlegte sie, aber bis dahin würde es noch Wochen dauern, und im Moment galt es, Tage und Stunden totzuschlagen. Wichtige Tage und Stunden, beschloss sie, Stunden des Kampfes. Zeit, die ihr Körper brauchte, um die Reihen seiner Zellen neu aufzustellen. Das würde so lange dauern, wie es dauerte, und sie hatte zumindest eine zeitliche Orientierung, sechs Zyklen, also knapp sechs Monate waren geplant. Das alles hier war erst der Anfang.

Sie hatte sich immer gefürchtet vor solchen Anlässen, aber sie mussten ja hin. Belächelt von den Kolleginnen, weil sie sich nah bei ihrer Mutter hielt, sie, die ewig Kleine. Und an diesem Tag waren besonders viele Leute dabei, wie ein geöffnetes Netz voller Fische ergoss sich die Menge in ihrem geplanten Umzug durch die Straßen. Es war frühlingshaft warm und die Luft belebend, aber sie hatte keinen Genuss davon, zu bedrohlich erschienen ihr all die Menschen, die so dicht neben ihr marschierten. Weiter vorn sangen einige die passenden Lieder, »Brüder, zur Sonne, zur Freiheit« und dergleichen, um sie her wurde geschwatzt und debattiert. Die Gesprächsfetzen mischten sich ins Unverständliche, und die nebeneinander herziehenden Kol-

lektive lösten sich in eine einzige dichte Masse auf. Ihr Magen krampfte sich zusammen, sie bekam schlecht Luft. Hoffentlich dauerte es nicht mehr lange, aber es war für sie, hier in der Straßenmitte, kaum zu erkennen, wo sie sich gerade befanden. Sie würde noch länger durchhalten müssen. Die Mutter spürte ihr Unbehagen und reichte ihr etwas zu trinken, was sie kurz beruhigte, und sie bemühte sich um Tapferkeit. Immerhin war sie erwachsen, neunzehn würde sie im Herbst werden, sie konnte hier ja nicht verloren gehen. Trotzdem war sie bestimmt grün im Gesicht, was um sie her natürlich keiner bemerkte. Oder? Jemand fragte irgendetwas, sie verstand nicht, was und wen. Aber ein hochgewachsener junger Mann ging plötzlich neben ihnen, er sagte etwas, worüber ihre Mutter lachte. Er machte eine Art Tanzschritt zur Seite, was bei seiner Länge albern wirkte, aber er schaffte es, auf diese Weise durch das Gedränge hindurch neben ihr zum Stehen zu kommen. Er sah ihr ins Gesicht, herzlich, warm. Ihr Unbehagen ließ nach, sie fasste Mut und er sie um die Mitte. »Auf, zur Sonne, zur Freiheit«, scherzte er. Dann hob er sie auf seine Schulter wie ein Kind. Atmen konnte sie jetzt, sich aufrichten wie ein Mensch. Sie spürte seine Wärme unter dem Stoff ihres Rockes, den Rhythmus seiner Schritte. Die Mutter lächelte zu ihr hinauf, ohne Argwohn. Hatte sie die Mutter je so lächeln gesehen? Sie atmete, lebte, löste sich von ihren Gedanken. So war er also, der Moment.

Fünfundfünfzig Jahre würde er dieses Jahr her sein, der Maifeiertag 1965. Viel gesprochen hatten sie ja nicht bei dem Lärm in der Menge, trotzdem war da so eine Verbindung spürbar zwischen ihnen. Am Straßenrand fragte er dann, wie sie heiße und wo sie arbeite. Sie sah ihn noch zweimal, wie er zum Schaufenster vom Warenhaus hinein winkte und lächelte. Aber er kam nie herein, wenn sie da war, es war ihm zu aufdringlich oder er wollte es einfach nicht.

Tatsächlich beginnen sollte ihre Bekanntschaft mehr als vierzig Jahre später. Sie hätte ihn nicht erkannt, es war zu lange her, aber sie fiel ihm auf, natürlich. Als er wieder nach ihrem Namen fragte, erinnerte sie sich an seine Stimme, den Tonfall. Eine eigenartige Situation, sie standen beide an der Anmeldung eines Physiotherapeuten, der Rücken machte manchmal bei der Arbeit zu schaffen, und sahen einander an wie zwei Wesen von einem anderen Stern, die ihresgleichen erkannten.

Sie trödelte dann draußen noch ein wenig herum, als sie fertig war mit ihren Übungen. Auflauern wollte sie ihm natürlich nicht, aber er beeilte sich und kam aus der Tür direkt auf sie zu. »Ein unglaublicher Zufall. Wie schön.« Es war wieder Frühling, sie setzten sich auf eine Bank und fingen an zu plaudern.

Es war ganz leicht, das erstaunte sie. Normalerweise plauschte man mit Leuten, die man oft sah, mit jemandem so leicht über Gott und die Welt zu sprechen, den man im Grunde genommen nicht kannte, war außergewöhnlich. Zumal sie wenig zu erzählen hatte, wie sie fand. Bei Herbert war das natürlich anders, nicht nur ein bewegtes Leben hatte er geführt, er konnte auch wundervoll erzählen und ihr dabei das Gefühl geben, es sei ihm alles gerade erst durch sie aufgefallen, dass es etwas zu erzählen gab. Vom Stöckchen aufs Hölzchen kommend, erfuhr sie von seinem Werdegang, das Schweißen im SKET hatte er bald hinter sich gelassen und selbst Maschinenbau studiert, war viel im sozialistischen Ausland unterwegs gewesen. Auch über Privates tauschten sie sich aus, was sich bei ihr wesentlich auf den Verlust der Mutter vor ein paar Jahren zusammenfassen ließ. Er sprach unaufgeregt über Heirat, Kinder, Scheidung, erneute Heirat, ohne sich dabei in der Vordergrund zu stellen. Im Sprechen über Freuden und Fehler ließ er ihr Raum für ihre Gedanken und Fragen, interessierte sich für ihre Meinung zu Geschehnissen, und sie hatten Augen und Ohren nur füreinander.

Natürlich konnte der wunderbare Moment nicht anhalten. Als sie Telefonnummern austauschten, kam sie sich selbst vor wie eine fremde Person, und als sie heimkam, war sie fest davon überzeugt, der Zettel mit der Nummer in ihrer Handtasche habe sich inzwischen aufgelöst. Der greifbare Beweis ihrer erstaunlichen Bekanntschaft war aber noch da, ebenso die Nummer in einer zielstrebigen, dunkelblauen Schrift. Was tun? Sie legte das Papier in die Schale auf dem Schränkchen im Flur. Nun lief sie mehrmals am Tage daran vorbei und konnte sich darüber wundern, wie es dahin geraten war. Die Verwunderung wuchs, als er eine Woche später anrief – und sie sogleich wieder mitten im Gespräch waren, wie alte Freunde.

Und das Wunderliche und Wunderbare war, dass Evi auf einmal das Empfinden hatte, etwas zu sagen zu haben, sie fragte, kommentierte, hakte nach, erinnerte sich, erzählte etwas, antwortete, und es war so leicht. Nie hatte ein Mensch mit ihr gesprochen wie Herbert. Sicher, sonst unterhielt man sich, auf der Arbeit, mit den Nachbarn, mit der Mutter auf deren stille und kurze Weise. Aber dass man durch Worte einem andern in den Kopf schauen und ihn verstehen konnte, dass hatte Evi nicht gewusst. Dass sie es nun kennenlernen sollte, war ein spätes Geschenk des Schicksals an sie, und weil sie nicht mehr jung war und ihr Erleben nicht für das einzig Übliche hielt, erkannte sie seinen Wert.

Für ihn war es nicht das erste Geschenk dieser Art, aber dass er es ebenso schätzte wie sie, war gewiss. Sie mühten sich redlich, es nicht zu sehr zu strapazieren, zwischen zwei Telefonaten angemessen Zeit verstreichen zu lassen, damit sich ihre Freude aneinander nicht im Trivialen abnutzte. Und dazu kam es nie, Herberts Geschichten waren zu vielfältig, ihre Beobachtungen zu reich, als dass man hätte über Einkaufslisten reden müssen. Der Alltag fand natürlich seinen Platz in ihrem Austausch, sie fragten einander nach den Fortschritten mit dem Rücken, aber über allem, was sie sprachen, lag dieser anhaltende Zauber eines einfachen Sich-Verstehens.

Es hätte ewig so weitergehen können, wenn dann nicht doch etwas Berichtenswertes geschehen wäre: Auf dem Weg zur Arbeit, den sie damals mit dem Fahrrad zurücklegte, stürzte Evi *und brach sich das Handgelenk. Eine unerfreuliche Erfahrung, und kurz vor dem Ruhestand kam die Sorge dazu, ob es denn noch gut heilen würde in ihrem Alter? Man beruhigte sie in der Uniklinik und schickte sie alsbald nach Hause.*

Da war nun guter Rat teuer, wenn man zwei gesunde Hände gewohnt war. Der Jürgen aus dem Erdgeschoss brachte ihr ein paar Einkäufe und bestand darauf, Perdita, ihre damals amtierende Spaniel-Dame, für sie auszuführen. Aber mit sich kam sie schlecht zurecht. Ungeschickt war sie, mit der linken Hand und der ruhiggestellten Rechten dauerte alles zu lang, das Haar ließ sich schlecht waschen, solche Ärgernisse den ganzen Tag – sie ging sich selbst gehörig auf die Nerven. Als er in dieser Zeit anrief, merkte Herbert gleich an ihrer Stimme, dass etwas geschehen war. Und als Evi merkte, dass er dies bemerkte, biss sie die Zähne zusammen und versuchte reflexartig, sich Luft zuzufächeln, um die Tränen zu ersticken. Dies misslang, denn in der gesunden Hand hielt sie den Hörer, und ein Geräusch, halb Schluchzen, halb Schnauben, konnte sie nicht unterdrücken.

Er ließ sich nicht ausreden, sie zu besuchen, dabei fühlte sie sich überhaupt nicht wohl in ihrer Haut und ihrer Wohnung. Töricht war die Angst, zu missfallen, und nahm ihr alle Vorfreude. Aber dann war er da und betrat ihr Leben.

Die bloße Anwesenheit eines Menschen kann so vieles ändern, wenn es der richtige Mensch ist.

Er schwitzte ein wenig unter der Maske, als er sich vorbeugte und auf die Abkürzungen des Schichtplans konzentrierte. Das war vor allem wichtig, weil man schnell in den Zeilen verrutschte, was zu vermeiden war, wenn man nicht auf der falschen Station aufschlagen wollte. Ziemlich oft Frühschicht hintereinander für Roy, für den ganzen Rest des Monats. Er hatte schon aufgeschnappt, dass die anderen Reinigungskräfte nicht gern mitten in der Nacht aufstanden oder, wie er, die Ruhe in den Ambulanzen vorzogen. Nun gut, Arbeit war Arbeit. Also los.

Durch die breiten Lamellen der Zimmerfenster sickerte immerhin schon ein wenig Dämmerlicht, jeden Tag ein bisschen mehr, und minderte das Gefühl, auf Zehenspitzen und mit Handschuhen irgendwo einzubrechen. Außerdem sah man zumindest im Ansatz ein Ergebnis der Arbeit, wenn man im Gegenlicht die winzigen Staubpartikel sich verflüchtigen sah. Dabei kämpften Roy und seine Kollegen gegen unsichtbare Feinde, die eine reale Bedrohung und kein rein ästhetisches Problem darstellten, aber daran mochte er nicht ununterbrochen denken. Das Gefühl, ganze Arbeit geleistet zu haben, war im Hellen einfach präsenter.

Ein entspannter Morgen, in vielen Zimmern ruhten die Patienten weiter, niemand fieberte oder stöhnte gar. Von Zimmer zu Zimmer wurde Roy fröhlicher, direkt unternehmerisch, er musste aufpassen, so leise zu arbeiten wie sonst. Was auf der nächsten Station aber gleichgültig war.

»Guten Morgen«, nuschelte er, als er mit so wenig Bewegung wie möglich um die junge Mutter am Wickeltisch herum wischte. Schnell zum Fenster, zum Bett. Tisch und Ablage kamen dann auf dem Rückweg dran – wobei »Rückweg« ein ziemlich langes Wort für das etwa zehn Quadratmeter kleine Zimmer war. Die Frau, nicht viel älter als Roy, erschien ausgelaugt und fahrig vor Erschöpfung, sie wusste kaum, wonach sie zuerst greifen sollte. Ihr Blick suchte die bereitliegende Maske, doch das Kleinkind, müde und quengelig, wand sich unter ihrem Griff auf dem viel zu kleinen Tisch. Trübe Gedanken hingen im Raum wie muffig feuchte Wäsche.

Dass Kinder in ein Krankenhaus mussten, und dann noch so kleine, denen man kaum den Grund ihres Aufenthalts erklären konnte, fand Roy an sich schon deprimierend, aber bedrückte Eltern konnten ihm wirklich den Tag verderben.

Er war acht, als Kyra geboren wurde, und wenn sie weinte, ging ihm das heftig im Bauch herum. Aber wenn er merkte, dass sie tatsächlich krank war oder die Eltern sich wirklich sorgten, war er kaum handlungsfähig. Und jetzt das. Vielleicht waren die beiden schon länger hier. Vielleicht hatte die Mutter aber auch noch gar keine Diagnose für das kleine Kind erhalten. Unzufrieden knurrte er hinter der Maske, um das Gegrummel in seinem Bauch zu übertönen. Irritiert unterbrach das Kleine sein Gewinsel, um kurz darauf umso lauter zu jammern. Roy beeilte sich, Land zu gewinnen, und nickte der Mutter im Hinausgehen zu, ohne ihr in die Augen zu sehen.

Durchatmen, ein Blick auf die runde Uhr auf dem Gang, nächstes Zimmer. Gut in der Zeit. Hier gab es keine Herausforderungen und Hindernisse: Ein Kinderbett belegt, das andere leer, keine Pritsche für begleitende Erwachsene aufgestellt. Keine Taschen auf dem Boden oder persönliche Dinge auf dem Fensterbrett. Nur glatte Flächen zur Reinigung. So kam die Laune wieder ins Lot, das Schwitzen hinter der Maske ließ nach. Roy erlangte wieder Schwung und riskierte vom Fenster aus einen Blick in Richtung des belegten Bettchens. Zack – ein kleiner, dunkelblonder Wuschelkopf verschwand unter der Decke. Schnell wandte Roy sich ab. Sollte das Kind ihn halt beobachten – besser, als wenn sich der Kurze von ihm beobachtet fühlte. Roy desinfizierte die Ablagen. Bestimmt hatte die zugehörige Familie mehrere Kinder und kein Elternteil konnte einfach mit auf Station. Oder es gab mehr als ein Kind, aber nur ein Elternteil. Wie alt konnte der Kleine sein? Vier? Ein zierlicher Fünfjähriger? Er durfte gar nicht darüber nachdenken, sonst begann wieder das Gerumpel im Bauch.

Die Sonne wanderte nun ein Stück hinter dem gegenüberliegendem Gebäude hervor und erhellte das Krankenzimmer mit schmalen Lichtstreifen im Lamellabstand hinter

Roys Rücken. Indem er sich auf das Bettchen hin schrubbte, groovte sein multipler Schatten zackig über das glatte Linoleum und das weiße Bettzeug. Wie ein schwer beschäftigter Außerirdischer, fand Roy. Unter der Decke schlangen sich zwei Ärmchen um spitze Knie, und Roy dämmerte es im wahrsten Sinne des Wortes, dass das Kind ihn in Montur und Maske, allein mit ihm in dieser Märchenwaldbeleuchtung, ziemlich gruselig finden musste. Grrrrr, kommentierte das sein Bauch. Roy stöhnte, was nicht unbedingt der Szene den Schrecken nahm, worauf er sich unbedingt unter Kontrolle bringen wollte. Je mehr er sich anstellte, desto mehr würde der Kleine sich fürchten. Prompt schwitzte er noch mehr in Maske und Handschuhen, aber indem er die Lippen nach innen gestülpt aufeinander presste und sich auf den salzigen Geschmack konzentrierte, konnte er einen Fluch unterdrücken. Grrrrr. Jetzt reichte es ihm. Brummend und summend putzte er weiter. Der kleine Junge fand das offenbar wenig beruhigend. Er rutschte mit dem Hinterteil eng an die Rückseite des Bettes und warf entschlossen mit etwas Hellem. Kurz hatte Roy einen flauschigen Blitz im Gesicht, dann sah er vor sich auf dem Boden ein recht abgeliebtes Schmusetier liegen, eine Katze von schwer bestimmbarer Farbe und mit einem abgenagten Ohr.

»Na, Katzi, was machst du denn hier unten?«, entfuhr es Roy. Kyra hatte auch mal so eine Katze gehabt, hellgrau mit dunklen Streifen. Mit der hatte er manchmal gesprochen, wenn Kyra bockte und er sie zu irgendwas bewegen sollte, Anziehen zum Beispiel. Jetzt lag da also dieses unansehnliche Vieh, Gefährte vieler Spielstunden und Einschlafzeiten. Durfte er es überhaupt mit seinen Putzhandschuhen anfassen und zurückgeben? Grrrrr. Aber er war ja gewohnt gut in der Zeit. Rasch streifte er seine Handschuhe ab, ließ sie auf seinen Utensilienwagen fallen und zupfte zwei Einweghandschuhe aus dem Spender an der Wand. »Miauuhhuhu

...«, Roy wechselte die Stimmlage, »ich bin auf meiner Pfote gelandet, auhhh, kannst du mich aufheben?« – »Na klar doch, ich bin hier vom Sammeldienst!« – »Was denn für ein Sammeldienst?«, fragte die Katze auf Roys Arm. Mit Maske sparte man jegliches Bauchrednertalent, und das Grummeln von unten ging jetzt immerhin als Schnurren durch. »Na, wir sammeln Schmutz, Staub und Bakterien ein. Und alles, was die Leute hier verlieren und wegwerfen. Und du? Hat dich jemand verloren?« – »Neiihhn.« – »Etwa weggeworfen?« Roy legte instinktiv eine Kunstpause ein. Im Bettchen raschelte die Decke. »Nein, Miau. Ich bin eine«, hm, was? »... eine Spürkatze.« Ok, eine Spürkatze, und was machten die so? »Ach? Spürst du Futter auf? Oder Diebe?« – »Ich spüre Gefahr und Freunde.« – »Toll! Gut für dein Herrchen, dass er dich hat. Du solltest immer nah bei ihm sein.« – »Miau! Da bin ich auch am liebsten. Aber jetzt muss ich erst mal schnuppern, ob du eine Gefahr bist oder ein Freund.« – »Ok, leg los.«

Das Katzentier schnupperte mit seiner abgewetzten Nase gelangweilt an Roys Überwurf. Beim Besen und dem Deckel des Reinigungswagens miaute es ein paar Mal interessiert, beim Desinfektionsmittel gab es ein unwilliges Knurren von sich. »Also falls du eine Gefahr sein willst, muss ich dir sagen: Dafür bist du zu langweilig!« Das Miauen ging in ein herzhaftes Gähnen über. »Na, ich muss auch nicht spannend sein, ich mach hier nur sauber. Möchtest du zurück zu deinem Herrchen?« – »Ja!« Die Katze setzte zum Sprung an, wandte sich aber noch einmal zu Roy um: »Kommst du morgen wieder?« – »Jeden Tag kommt jemand zum Saubermachen, und morgen komme ich wieder. Dann bringe ich einen Freund mit. Vielleicht verstehst du dich gut mit ihm.« – »Au ja!« Damit landete die Katze sanft im Bettchen, und Roy beeilte sich mit seinem Abgang. Über den Rest der Schicht hinweg grummelten Kopf und Bauch. Roy war einigermaßen aufgeregt. Hoffentlich hatte er nichts vergessen. Er wollte sich nicht noch einmal ablenken lassen. Aber bestimmt hatte niemand etwas bemerkt. Schnell den Wagen für die nächste Schicht präparieren und ab ins Stellfach damit.

Auf dem Heimweg musste Roy feststellen, dass so eine Leberwurststulle in der Pause nur für den hohlen Zahn reichte. Gegrummel ohne Ende. Gut, dass es nicht weit bis nach Hause war. Auf dem Tisch standen bemerkenswerte zwei Teller, und wieso machte Kyra sich jetzt am Herd zu schaffen? Angenehm roch es nicht, was sie da trieb.

»Halloo, Royyy!« Kyras ausgedehntes Lächeln spiegelte die gesamte Bandbreite von Gefühlen zwischen entschuldigender Selbstironie und sadistisch gefärbter Geschwisterliebe. »Äh, setz dich schon mal hin. Ja, hrrgh«, Räuspern, »also. Wir haben in Französisch so eine Aufgabe bekommen.« Kunstpause. »Ein Rezept für – tadaah! – Crêpes.« Auf Roy Teller landete eine Scheibe. Sie hatte die Farbe des Neumondes und vermutlich auch seine Oberflächenstruktur, insbesondere in Hinblick auf die Bissfestigkeit der, nun, Speise. Die Roy jetzt anstarrte. Er überlegte, sie anzuheben, zu wenden, fallenzulassen und dabei so zu tun, als habe er sich mit dem Objekt den Zeh zertrümmert, aber das mochte er Kyra nun auch nicht antun. Französisch lag ihr einfach nicht so, dafür konnte sie ja nichts.

»Kind! Bloß gut, dass du dich nicht verletzt hast!«, rief er schließlich, Mamas Stimme nachäffend. Kyra starrte ihn zunächst offenen Mundes an. Da Roy nicht als der Schlagfertigkeitsbeauftragte der Familie galt, musste sie seine Reaktion, beziehungsweise die Tatsache, dass er eine Reaktion gezeigt hatte, erst einmal verarbeiten. Dann ließ sie sich auf ihren Stuhl plumpsen, lachend und sich windend, wie Mädchen ihres Alters es taten, die einen Witz endlich verstanden hatten.

»Pass auf, Meine, ich muss mal in'n Keller, was suchen. Räum hier kurz auf und lüfte ordentlich, ja? Dann mach ich uns, eh, Bratkartoffeln. Kannst ja nebenbei mal gucken, wie das auf Französisch heißt.«

»Mama, gibt es auf dem Friedhof auch Wildschweine?«
»Naja. Es gibt euch.«

Mit den Hacken der Gummistiefel hatten sie Straßen und Crossstrecken in den Matsch des abgelegenen Weges gefurcht und waren trotz der kühlen Temperatur mit Ausdauer darin hin und her gesprungen, dass es wunderbar spritzte. Flora mummelte sich fester in ihren Schal und sah auf die Uhr. Gott sei Dank, wieder eine Stunde herumgebracht. Dabei wollten die Jungs wie üblich gar nicht erst hinausgehen. Wo sollte man auch hin? Es gab praktisch nichts, was man unternehmen konnte, und so blieb Flora wie allen Müttern im Block nichts anderes übrig, als ihre Kinder zu täglichen Belüftungs- und Bewegungsgängen zu überreden, indem man allerlei Zwänge erschuf: Wir müssen noch Kartoffeln kaufen für das Mittagessen. Lasst uns auf dem Rückweg auf den Einfassungen der Beete balancieren. Julius braucht unbedingt Nasentropfen. Auf dem Weg zur Apotheke laufen wir um die Wette. Kommt, wir wollen auf dem Friedhof spazieren gehen. »Och nö. Nicht schon wieder! Wir kennen schon alle Käfer und Eichhörnchen dort.« - »Aber vielleicht treffen wir den Osterhasen!«

Tatsächlich lebte auf dem Südfriedhof seit Kurzem eine Hasenfamilie, was bereits von vielen Spaziergängern gefilmt und kommentiert worden war. Und auch schon vor der Pandemie war die parkähnlich gestaltete Anlage ein sehr belebter Ort gewesen. Zwischen dem Wohngebiet im Osten und dem SPARGroschen sowie einigen Arztpraxen jenseits des Westeinganges lief für die Anwohner der kürzeste Weg über den Mittelweg des Friedhofes, vorbei an der kleinen Kapelle und einem dekorativen Teich, der zur Blumenablage für die anonymen Urnengräber diente. Zu den täglichen Passanten kamen stets Gassigänger, Kinderwagen-Schieber und junge Familien dazu, die hier ihren Sprösslingen das Radfahren beibrachten.

Jetzt aber traf man scheinbar alle Lebenden ausgerechnet hier: Die Nachbarn, die jetzt seltener vor die Tür gingen, die Eltern, denen man sonst im Kindergarten begegnete, und auch sonst eine Menge Leute, die man von irgendwoher kannte und schon ewig nicht mehr gesehen hatte. Zudem patrouillierte seit ein paar Tagen regelmäßig eine Parkwacht, die Flora früher nie aufgefallen war – vermutlich, um bei dem hohen Besucheraufkommen Unfug aller Art vorzubeugen und hygienisch zweifelhafte Zusammenrottungen zu zerstreuen. Das kam aber selten vor. Die Besucher hielten Abstand, und bei dem kalten Wind setzte sich kaum jemand auf eine der Bänke. Auch die Kinder verstanden bald, dass sie zu Bekannten nicht hinrennen oder fremde Dreiräder nicht einfach ausleihen durften.

In ihrer entlegenen Matschpfütze waren sie der Parkwacht jedenfalls noch nicht negativ aufgefallen.

Während des Heimweges brach tatsächlich die Sonne hervor und wärmte ein wenig. Flora beeilte sich, dem Schatten der Bäume zu entkommen, während Elias und Julius jede Wurzel genau inspizierten. Sie hatte schon einmal im Namen des Osterhasen zwei Schokoladeneier versteckt, um die Kinder zu einem Friedhofsgang zu überreden und hier zu beschäftigen, nun suchte man neue Beute. Nebenher entdeckte man allerlei Grünzeug, bei dem Flora darauf bestand, dass man sich die Namen merkte: Schachtelhalm, Schafgarbe, Hirtentäschel – wie sie es als Kind von ihrer Oma gelernt hatte, wenn sie während eines Besorgungs- oder Beschäftigungsganges den Wegesrand untersuchte, an Feldern oder am Gemeindefriedhof entlang, zwischen den Flecken der Kleinstadt, in der ihre Großeltern lebten. Wieder fühlte sie sich in eine andere Zeit versetzt. Sicher, die Jungs fanden Spaziergänge zunächst langweilig, weil sie bereits andere Möglichkeiten kannten, freie Zeit zu verbringen. Aber was habe ich eigentlich als Kind in dem Alter die ganze Zeit gemacht?, überlegte sie. War mir oft langweilig? Bestimmt, aber sie konnte sich nicht genau erinnern. Die Sonne strahlte jetzt kräftiger, und die Jungs nahmen ihre Mützen ab und stopften sie in die Jackentaschen. So hell und gleißend ist die Sonne im Frühjahr, dachte Flora, so stark wie manchmal im Juli, wenn man in einem freien Feld steht, das Sirren und Zirpen um sich herum, und die Zeit steht so lange still, bis man sich abwendet und nach Hause geht.

»Mama, sind die Käfer hier krank?« Mit der Frühjahrssonne kamen die Feuerwanzen, in ganzen Kolonien saßen sie plötzlich an den Baumstämmen. »Friedhofskäfer« hatte Flora das flache Getier als Kind genannt. Sowohl das Vorkommen als auch die Lebensweise der Tiere, die ihre toten Artgenossen in Ketten abschleppten, legten das ja auch nahe. Sie trat heran.

»Die Käfer sind, naja, erschöpft, und die anderen bringen sie zu ihren Kumpels in den Bau. Zum Ausruhen.« Von den Kumpels als Nahrungsquelle verwertet zu werden, war jetzt nicht der Inbegriff einer sanften Ruhe, aber man musste da vielleicht nicht so ins Detail gehen.

»Ich bin auch erschöööftt!« Julius hob die Arme. Er war mit trocknendem Matsch bedeckt, und Flora hob den schweren Brocken ohne große Begeisterung auf den Arm. Das Fragekind Elias nahm jetzt Fahrt auf: »Aber die Käfer sterben auch irgendwann, ja?« »Alle Lebewesen tun das einmal, sicher.« »Wenn sie krank sind? Und können auch Kinder-Käfer sterben? Was machen ihre Eltern dann?« Das stellte Flora sich lieber nicht vor. »Weißt du, diese Art Käfer wird nicht besonders alt, sie leben nur ein Frühjahr, ein paar Wochen. Wenn sie schlüpfen, sind sie auch schon bald erwachsen. Sie futtern, arbeiten am Bau ihrer Kolonie und sterben dann auch, ohne darüber nachdenken zu müssen.« Das leuchtete Elias ein. »Aber tut es ihnen weh?« Wer konnte das wissen? Flora hatte einmal in einer Tierdoku den Satz augeschnappt, Tiere hätten keinen Sinn für Individualität, nur im Schmerz und im Tode würden sie sich ihrer selbst bewusst. »Das sagt dir kein Käfer, aber so wird es wohl sein, deshalb sollt ihr keine tot treten. So ein Käfer denkt bestimmt auch nicht, oh, jetzt sterbe ich, dabei wollte ich doch morgen noch auf den Baum da drüben krabbeln. Aber wenn er es noch gekonnt hätte, wäre es sicher schöner für ihn gewesen.«

Damit gab sich Floras Erstgeborener zufrieden und kehrte zu praktischen Fragen zurück. »Vergraben die ihre toten Kumpels dann?« Hm. »Nicht so, wie wir es kennen, mit einem Beet obendrauf, aber – sie kommen in die Erde, ja.«

»Sie sind ja auch zu klein für ein Grab.« Elias blickte den Weg zurück, den sie gekommen waren.

»Mama?« Flora ahnte, was kam. »Das Kind da – wie alt war es noch mal?« Sie waren schon an einigen Kindergräbern vorbeigekommen, aber eines war gerade besonders liebevoll hergerichtet. Das Kind, ein kleiner Junge, hätte im April Geburtstag gehabt.

»Zwei Jahre.« Sie hatten schon einmal darüber gesprochen, dass der Junge vermutlich sehr krank war.

»Mama? Wie ist es, an einer schweren Krankheit zu sterben?«

»Das weiß ich nicht.« Noch nicht. Und dieses Mal würde es sicher gut ausgehen. »Vielleicht fühlte sich der Junge auch gar nicht so krank, weil er es nicht anders kannte. Weißt du, er war doch noch sehr klein. Er konnte sich gar nicht richtig vorstellen, wie es ist, ein gesundes Kind zu sein, ohne Krankheit, Schmerzen oder anderes Leid.« Aber die Eltern hätten es sich vorstellen können. Um Himmels willen. Lieber erledige ich eine Chemo und alles andere, als eins der Kinder dabei begleiten zu müssen. Sie holte tief Luft, setzte Julius ab und ging dann zwischen den Kindern in die Hocke, um jedes einen Arm. »Deswegen müssen wir immer froh sein, dass ihr gesund seid, und darauf aufpassen, dass es so bleibt. Besonders jetzt.« Julius drückte seinen bematschten Jackenbauch vertraulich an ihr Knie, Elias nickte verständig.

»Ist das Kind an DER Krankheit gestorben?«

»Nein, die gab es da noch nicht.«

»Aber jetzt bei uns gibt es sie. Deswegen sollen wir niemandem die Hand geben und uns immer waschen«, stellte Elias abschließend fest.

Während für Flora die neue Krankheit ein unfassbares Gespenst war, das herumging – und sie vermutete, den meisten Erwachsenen ging es so – nahmen die Kinder die übersichtlichen Informationen, die sie ihnen zurechtlegte wie ihre Kleidung, ganz selbstverständlich in ihr Weltbild auf. Menschen wurden krank und konnten sterben. Flora wusste das als Kind auch – sie war ebenso neben einem Friedhof aufgewachsen, als sie fünf war, starb ihr Großvater, und sie war zum ersten Mal auf einer Beerdigung. Aber sie hatte dies auch als bedeutsam empfunden. Jemand geht, und mit ihm sein Lachen, seine Geschichten. Nie wieder würde dieser Mensch zu jemandem sagen: »Heute habe ich ...« oder »Weißt du noch, als wir ...«, und diese Erinnerungen würden nicht mehr geteilt werden und verblassen. Was machte es mit diesen Kindern, den Tod als alltägliche Fallzahl zu erleben, als Bedrohung, die jeden treffen kann, nicht nur alte Menschen mit einem langen, erfüllten Leben?

»Ich muss jetzt pullern!«, tönte Julius in ihre Gedanken. Na prima, einen besseren Ort hätte er sich kaum aussuchen können. Hoffentlich bekam sie bei Julius noch die Matschhose herunter, bevor es zu spät war. Flora sah sich um: Keine Passanten im Augenblick – aber im Umkreis von fünfzig Metern auch keine geeignete Lücke in einem Gebüsch. Nein, hier auf dem ältesten Teil des Friedhofs gab es breite Wege, flache Grabplatten und viel Efeu in Bodennähe. Die Abstände zwischen den alten Gräbern waren schmal. Nun gut. Flora entpellte das gut verpackte Kind, um Erleichterung zu ermöglichen, und stellte es zwischen zwei alten Soldatengräbern ab. Die Platte rechts von ihr war von der Witterung fast vollständig abgeschliffen, doch links konnte sie erkennen, dass hier ein 1918 gefallener Leutnant ruhte. »Soldat«, sprach sie ihn in Gedanken an, »du wartest hier seit hundertzwei Jahren auf den Beginn einer besseren Welt als die, die du kanntest. Deine Eltern, die dich jung begraben mussten, sind lange fort, und mit ihnen ihre Erinnerungen und Hoffnungen. Viel Leid ging seitdem umher, und wenig hat sich gebessert. Die Menschen haben immer noch ihre Bedürfnisse, und oft zur falschen Zeit. Hier könnte auch ein Ururenkelchen von dir stehen und eine Toilette suchen, daher: verzeih uns!«

»Was machen Sie denn da?« Einmal musste es geschehen: Heute schloss Flora die Bekanntschaft mit der Parkwacht. Sie fing den Blick des Mannes in fester grüner Arbeitskleidung auf, als sie sich ertappt nach seiner Stimme umwandte. Schlagartig wurde ihr bewusst, dass sie kein vertrauenswürdiges Bild abgab. Sie hatte sich die Kopfhaut blutig gekratzt, und die inzwischen trockenen, abgebrochenen Haare formierten sich zu keiner Frisur mehr. Die abgeschubberte Lederjacke und ihre Jogginghose, eines von drei oder vier einander sehr ähnlichen Modellen aus ihrem Schrank, waren nun unverkennbar eine ganze Nummer zu groß. Der Wachmann sah an ihr herunter, und sie fühlte sich eingeschüchtert und nackt, wohl auch, weil ihr ein Stück geheimer Rüstung fehlte: Ihre BHs waren zu groß geworden, und weil die Träger und Bänder auf ihrer gereizten Haut juckten, ließ sie sie unter den weiten T-Shirts einfach ganz weg. Im Ganzen waren sie und das unzureichend bedeckte Kind ein jammervoll-komisches Bild, ein Umstand, der ihr die Sprache verschlug.

Nun war es an Elias, das Offensichtliche auszusprechen: »Julius musste dringend auf Klo!«

»Das sehe ich. Geht bitte immer nochmal, bevor ihr euch zum Rausgehen anzieht.«

Der Parkwächter grüßte mit einer kurzen Berührung seiner Mütze und ging ruhig weiter.

Anscheinend hatten sie keine grobe Ordnungswidrigkeit begangen, und neben ein Grab zu pieseln galt nicht als infektiös. Flora ärgerte sich, dass die Begegnung sie aus der Fassung gebracht hatte. Sie sollte nicht so empfindlich sein. Wo war ihr Selbstvertrauen nur hin? Vor ein paar Wochen war sie noch jemand, eine Respektsperson, die man um Rat fragte, sogar eine Patientin, auf die man sich vorbereitete. Und jetzt fühlte sie sich als Verwahrloste, die die öffentlichen Ausscheidungen ihrer Kinder nicht im Griff hatte. Nicht einmal das.

Allein mit ihren Gedanken war es schwierig, eine respektable Persönlichkeit abzugeben.

Die frische Luft hatte schon wieder hungrig gemacht, und der Spaziergang verlängerte sich um einen kurzen Abstecher zum Bäcker. Dass die Filiale geöffnet hatte, war schon von Weitem an der wohlunterbrochenen Kette maskierter Kunden davor zu erkennen. Sie stellten sich wartend dazu, und während Flora den gröbsten Dreck von ihrem Kindern abklopfte, mit ihnen hüpfte, um getrockneten Matsch aus dem Profil der Schuhe schon vor der Tür zu verlieren und nicht direkt vor am Tresen, wies sie die Jungs an, im Laden nichts anzufassen und sich darauf einzustellen, dass es das ersehnte Milchhörnchen erst zu Hause nach dem Händewaschen geben werde. Beide warteten mit Engelsmienen, und Flora war einmal mehr verwundert, wie geduldig Kinder sein konnten, wenn die Belohnung nur attraktiv und nah genug war.

Die Brötchenkörbe waren am Nachmittag nur noch übersichtlich bestückt, aber das Versprochene gab es. Sie beeilte sich, den Einkauf in ihrer Tasche zu versenken und das

Wechselgeld einzustreichen – die Kette der Wartenden wurde nicht kürzer, und der Kontakt sollte nicht länger dauern. Eine Münze rollte zu Boden, und sie entschuldigte sich sofort für die Verzögerung. Die Dame hinter dem Tresen winkte gelassen ab: »Nächste Woche werfe ich Ihnen das Brot durch die Türe zu.« Flora sah verständnislos auf. »Das gibt's dann auf Marke. Wie im Krieg.«

Da war sie wieder, ständig lief ihm diese Frau über den Weg. Neulich war sie zielstrebig Richtung Klinik vor ihm hermarschiert, sogar von hinten erkannte man sie an der Haltung und dem Gang, die über der grünen Lederjacke zusammengebundenen braunen Haare hatte er auch schon oft gesehen. Als er Richtung Reinigungszentrale abbog, verlor er sie aus den Augen und fragte sich, ob sie hier arbeitete oder so. Im Labor vielleicht? Oder sie war krank. Sehr schlank war sie schon immer, aber irgendwie wirkte sie nun mager und traurig.

Jetzt stand sie im Hof mit dieser anderen Familie, die Kinder trullerten um sie herum wie zwei Satelliten, die sich in ihrer Bahn ständig im Weg waren. Liebe Kinder, wirklich. Vor allem der Große mit der hellen Stimme, so ein Fragekind, die Frau sah immer ganz erschöpft aus vom Antworten. Aber ein toller großer Bruder, passte immer genau auf, dass die jüngeren Kinder rundum sich nicht in Gefahr brachten. Roy erinnerte sich, dass er mal mit ihm Fußball gespielt hatte – es war mehr ein Hin- und Herkullern des Balls gewesen, da war der Junge noch keine drei und der Kleine hing der Frau als Baby auf dem Arm. Er saß im Hof, und der Große wollte mit der Mutter spielen, aber das Baby war wach und wollte etwas anderes. So hatte er sich ein bisschen mit dem Kind beschäftigt, und seitdem grüßten sie sich und wechselten gelegentlich ein paar Worte. Schon Jahre, unglaublich. Einmal hatte sie ihn angesehen mit diesem klaren, durchdringenden Blick, den sie immer drauf hatte, und gesagt, wenn er beruflich Hilfe bräuchte, solle er sie ansprechen. Er wusste nicht recht, was er darauf antworten sollte, dann wurschtelte sich ein Kind dazwischen und das Thema war auch schon wieder beendet.

»Und dann … sag mal, hörst du mir noch zu?« Darauf antwortete Roy lieber nicht, denn Tomtoms Ausführungen waren bereits vor ungefähr zehn Minuten unübersichtlich geworden.

»Und dann behaupten die also, das ganze Elend sei laborgezüchtet. Naja, behaupten kann man viel, und daher kam mir folgende Idee …« Kunstpause und ein aufmerksamer Blick auf Roy.

»Sag mal, siehst du die Frau da drüben, mit den zwei Jungs?«, fragte Roy gedankenverloren. Sein rechter Fuß pulte in einer Ritze zwischen den Pflastersteinen, die war ganz schön breit, so unregelmäßig wie die Steine hier gelandet waren. Man hatte wohl den Hof zwischen den Blöcken nicht neu angelegt, damit die Arbeiterschließfächer seinerzeit schneller bezogen werden konnten.

»Was denn? Die lange Dürre mit dem Stock im Arsch? Was hat die denn damit zu tun?«

»Ähm, nichts. 'Tschuldigung.«

Immerhin hatte sie das Bad putzen können, das ging auch schnell. Aller Klimbim, alles Rosige und Duftende war aus dem Regal und vom Wannenrand verschwunden. Von den Tübchen, die ihr die mitfühlende Apothekerin in den Arm gedrückt hatte in der Hoffnung, etwas davon könnte Trockenheit und Juckreiz mildern, strahlte es Flora in kühlem Blau-Weiß entgegen: Sie war jetzt *besonders empfindlich, parfümfrei* und *neutral*.

Für weitere Anstrengungen fühlte sich Flora noch zu schlapp. Aber der nächste Auftrag wartete bereits:

»Können wir noch schnell zusammen einkaufen fahren? Mein Auto hat ein Problem mit sich.«

Klar konnten sie, Flora war froh über jede noch so kleine Unternehmung.

»Was hat denn dein Auto?« – »Woher soll ich das wissen? Ben sieht es sich gerade an, bevor ich eine Werkstatt damit behellige.«

»Ist das so schlau?«

Frauke wusste natürlich, worauf sie hinaus wollte. »Naja, dem Auto wird geholfen und Ben letztlich auch, er hat etwas zu tun, fühlt sich gebraucht – und so.«

»Könnte das nicht einen falschen Eindruck erwecken? Neue Hoffnungen – und so?«

»Es gibt kein richtiges Leben im Falschen, und ich bin klamm. Dass du auf ihm herumhackst, ändert daran nichts.« Frauke miepelte am Radio herum, um etwas Fröhliches auf die Ohren zu finden. Gar nicht so leicht in diesen Tagen.

»Na, nananana-nah, nana-nana-nana-nananahh ...«

Flora musste lachen. »Ich bin immer wieder beeindruckt, dass du praktisch jeden Oldie mitsingen kannst!«

»Bitte unterschlage meine hervorragende Aussprache nicht!«

Flora räusperte sich. Das andere Thema drängte.

»Ich weiß ja, dass ihr mal sehr glücklich wart ...«

Frauke summte angestrengt.

» ... und du große Hoffnungen in ihn gesetzt hast. Frauke? Das Handschuhfach ist kein, äh, Luftkeyboard. Und bleib bitte angeschnallt beim Tanzen.«

»Hmm, lalalalaah ...«

»Jedenfalls wird er wohl nicht mehr der Mann, den du dir gewünscht hast. Du wirst dich immer mehr um seine Angelegenheiten kümmern müssen, als dass er dich unterstützen kann. Außerdem liegt er dir auf der Tasche. Jetzt streitet ihr euch um Unterhalt, zieht ihr wieder zusammen, um die laufenden Kosten, es ist so vorhersehbar!«

Fraukes verlegte sich wieder aufs Summen. Ein Wespenschwarm hätte nicht kritischer klingen können.

»Kannst du wirklich einfach so vergessen, wie er dich hat hängen lassen? Habt ihr darüber überhaupt einmal richtig geredet, seit Ben, nun, ausgefallen ist? Dass ihr beide einsam seid und einen Halt sucht, kann ich ja noch verstehen, aber ich befürchte, ihr habt einfach keine Basis für diesen Halt. Ihr macht einander wieder unglücklich, das will ich mir nicht mit ansehen.«

Aber an dieser Stelle stimmte Frauke bereits das Finale an.

»Laaa, la, lah-ha … Also, du schlaues Mädchen weißt ja bestimmt, dass Joan Baez mal mit Steve Jobs zusammen war …«

»Ja, siehste! Nicht mal die ist zu ihrem egozentrischen Mundharmonika-Spieler zurückgekehrt! Merkste was?«

Frauke gluckste. »Na, das ist schon arg herablassend. Jedenfalls, dieser Jobs …«

»Der is' ja nun auch tot, wie meine Omma sagen würde.«

»Genau. Und der hat lange alternativ an sich herumgedoktert, was er später bereute, angeblich.«

»Ja, ich weiß.«

»Dir kann man aber auch nichts erzählen, immer weißt du schon alles und machst alles richtig. Ich hoffe, das bleibt so und alles wird gut…«

»Es muss ja.«

»Grübelst du denn nicht manchmal darüber nach, was da eigentlich mit dir passiert?«

»Keine Zeit.«

»Du lenkst dich mit unwichtigen Dingen ab. Putzen, Basteln, Backen … Ja, es ist ja schön, und wie will man die Kinder sonst auch beschäftigen, aber du bist doch wichtig. Was macht dich denn eigentlich glücklich? Es muss ja keine Beziehung sein, aber was ist es dann? Du musst doch irgendwas haben, wofür du funktionierst. Worauf du dich freuen kannst. Versteh mich nicht falsch, aber seit du nicht mehr arbeitest, bist du so … kalt. Ich weiß nicht, womit ich dir überhaupt eine Freude machen kann.«

Du bist da, wollte Flora sagen, aber Frauke hatte bereits Fahrt aufgenommen.

»Wäre es nicht seltsam, wenn dein Leben danach einfach so weitergeht wie vorher?«

»Warum? Ich versuche bis dahin weiter zu funktionieren, und dann geht es wieder bergauf. Ich habe doch keine Wahl.«

»Oh, man hat immer eine Wahl, sagt Sartre, oder? Irgendwie muss man sein Leben wählen, wenn ich mich richtig erinnere, und die Krankheit und alles hast du nicht gewählt. Jetzt musst du wählen, was dich gesund machen soll. Ich suche ja auch, was mir fehlt.«

Nun waren sie beide unzufrieden mit dem Gesprächsverlauf, und Frauke konzentrierte sich versuchsweise auf leichtere Themen. »Aber ihren Sohn, den hatte sie von jemand anderem, war auch mal berühmt.«

»Wer?«

»Ja, weiß ich ja nicht. Achso, also Joan Baez jetzt. Ähm, Gabriel.«

»Was?«

»So heißt ihr Sohn! Aber ich komm nicht auf den Vater!«

Flora erinnerte sich unwillkürlich an Gespräche mit ein oder zwei sehr jungen Kundinnen. »Das Problem kommt häufiger vor, als man glaubt. Aber Sartre hatte zufälligerweise nichts mit ihr, oder?«

Jetzt musste Frauke lachen. »Nee, also diese Wahl hatte er nicht.«

Sonntagnachmittag, lieber noch einmal die Kinder lüften gehen, bevor sie wieder einschlief und die Jungs erneut seltsame Untersuchungen anstellten. Weit kamen sie nicht. Man strebte alsbald nach Hause, es war ungemütlich feucht draußen, und Mama ließ vielleicht ihr Herz für einen heißen Kakao erweichen. Jemand nickte ihnen aus einem Fenster im Erdgeschoss zu. Ah, hier also wohnte John Wayne, wie sie den Westernhelden von der Tafel bei sich nannte. Seltsam, dass er Flora zuvor nie aufgefallen war, sie waren ihm hier bestimmt schon begegnet.

Ihr Kopf schmerzte, als die Sonne hervorkam. Kraftlos lehnte sie sich gegen das bröselige Gemäuer und bat die Kinder, ihr ein paar Gänseblümchen zu pflücken, bevor sie heimgingen. Leises Murren, aber sie bekam ihre Pause vor dem letzten Stück Weges. Flora starrte auf ihre Füße, auf das Muster der Pflastersteine im Hof. War es ein Muster? Die Reihen waren etwas unregelmäßig, zum Teil nach oben gedrückt von sich ausbreitenden Wurzeln, man konnte schlecht sagen, welchen Plan Mensch oder Natur hier verfolgten. Sie versuchte sich auszurechnen, wann der Boden im Hof angelegt worden war, er erschien ihr älter als die Blocks aus den Siebzigerjahren. Die Jungs waren schnell fertig mit ihrem Strauß, und als sie sich zum Gehen wandten, stand er plötzlich neben ihr.

»Hier, Mädchen, ich hab dir 'n Zwiebelbrot aufgehoben.«

Nicht mehr ganz frisch, doch sie nahm es gern und bedankte sich. Ihre Worte erschienen ihr dürr und ungeschickt, aber sie konnte sehen, dass er ihre Freude bemerkte und nach Hause trug. Heute aßen sie zeitig zu Abend, mampften das Knusprige und das Weiche, spülten mit Kakao nach. Und als sie später alle drei in Floras Bett krabbelten, pupsten sie nach Kräften die ganze Nacht, dass selbst die Stubenfliege an der Wand kein Facettenauge zubekam.

KW 17

Ach! Was ist alles dies, was wir für köstlich achten ...

Gleich Montag war ihr Kontrolltermin. Den Gang betretend, desinfizierte sie ihre Hände und ließ gewohnheitsmäßig ihren Blick über die Plakate und den Aufsteller mit verschiedenen Flyern streifen, manche warben für Perückengeschäfte, andere für Rehakliniken. Ein unscheinbarer weißer Zettel war neu, sie griff danach. Es war der winzige Monatsflyer der Krankenhausseelsorge, darauf das aktuelle Motto:

»Ihr sucht mich nicht, weil ihr Zeichen gesehen habt, sondern weil ihr von dem Brot gegessen habt und satt geworden seid. Müht euch nicht um Speise, die vergänglich ist, sondern um Speise, die da bleibt zum ewigen Leben. (Joh 6, 27)«

Na Mahlzeit, dachte Flora bei sich und beschloss, noch vor dem Ziehen des heutigen Aufruf-Nümmerchens das WC zu besuchen, um nicht im falschen Moment Erinnerungen an das Zwiebelbrot zum Besten zu geben. Beim Händewaschen mied sie es wie so oft, in den Spiegel zu sehen, doch als sie sich zum Gehen wandte, sah sie deutlich ihre Reflexion in der Milchglasscheibe der kleinen Zwischentür, der die Patiententoilette von einem winzigen Raum mit Putzmittelschränken trennte. Das Licht, das durch die Fenster in ihrem Rücken an ihren Ohren vorbei auf die Scheibe traf, betonte deutlich die tiefen Gräben unter ihren Wangenknochen, und ihr blassgraues Abbild erschreckte sie. Ich verschwinde, dachte Flora. Bald ist einfach nichts mehr von mir da. Eigentlich mochte sie ihr markantes Gesicht mit der, nun, präsent-spitzen Nase, das besser zu ihrem Wesen zu passen schien als ihr blumiger Vorname. Doch jetzt war es keinen ganzen Millimeter Unterhautfettgewebe mehr von dem schönen deutschen Adjektiv

»holzschnittartig« entfernt. Den galt es jetzt zu pflegen und zu erhalten. Sonst war der Schritt ins ewige Leben kurz.

Auf dem Weg zur Nummern-Rolle hielt sie bereits Ausschau nach ihrem Gesprächspartner aus dem Therapie-Raum, erkannte ihn jedoch erst auf den zweiten Blick. Er war heute in eine zartgelbe Zellstoffhülle verpackt, deren Farbton Flora unwillkürlich an Osterküken und Babyausstattung denken ließ. Sie wusste inzwischen, dass die in ihrer Immunabwehr besonders geschwächten Patienten diese Schutzanzüge während der Therapie trugen. Man wollte vermeiden, dass sie ihrer sorgfältigen Handhygiene zum Trotz Opfer von Krankenhauskeimen wurden und diese über ihre Kleidung in die eigenen Haushalte trugen. Saßen mehrere derart umhüllte Patienten nebeneinander, wirkten sie auf Flora unpassenderweise wie Dekoküken in einem Eierkarton – sie schüttelte den Kopf, als sie sich bei diesem Vergleich erwischte. Die Unberührbaren, die man zu ihrem eigenen Schutze ja nicht anfassen sollte, als etwas Weiches, Niedliches, was zur Berührung auffordert? Sie war froh, dass man ihr den gelben Kokon bisher nicht angeboten hatte. Sie kannte bereits das Gefühl, zu verschwinden und mit einem nicht näher bestimmten Hintergrund zu verschmelzen. In dem Kokon wäre sie vermutlich endgültig ein Stück Inventar, für immer vereint mit den Gemäuern der Häma-Ambulanz Haus 39.

»Jetzt habe ich mich verpuppt«, schien der Junge ihre Gedanken zu erraten. »Monatelang habe ich mich gewehrt, wollte stark sein, weiter lernen, mein Gewicht halten. Aber jetzt will ich nichts mehr, ich bin erschöpft. Ich werde einfach nur noch die Therapie zu Ende schlafen.« Gequält warf er einen Blick Richtung Fenster. Ein Sonnenstrahl blendete ihn, in dessen Licht man feine Staubpartikelchen tanzen sah, leicht und glänzend. Flora dachte an einen Schmetterling, der sich aus dem Kokon befreite und ins Licht flatterte. Bald würde der Junge frei sein von all dem hier. Auch wenn dann noch die Strahlentherapie auf ihn wartete, war das ein Schritt nach vorn, fand sie. Ihn so kraftlos und ohne Zuversicht zu sehen, schmerzte sie ungemein.

Im Moment waren sie allein auf der Wartefläche. Flora wählte den Stuhl gegenüber des jungen Mannes. So sahen sie wenigstens einander, wenn es schon schwer war, sich selbst wiederzuerkennen. Aber was sollte sie ihm sagen?

»Lernen Sie noch für Ihr Studium?«, fragte sie schließlich. Juristische Fallanalysen konnten einen immerhin kurzzeitig vom eigenen Leid ablenken. Vielleicht bearbeitete er noch eine Aufgabe pro Tag, verlor sein Ziel nicht ganz aus dem Auge?

»Es ist mühselig, aber ich bleibe dran, ja. Es gibt jetzt auch ein Online-Tutorium zu unserem Seminar, so verliert man nicht ganz den Anschluss, ich freue mich immer darauf.« Das konnte sie sich lebhaft vorstellen, die Klinik allein als Kontakt zur Außenwelt reichte nicht hin. Der Gedanke an den Austausch mit anderen hatte auch etwas Farbe in sein Gesicht zurückgebracht. »Strafrecht ist jetzt nicht meine erste Leidenschaft, aber wir hatten neulich eine interessante Diskussion … Meine Kommilitonen waren nach einer Fallbesprechung, tja, irritiert. Ein Urteil ließ uns unzufrieden zurück. Mich auch, ja, wir hatten das Gefühl, dass das Leid eines Opfers im Urteil nicht angemessen berücksichtigt wurde, wir konnten aber auch nicht sagen, was angemessen gewesen wäre oder was sich ‚richtig‘ anfühlen müsste.« Er schwieg, anscheinend selbst verwundert darüber, dass er ihr davon erzählte.

»Es hat Sie getroffen, dass nicht für jedes Leid Vergeltung erwartet werden kann«, antwortete Flora nach einer Pause und ließ in der Schwebe, ob es sich um eine Frage oder eine Feststellung handelte.

»Ja.« Noch immer sah er geistesabwesend aus dem Fenster. Zeit, den eigenen Gedanken nachzuhängen. »Leid«, er hatte dieses Wort gebraucht, und es fühlte sich seltsam für sie an, es zu denken und auszusprechen. Flora wollte auf keinen Fall leiden oder leidend wirken. Aber in Fraukes Mitleid, in der Rücksichtnahme der Nachbarn, im geübten Zartgefühl der Schwestern war ihre Situation präsent. In ihrer eigenen Reflexion, nebenan im Waschraum, hatte sie es gesehen. Und jetzt bemerkte sie, wie schnell es gekommen war. Sie hatte gar keine Zeit gehabt, wütend zu sein, wütend darüber, dass es sie getroffen hatte, dass es vielleicht ungerecht war. Unter der Maske mühte sie sich, tief durchzuatmen. Was hätte es geholfen? Sie musste nach vorn blicken, für sich, für ihre Kinder, weiterhin stand und fiel alles mit ihr, ihrer Einstellung. Sie musste dankbar sein, dass es nicht schlimmer war, dankbar für jeden Tag, an dem sie funktionierte. Es war unsinnig, sich eine Vergeltung oder Wiedergutmachung auszumalen – eine, die das Universum nicht leisten würde. Das Ende des Weges zu erreichen war Ziel und Lohn in sich.

Sie konnte nicht wissen, wie Hodgkin darüber dachte, Flora konnte nur sehen, dass es ihm deutlich schlechter ging als bei ihrem ersten Zusammentreffen. Das war normal, man hatte es ihr auch vorhergesagt: Es gehört dazu, man wächst da hinein. War es so? Was geschah mit Patienten, die nicht in die Situation hineinwuchsen, sich nicht arrangierten? Wer fing sie auf? Die Krankenhausseelsorge allein würde das nicht schaffen. Die Familie? Fand ihr Gesprächspartner da Rückhalt? Flora wünschte sich das sehr, befürchtete aber, der Junge würde seine Kraft irgendwo aus sich selbst zaubern müssen, wie sie es auch letztlich versuchte.

»Warum haben Sie sich für Jura entschieden?«, fragte sie schließlich. Jeder hat etwas, das ihn antreibt!, fiel ihr ein Werbeslogan ein, möglicherweise ließ sich hieraus etwas ziehen, eine Ressource, die das Vergangene mit der Zukunft verband.

»Gerechtigkeit war immer ein starkes Thema bei uns«, antwortete Hodgkin überraschend schnell, offensichtlich waren ihre Gedanken wieder auf wundersamen Wegen nebeneinander her gegangen. »Ich meine, mein Vater hat es in die Familie hineingetragen. Die Werkstatt liegt ihm sehr am Herzen, sie ist sozusagen sein erstes Kind, und das sage ich ohne jeden Groll. Sie ist einfach die Basis von allem. Zwei seiner Mitarbeiter sind seit Beginn an bei ihm, seit über zwanzig Jahren. Es hat ihn immer sehr umgetrieben, wenn Kunden nicht pünktlich zahlten, unsinnig feilschten oder Auftraggeber die Arbeitsschutzbestimmungen nicht eingehalten haben. Er wollte das dann ausgleichen, für alles sorgen. Er sah sich ständig sehr in der Verantwortung. Andererseits erfuhr er auch immer wieder, dass in schwierigen Zeiten die Mitarbeiter schwierig wurden. In guten Zeiten wie eine Familie, in schlechten Zeiten wie ein Sack Flöhe, sagte er immer. Sein Anspruch, das, was er geschaffen hat, gut und fair zu führen, war sehr spürbar bei uns, und damit war er auch ein richtiges Vorbild. Sie haben ja schon bemerkt, dass Anstrengungsbereitschaft bei uns sehr wichtig ist.« Flora dachte an die fleißigen Zwillinge und nickte. »Dass man etwas investiert, etwas bekommt, damit verantwortungsvoll umgeht – das war ein ganz selbstverständlicher Teil unseres Denkens. Naja, das ist die ganz kurze Variante, wie ich zur Gerechtigkeit und zum Arbeitsrecht gekommen bin.« Er schwieg, und sie atmeten hinter ihren Masken. »Aber es gab wie gesagt schon Engpässe, die meinen Vater in seiner Rolle als Chef viel Kraft gekostet haben«, setzte der junge Mann irgendwann fort, und in seiner Stimme, seiner Haltung hatte sich etwas verändert. Flora spürte, dass ein deutlich schwierigeres Thema ihn beschäftigte. »In einem relativ kleinen Betrieb ist es manchmal auch ein persönliches Drama, wenn man sich von jemandem trennen muss oder sich jemand wegbewirbt. Es fängt damit an, dass die fehlende Arbeitskraft ausgeglichen werden muss, nicht gleich Ersatz da ist. Dann arbeitet der Chef doppelt. Also dreifach, wenn doppelt die Normaleinstellung ist.« Er sammelte sich und sah ihr in die Augen. »Und jetzt ist das auch nicht mehr genug oder zählt ganz einfach nicht. Was mein Vater auch tut, um den Betrieb und die Arbeitsplätze zu retten – es zählt einfach nichts.«

Ein quakender Piepston, und Floras Aufruf-Nummer wurde angezeigt. Sie nickten einander zu, wissend, dass sie einander später vielleicht nicht noch einmal begegnen würden. Triage-Bogen und Nummernzettel über die Theke, ein Schritt nach rechts, Vierteldrehung, Stirn senken. Flora nahm einen Kontrollbogen entgegen, »Verlaufskontrolle M. Waldenström« und ihre Patientendaten standen darauf, in einer Tabelle ein paar Kreuze für die Arbeit der Laborantin. Nach leisem Klopfen trat sie unaufgefordert ein, die junge Frau am langen Tisch entlang der Wand rechts wandte sich für ihren Gruß nicht um. Flora setzte sich auf den Stuhl ihr gegenüber, schob ihr Kontrollbogen und Hand entgegen. Während die Dame im Kittel Floras mittlere Fingerspitze desinfizierte und rieb, um den Blutfluss anzuregen, versenkte Flora ihren Blick in das Kalenderblatt an der Wand. Immer noch April, immer noch das Röntgenbild einer Ananas. Obwohl sich so viel verändert hatte, vergingen die Wochen zäh. Ihre Gedanken glitten wieder hinüber zu Hodgkin und seinem langen Leidensweg, den Wiederholungen, den Sorgen der Familie. In ein gefährdetes Nest war er zurückgekehrt, voller Sprengstoff. Alle fünf getrieben und doch gelähmt von ihrer Machtlosigkeit. Sie taten alle irgendetwas mit ungewissem Ausgang, und sahen sie nach links und rechts, gab es wenig Halt. Worüber sprachen Hodgkins Eltern, wenn sie allein waren? Über die Kinder, darüber, dass vielleicht – wenigstens – die Therapie anschlagen würde, über den Stillstand in der Werkstatt und das Geld, das fehlte? Oder schwiegen sie, erschöpft vom Gedankenkarussell des Tages?

»Tut das weh?«, fragte die Laborantin erschrocken, während sie das Blut aus dem Mittelfinger ins Röhrchen presste.

»Nein, nein. Mich reibt die Maske unten am Auge.«

»Ich klebe das gleich ab, dann können Sie es richten.«
Ein Blutstropfen wurde auf einem Glasplättchen verstrichen, das Röhrchen beschriftet, die Häkchen auf ihrem Kontrollbogen gesetzt. »Dann einen schönen Tag noch!«

Sie musste sich um nichts kümmern, die Ergebnisse der Analyse wurden vom Personal herumgetragen, und Plessmer würde sie in einer viertel oder halben Stunde aufrufen. Eher Viertelstunde, schätzte sie, es war heute erstaunlich ruhig auf der Wartefläche, nur eine bleiche Dame mit sehr buntem Kopftuch saß nun auf Hodgkins Platz. Ob er schon gegangen war? Bestimmt nicht, die Blutentnahme dauerte wenige Minuten, vermutlich war er noch beim Arztgespräch. Ja, Neuigkeiten, die ihm Auftrieb verschaffen konnten, sie hoffte so sehr darauf.

»Und?«

»Ja.« Er zauderte kurz, setzte sich dann aber noch einmal, auf den Stuhl in anderthalb Metern Abstand von ihr. Sie wandten sich einander zu, wie zwei Schüler, die über den Gang zwischen den Bänken hinweg tuschelten, aber die Patientin mit der bunten Kopfbedeckung war vollauf in eine Mappe voller Bögen und Arztbriefe vertieft und störte sich nicht an ihrem Gespräch.

»Es ist noch keine Verbesserung gegenüber dem letzten Zyklus im Blutbild sichtbar, aber das kann sich durchaus verzögert abbilden. Der Fortschritt zeigt sich auch nicht immer linear. Im zweiten und dritten Zyklus ging das sehr schnell bei mir, jetzt eben langsamer. Wir kontrollieren Ende nächster Woche noch einmal.« Flora wusste, dass es selbst für ihre geschwächten Körper keine große Sache war, ein paar hundert Milliliter Blut zu ersetzen, trotzdem fragte sie sich unwillkürlich, wie viele Röhrchen, wie viele Liter im Laufe einer Therapie entnommen, analysiert und dem Sondermüll zugeführt wurden.

»Und wie fühlen Sie sich jetzt? Es ist bald geschafft.«

»Es zehrt. Sie kommen auch noch dahin. Aber Sie haben etwas, für das Sie sich anstrengen müssen.« Jetzt lächelte er sie wieder voll an, es lag keine Bosheit und kein Neid in seiner Bemerkung.

»Das sollten Sie auch. Sie werden mehr Schwung bekommen für Ihre Ziele, wenn eine Last von Ihnen genommen ist. Ihre Eltern werden wieder mehr Zuversicht gewinnen. Wenn Sie daran glauben, wird es sich auch auswirken.« Flora schwitzte plötzlich, sie sprach, um irgendetwas zu sagen.

»Das ist in meinem Fall kaum zu glauben.« Er sagte es leichthin, trotzdem klang es abschließend.

»Wie meinen Sie das?«

»Die Zuversicht ist kein Dauergast bei uns.« Er streckte sich auf dem Stuhl, verschaffte sich Raum und Zeit für den Gedanken. »Es hat ihn bitter lassen werden, ich merke, dass er an gar nichts mehr glaubt.« Es war klar, wen er meinte. »Alles sieht er verschwinden, auch mich. Er kann sich nicht mehr vorstellen, dass das hier zu irgendetwas Gutem führt.« Flora erstarrte bei diesem Gedanken. Hodgkin setzte nach kurzem Nachdenken fort:

»Sie sind ja ein eingespieltes Team, meine Eltern. Sie vertrauen einander, und worum sich meine Mutter kümmert, da rührt mein Vater nicht drin herum. Sie war mehr diejenige, die sich mit dem Ganzen hier befasst hat, mit Blutwerten, Zellveränderungen, Wirkstoffen, Zyklen ...« Das nächtliche Selbststudium, durch das sich Flora auch gequält hatte, es war noch nicht einmal lange her.

»Anfangs hat er das nicht hinterfragt. Anderes blieb an ihm hängen, das ihn beschäftigte. Trotzdem blieb ich sein Kind, er sah mich an, und als es nicht mehr anders ging, sah er mich jeden Tag. Und damit kamen ihm Zweifel.« Flora sah sie vor sich: Der Junge – ach Gott, wieder dieser Lehnstuhl – seine Mutter am Tisch, mit Arztbrief und Laborblatttabelle, der Vater in der Tür. Die Mutter: nah dran, sie sieht die Fortschritte, der Vater: sieht das Leid. »Erst redete ich mir ein, seine schlechte Laune habe nichts mit mir zu tun. Stress in der Firma, Müdigkeit. Schließlich hatte ich ihm ja nichts getan. Aber dann fingen diese Bemerkungen an.« Er nestelte an seinem Schutzanzug. »Ob man so einem jungen Arzt auch vertrauen könne. Ob wir nicht vielleicht zu schnell gehandelt hätten.« Der Junge sah ihr in die Augen: »Er bestritt nicht, dass ich krank war. Aber plötzlich zweifelte er an der Diagnose und der Behandlung.« In Floras Gehirn polterte etwas eine scharfe Kante hinunter, der Raum drehte sich ein wenig. »Na, Sie wissen schon. Die teuren Behandlungen, der Lobbyismus in der Pharmaindustrie. Ob man nicht besser vorher etwas anderes hätte ausprobieren können.«

Bin ich tatsächlich krank? Brauche ich wirklich diese Therapie? Flora hatte sich diese Fragen nicht gestellt. Es schien alles so eindeutig. Aber inzwischen wusste sie – Leugnen war eine mögliche Reaktion auf die Diagnose. In den zwei Wochen zwischen Knochenmarkstanze und Auswertung hatte sie sich durch einige schlechte Nächte geklickt, medizinische Youtube-Tutorials, Erfahrungsberichte, Forenbeiträge, Ratschläge von einer Stiftung. Gerade junge Patienten standen vor einer Fülle von Entscheidungen vor einer Therapie, die sie überfordern konnte. Entscheidungen, die Flora nicht mehr treffen musste. Kann ich meine Ausbildung fortsetzten? Werde ich jemals den von mir gewählten Beruf ausüben können? Kann ich für meinen Lebensunterhalt aufkommen? Lasse ich mir morgen noch schnell einen Eierstock entnehmen und »für später« aufheben – und kann ich das überhaupt bezahlen? Darf ich meinen Eltern diese Ausgabe für mich zumuten?

Das alles konnte ihr von Herzen egal sein, nicht aber Hodgkin oder seiner Familie.

»Was haben Sie Ihrem Vater geantwortet?«

»Das, was ich wusste.« Hodgkin sammelte sich, und Flora bekam ein schlechtes Gewissen. Vielleicht sollte sie ihn nicht derart anstrengen. »Das ganze Palaver vom Anfang noch mal aufgerollt. Angebliche Alternativen recherchiert. Mich immer wieder im Kreis gedreht.« Er schwieg eine Weile. »Wissen Sie, es wäre jetzt zu viel gesagt, dass er einen Stachel in mich gesetzt hätte. Ich war nicht in der Versuchung, zu leugnen, dass ... also dass es notwendig ist. Aber das ganze Elend des Diagnose-Marathons noch einmal aufzurollen, gefährliches Halbwissen zu recherchieren, über Aprikosenkerne und Vitamin-B17-Injektionen zu diskutieren, kostete noch einmal Kraft. Ich wünschte einerseits, dass ich in der Zeit etwas Sinnvolleres getan hätte. Aber das hieße zu wünschen, dass mein Vater nicht dagewesen wäre.«

War er da? Als Vater, als Stütze, auf die man vertraut? Als Fels der Zuversicht? Ach ...

»Wie gesagt, ich war nicht in Versuchung, zu leugnen, ich war nur müde. Aber meine Mutter quälte es, sie war hin und her gerissen. Hin und her zwischen dem Vertrauen, ihr Bestes getan zu haben, und der Furcht, dieses Beste vielleicht doch zu verfehlen.«

Sie waren sich nicht mehr nahe. All die Sorgen hatten sie nicht zusammengeschweißt, sondern entfremdet. Und damit entglitt ihnen auch der Sohn, sie sah ihn wieder sitzen, in diesem engen Zimmer mit trübem Licht, und versuchte sich den blöden Lehnstuhl wegzudenken.

»Es tat mir leid für meine Mutter. Ich wollte ihr zeigen, dass wir das Richtige tun und es besser wird, aber spiel Mama was vor, nicht wahr?« Er lächelte sie an. »Meinem Vater bin ich dann immer mehr aus dem Weg gegangen. Und solange er bestrebt ist, die Werkstatt zu retten, wird das weiter möglich sein. Es kann ja nicht alles den Bach 'runtergehen.«

Er musste einsam sein. Verlassen. Die Frage, die er bei ihrem ersten Gespräch nicht beantworten wollte ...

»Wie ist es bei Ihnen?«

Wie sollte es sein? »Laut. Und still.«

Er nickte. »Sie haben die Kinder viel zu Hause?«

»Ja, ich lege meine Terminliste der Leitung im Kindergarten vor. An den Tagen habe ich Anspruch auf Notbetreuung.«

Er stand auf und befreite sich aus der gelben Hülle, knüllte sie in den bereitstehenden Abfallbehälter. »Lassen Sie sich von Schwester Sigrid ein oder zwei Kontrolltermine mehr im Monat aufschreiben ... Sie wissen schon. Ein paar Stunden ...«

Sie hatte auch schon daran gedacht, würde sich aber wahrscheinlich nicht trauen.

»Und dann?«

»Ich weiß es nicht.«

Bevor sie verstand, was geschah, gab er ihr die Hand, drückte sie. Im Gehen nickte er ihr noch einmal zu.

»Frau Hartmann?«

Plessmer trat beim Aufrufen immer auf den Gang hinaus. Die Wartefläche befand sich in einem Erker, von dem aus man seine Zimmertür nicht sehen konnte, und die Akustik war gedämpft, sodass er seinem Aufruf Nachdruck verleihen musste. Trotzdem stellte sich Flora gern vor, dass er für die Patienten »erschien«, mehr oder weniger bewusst eine freundliche Erscheinung in der Tür abgab. Seine Bewegungen, seine Körperlichkeit hatten etwas Heimeliges, Beruhigendes, obwohl er noch so jung war.

»Ja, wir haben im Wesentlichen Leukozyten und Thrombozyten angeschaut, es gibt geringfügige Abweichungen vom Referenzbereich, die aber im Rahmen einer Chemotherapie zu erwarten waren.« Er schob ihr die Übersicht auf dem Laborblatt zu. »Was da klinisch zu sehen ist, hat für Sie also keine praktische Relevanz. Wir müssen nur bei bedrohlichen Veränderungen reagieren, das ist hier absolut nicht der Fall.«

Sie starrte auf die Zahlen, garniert mit »größer als«- und »kleiner als«-Zeichen. »Theoretisch geht es Ihnen also gut!« Er sah sie prüfend an, gab ihr Zeit, den Gedanken selbst fortzuführen.

»Es geht mir praktisch auch gut. Also im Rahmen der Möglichkeiten.« Was sollte sie sagen?

»Irgendwelche Nebenwirkungen?«

»Nervöse Juckungen!« Sie zeigte Teile des Ausschlags, die Blasen. Er nickte, notierte etwas.

»Übelkeit, Erbrechen? Haben Sie sich gewogen?«

Sie gab Auskunft. »Doch, es geht mir gut.« Plessmer sah sie prüfend an und nickte sehr, sehr langsam.

»Schwester Sigrid macht dann nächste Woche ein großes Blutbild vor der zweiten Therapie.«

Er sah sie immer noch prüfend an. »Haben Sie irgendwelche Unterstützung gefunden?«

»Naja. Es ist alles ganz schön auf Kante gestrickt. Aber es wird schon gehen. Ähm, Doktor Plessmer, Sie müssen nicht so besorgt auf meine Brust schauen, also … der Port sitzt noch Eins A!«

»Cooles T-Shirt.«

Was trug sie heute? Flora sah an sich herunter. Ah, das Graue mit dem Schriftzug.

Mama is the Nigger of the world.

Schwester Sigrid schmunzelte. »Kommen Sie mal rüber. Wir können jetzt die Fäden ziehen.«

»Dürfte ich das hier mal desinfizieren, bitte?«

Die Stationsschwester sah ihn verständnislos an. »Äh, wozu?«

Roy atmete tief durch. »Als Teil meiner Ausrüstung.« Pause, in der eine Reaktion ausblieb. »Für die Arbeit in den Zimmern.«

Das musste die Schwester doch verstehen. Roy traute sich nicht, mehr zu sagen. Zunächst einmal war sie eine Erwachsene, und mit anderen Erwachsenen redete Roy allgemein wenig, da die ohnehin mehr wussten als er. Diese hier war nicht nur einfach schon groß, sie hatte eine abgeschlossene Berufsausbildung, Erfahrung und Weisungsbefugnis, und sie konnte ihm mit Sicherheit mehr als nur zeigen, wo hier der Desinfektionsmittelspender hing. Folglich wartete Roy respektvoll ab.

Sein Gegenüber sorgte sich anscheinend wenig um derlei komplexe Feinheiten im sozialen Gefüge und winkte ihn kopfschüttelnd durch. Natürlich hätte Roy das, was er nach ausgiebigem Desinfizieren und Abwischen auf seiner linken Schulter installierte, auch vor Betreten der Station vorbereiten können, aber er befürchtete eine größere Erklärungsnot, als wenn er sich im Vorfeld umsichtig und kooperativ zeigte. Auch wollte er sich vor dem Stationsteam nicht blamieren, indem er mit einem Papagei auf der Schulter zur Tür hereinkam, Kunststoffteil eines Piratenkostüms aus Kyras Grundschulzeit.

Grummel, grummel, grumm grumm. Jetzt oder nie. Tür auf, zack. »Entschuldigen Sie die Störung, der Bakteriensammeldienst. *Krah, Bakteriensammeldienst!*«, wiederholte der Papagei. Die junge Mutter saß auf einem Stuhl und hob einen Zeigefinger vor die Lippen, mit der freien Hand drückte sie das schlafende Kleine vor ihren Oberkörper. Mein Gott, wie peinlich. Was hatte er sich bloß dabei gedacht? Wieso hatte er überhaupt gewagt, zu denken? Hätte er es nicht besser wissen müssen? Warum das? Hätte er nicht besser sterben sollen, bevor er in die Hölle kam? Grummel, grummel, krampf, krampf. Am liebsten hätte Roy sich in den Eimer seines Reinigungswagens entleert, allerdings fühlte er sich momentan nicht einmal dazu in der Lage, seinen Darmausgang aus der Montur zu pellen. Was abgesehen davon beides nicht erwünscht war. So blieb ihm nichts anderes übrig, alles alle lang geübten Schritte hintereinander auszuführen und die Pflege des Zimmers so leise wie möglich abzuarbeiten. Und es gelang ihm, still und zügig wie zumeist. Atmen, abwischen. Atmen, Lappen wechseln. Atmen, Desinfektionstuch entsorgen. So, wie er sich stets darauf konzentrierte, ja nichts falsch zu machen, gelang es.

Geringe, aber doch wahrnehmbare Erleichterung, als er die Tür erreichte, eine Vierteldrehung und ein Schwung des linken Armes, um den Reinigungswagen um sich herum aus dem Raum zu schieben. Zittern und Schwitzen ließen kurz nach, und die junge Frau – ja, sie lächelte ihn voll an. Nicht hämisch oder herablassend, nein, sie saß einfach da und freute sich, mit einer lässigen Handbewegung, irgendwas zwischen Winken und Ok-Zeichen, was soviel heißen mochte wie: Danke. Bis morgen.

Dass Roy damit dem Tode durch Im-Linoleum-Versinken entronnen war, unterbrach seine Pein jedoch nur für Zehntelsekunden. Im strahlenden Schein der Neonröhren auf dem Zimmerflur leuchteten ihm die drei weißen Kittel vor der gegenüberliegenden Wand sofort entgegen, sie beobachteten ihn genau: die Stationsschwester, eine weitere Schwester und ein mitteljunger Pfleger, dem Roy schon oft auf der Frühschicht begegnet war. Er kam nicht raus aus der Nummer, der einzige Fluchtweg ging ins nächste Zimmer. Dort konnte er sich wieder schrecklich blamieren oder den schrägen Vogel von seiner Schulter unbemerkt entfernen, sofern dort alles schlief. Also los, keine Zeit zu verlieren!

»Guten Morgen, Bakteriensammeldienst! *Krah, Bakteriensammeldienst! Na, hast du gut geschlafen, kleine Spürkatze?*« Kein Kind schlief jetzt, wenn es bereits so hell war wie um diese Jahreszeit. Das hatte Roy vorher gewusst. Atmen, wischen. Atmen, wischen. Der zarte Junge mit dem Wuschelkopf saß kerzengerade im Bett, das Schmusetier mit beiden Armen an sich drückend, und sah den verhüllten Mann erwartungsfroh an.

»Naja, ich habe von zu Hause geträumt«, gab die Katze zurück. Sie sollte besser nicht traurig klingen, fand Roy. »Aber ich habe ja mein Herrchen hier. Wer bist du denn? Und was machst du da oben?« Naheliegende Fragen. Mensch, die Antworten hätte er sich mal parat legen sollen. Atmen, wischen. Atmen, wischen. »Krah! Ich bin der Papagei vom Bakteriensammler hier! Der ist manchmal etwas schusselig und neben der Spur. Ich passe auf, dass er hier zum Beispiel« – Roy wischte das breite Fensterbrett, das zumeist als Ablage für Persönliches oder das Speisetablett diente – »keine Ecke vergisst und ordentlich zweimal wischt. Du weißt doch bestimmt, dass Papageien alles zweimal sagen, zweimal sagen, krah?« Der Kurze nickte angestrengt, die Katze miaute. »Aua, nicht so fest! Lass mich mal ein bisschen zugucken. Vom Bettrand aus, ja?« Zögerlich wurde der Bettgenosse abgelegt. »Miauuh! Und wozu braucht dein, hh, Mensch diese komische Verpackung?« – »Krah, Verpackung, krah! Die haben wir an, damit wir keine Krankheitserreger von draußen einschleppen. Ihr seid ja hier, um gesund zu werden, gesund zu werden, krah« – bloß gut, dass Papageien sich gelegentlich wiederholten, das verschaffte Roy Zeit zum denken – »und so Schmutz und Bakterien helfen dabei nicht. Wir müssen euch hier ein bisschen beschützen und alles ordentlich sauber halten. Nur so können die Ärzte ordentlich mit euch arbeiten und schnell gesund machen.« Ganz schön viele Sätze. Roy verschnaufte, indem er den Mülleimer in die Abfallschütte seines Wägelchens entleerte. Viel war ja nicht drin, zwei benutzte Taschentücher, ein Stück Pflaster, wahrscheinlich von einer Blutentnahme, ein zerfetzter leerer Minibeutel Gummibären. Er musste schlucken, als er vor sich sah, wie eine Schwester dem einsamen Knirps die Süßigkeit zusteckte und dieser sich buchstäblich auf die enthaltene Zuwendung stürzte. Nicht nur an entgegengenommenen Paketen erkannte man, wie Menschen lebten, auch an ihrem Müll.

»Krah, krah«, weiterarbeiten, weiter sprechen. »Du kleine Katze hast es hier ganz schön einsam. Aber pass auf, du bist nicht alleine!« Roy überschlug in Gedanken, wie viele Kuscheltiere hier stationiert waren. »Gleich nebenan wohnt eine kleine weiße Robbe. Baby-Robben nennt man Heuler, wusstest du das? Die Robbe heult aber gar nicht, sie ist mit ihrem Menschenkind da, wie du. Es geht ihr ganz gut, auch Baby-Robben müssen ja noch viel schlafen, und das Kind streichelt sie oft im Bettchen oder geht mit ihr zum Fenster und lässt sie rausgucken. Leider sieht man von hier aus kein Wasser, aber ...« Was sah man, wenn man von hier aus durchs Fenster guckte? Scheiße, man sah die Rattenköder, unten an der gegenüberliegenden Gebäudewand. »MÄUSE! Vielleicht beobachtet ihr mal eine Maus?« Die Leisten rund um das Bettgestell waren nun dran, und Roy warf einen verstohlenen Blick auf das Kind. Kein Gips oder Verband, der Junge war einigermaßen mobil. Was machte er bloß den ganzen Tag, falls nicht doch mal Besuch kam? Mit den Kindern aus den anderen Zimmern spielen war im Moment noch undenkbar, vermutlich sahen die Schwestern und Pfleger zu, bei dem Kleinen häufiger vorbeizukommen als in den Familienzimmern. Hoffentlich.

»Mäuse?«, piepste es. Na prima. Hatte er dem Jungen etwa mehr Angst eingejagt, als ihn zu beruhigen? »Ja, oder die Spatzenfamilie aus dem Baum da. Die können fliegen, futtern, piepsen, krah!«, Mein Gott, was konnten schon Spatzen? »Und, krah! Auf einem Bein stehen! Kannst DU auf einem Bein stehen?« Falls je ein Schmusetier verständnislos schaute, dann nun die Katze mit dem abgenagten Ohr. »Dem Einhorn von gegenüber ist auch oft langweilig, dann trainiert es, auf einem Bein zu stehen. Nächste Woche will es schon auf einem Bein hüpfen, hüpfen, krah! Aber ich verrat' dir was, verrat' dir was: Es KLAPPT NICHT. Ständig landet es auf dem Horn, was ziemlich lustig aussieht, krahahaha! Dann bekommt es schlechte Laune und bockt«, Roy streckte seinen Rücken, checkte mit seinem Kontrollblick, ob er nichts vergessen hatte. Das Waschbecken blitzte noch nicht ordentlich, das machte er nochmal, er war gut in der Zeit. »Krah, dann seh ich aber zu, dass ich Land gewinne, Land gewinne! Wer will schon von einem Einhorn gepiekst werden, krah!« Ein letzter Blick auf seine Utensilien, alles in Reih und Glied, mit dem Teil der Arbeit konnte er gedanklich abschließen, aber da war ja noch was. Mit dem Adrenalin kam die Erinnerung. »Die zwei Teddys und der kleine Hund in den andern Zimmern sind schon ganz gut, ziemlich gut, krah! Stehen und hüpfen wie ‚ne Eins. Vielleicht versuchst du es heute auch mal, kleine Spürkatze? Dein Menschenkind zeigt dir, wie es geht?« Pause. »Erzähl mir morgen, ob's geklappt hat.« Pause. Der Plastikpapagei auf der linken Schulter neigte sich kurz zur kleinen Katze herunter, und es piepste: »Ja.«

Vierteldrehung, Schwung des linken Armes, Nicken. Eine eigentümliche Empfindung, als er auf den Flur hinaustrat, als sei alles in ihm fest und gleichzeitig klar. Einatmen, Luft musste hinein, ausatmen, ab ins nächste Zimmer. Auf keinen Fall die Reaktion des Pflegepersonals abwarten. Tür auf.

»Guten Morgen, Bakteriensammeldienst! *Krah, Bakteriensammeldienst! Na, hast du gut geschlafen, kleine Spürrobbe?*«

Die Maske klebte an Kiefer und Wangenknochen, mit dem Ärmel seines Überwurfes wischte er sich die Stirn und nickte der Stationsschwester zu: Zimmer erledigt. Der mitteljunge Pfleger bereitete den Frühstückswagen vor, sein breites Grinsen durchdrang jede Abdeckung. »Putputput!« Er hielt dem Papagei einen Apfelschnitz unter den Schnabel. Grummel, grummel, da ging es wieder los. Roy nestelte an seinem Wischmop. »Lass den Jungen in Ruhe seine Arbeit machen«, wies die Schwester ihren Kollegen müde zurecht, nicht, ohne selbst Roy in Verlegenheit zu bringen: »Hat der einen Namen?« Gut, dass er etwas in der Hand und zu tun hatte, sonst wäre er sicher wieder erstarrt, und zwar in Zeitlupe. Namen? Sollten Plastikpapageien irgendwie heißen? Er fand das unnötig, aber etwas musste er antworten, sonst würde ihn doch noch das Linoleum verschlucken. Er vermied es, der Schwester ins Gesicht zu sehen, sein gesenkter Blick blieb an ihrem Namensschild hängen. Die Reinigungskräfte trugen keines, das Pflegepersonal natürlich immer. Mit letzter Anstrengung wandte er sich zu dem Apfelschnitz-Pfleger um: »Jörg«, las er vor. »Er heißt Jörg. *Krah*!« Alles entkrampfte sich. Er war wie leer und doch fest. Klar. Die Schwester ließ einen amüsierten Blick zwischen Papagei und Kollegen hin und her wandern. »Gute Arbeit, Jörg. Und jetzt flieg nochmal über'n Gang hier, wir wissen, wie schnell du bist.«

Die Kinderstation war für heute die letzte, Roy taumelte seinem Wagen zum Reinigungsstützpunkt hinterher. Alle Behältnisse entleeren, Lappen wechseln, Putzmittelstand kontrollieren. Roy trug sich zum Auschecken mit der Uhrzeit ein. Die beiden Polinnen und das übrige Volk der Frühschicht trudelten herein, nach und nach wurden Schutzhüllen entsorgt, Kleidung und Schuhe in den vorgesehenen Räumen gewechselt. Im Vorraum etwas Gedränge, der für die Koordination zuständige Mitarbeiter wurde umringt und füllte Listen aus. An Roy konnte er sich vermutlich nicht erinnern. »Ey, du da, Papagei!« Doch, jetzt sah ihn der Mitarbeiter direkt an. »Sag mal deinen Namen.« Roy tat es. Der Mann suchte ihn mit dem Finger in der Liste. »Nächster Monat: Irgendwas Besonderes?« Roy zuckte die Achseln. »Ok, also voll einplanen, lieber Früh- oder Spätschicht?« Das war er noch nie gefragt worden, und Arbeit war Arbeit. Oder?
»Ich möchte bitte in die Frühschicht«, antwortete er schließlich. »Schiene D, mit der Kinderstation! Bitte.«

Der Nieselregen war nicht warm und nicht kalt, aber die Feuchtigkeit in der Kleidung ließ ihn den antrocknenden Schweiß erneut spüren, es juckte wie die Hölle. Sein Kopf glitt leicht nach links, als er den Arm nach hinten hob, um sich zu kratzen, und da sah er sie wieder: Am Triage-Container stehend machte sie ihre Angaben, Kontaktdaten, keine Symptome, keine Kontakte zu Infizierten … Also Patientin. Sonst hätte sie ja einen Mitarbeiterausweis oder zumindest einen »Wochen-Schein«, den für den Rest der Woche freigestempelten Bogen, der einem das tägliche Anstehen ersparte. Und sie sah noch schlechter aus als beim letzten Mal, das gefiel ihm nicht. Naja, was konnte einem schon gefallen? Irgendwann musste er sie mal fragen … Ja, was eigentlich? In seiner rechten Jackentasche hielt er den Papagei fest, kratzte gedankenverloren dessen Schnabel. Der Regen wurde stärker.

Er witterte in die Küche, aber die Wohnung roch irgendwie leer. Seltsam. Hatte Kyra noch nichts gegessen? Kein Kaffee mehr da? Er hatte gestern eine neue Packung gekauft, sie stand noch verschlossen auf der Arbeitsfläche. Mama musste in Eile gewesen sein. Roy kramte die Filtertüte aus der Schublade und befüllte die Maschine. Ein Blick in den Kühlschrank: Die Eier konnten mal gemacht werden, vielleicht Rührei mit Tomate. Ein oder zwei Teller?

»Kyra?« Er setzte sich, um in der engen Küche besser an die Besteckschublade hinten heranzureichen.

Oh je, sie hatte geweint. Roy konnte sich nicht vorstellen, dass es an den Schulaufgaben lag, das wuppte Kyra doch sonst ohne Probleme. Bestimmt hatte sie Streit mit einer Freundin. Aber so früh am Tage? Da mussten doch alle ihre Mädels vor den Aufgaben hocken.

»Was'n los?«

»Ach, nichts. Alles.«

Er dachte angestrengt nach. »Es ist ein bisschen langweilig, was?«

»Ja, aber das ist es nicht. Oder nicht alleine. Es ist irgendwie einsam.«

»Hm.« Roy fühlte sich nicht einsam, er war gern zu Hause. Aber meistens war ja auch wer da, jemand aus der Familie, der ihn nicht nervte oder bei dem er etwas falsch machen konnte. Kyra brauchte mehr. Andere in ihrem Alter. Wie sollte er sie aufheitern? Der Papagei würde nicht mit ihr sprechen, und ihr Schmusetier war auch lange fort. Großes Mädchen, bald länger als er.

»Hast du Hunger? Ich hab noch'n Pausenbrot.«

»Nein.« Kyra zog tapfer die Nase hoch, das schlatzende Geräusch klang, als würde ein strampelnder Zwerg in ihrem Rotz untergehen. »Danke.«

Mit der rechten Ferse den linken Ballen kratzend, rutschte er ein Stück Richtung Wand. Und dann klemmte sie ihren schmalen Hintern neben ihn auf die Stuhlkante. Auf den Schoß konnte sie sich ihm schlecht setzen, wie damals, als er zwölf war und sie vier. Da würde der kleine Tisch umfallen. So starrten sie zusammen ein bisschen auf die Tischsets aus Plastik, und es regnete immer noch, und die Welt da draußen hatte ganz andere Probleme, und sie hatten so eine kleine traurige Freude zusammen, dass sie da waren.

»Es ist schön, wenn jemand nach Hause kommt.« Leises Schniefen, schon deutlich trockener. »Hast du jetzt öfter Frühschicht?«

»Ja.«

Heute waren die Fäden gezogen worden, und Frauke meinte zu ahnen, dass ihr Beistand gebraucht werde. Also kam sie mit Louis zum Abendbrot vorbei. Leise klopfte sie und benutzte den Ersatzschlüssel – auch Flora hatte einen für Fraukes Wohnung. Denn wenn man sich einmal in der morgendlichen Hektik zwischen »Zieh jetzt bitte deine Schule an!« oder »Oh weh, die Matschhose hängt noch drin!« aussperrte, wusste man, an wen man sich wenden konnte. Aber zunächst schrubbte Frauke sich und dem Knirps zunächst derart die Hände, dass Flora befürchten musste, die beiden wollten sie operieren. Als Frauke sich dann aber weigerte, etwas auf dem Tisch anzurühren, weil sie dafür ihre Maske hätte absetzen müssen, hatte Flora endgültig genug.

»Eure Rücksichtnahme ist rührend. Aber wir wollen die Kirche im Dorf lassen. Unsere Kinder spielen zusammen. Im Kindergarten in derselben Gruppe. Wir gehen dort beide ein und aus, und weil wir zweieinhalb Minuten voneinander entfernt wohnen, kaufen wir im selben Edeka ein. Du traust dich in meine Wohnung. ALSO?«

Frauke seufzte. »Wir wollen doch nur alles richtig machen. Es ist mit dieser Seuche ein bisschen wie mit deiner Chemo – wir werden erst später wissen, ob das nun hilft, was wir jetzt machen, aber machen müssen wir's. Nun sag, wie geht es dir? Wie sieht es aus?«

»Ganz gut, und ohne Verband fühlt es sich irgendwie leichter an.« Flora nestelte den Halsausschnitt des T-Shirts herunter.

»Krass!«

»Wieso? Schöne Narbe, gut verheilt.«

»Ja, wirklich, aber, also, dieses DING! Als du mir das mit dem Port erklärt hast, dachte ich mehr an eine Art Microchip, aber nicht an so ein Ei!«

»Tja, Professor Hirschfänger ist halt mehr so der Typ ,nicht kleckern, klotzen!' Und die Schwestern in der Häma kön- nen mich nicht extra jedes Mal röntgen, um meinen Port zu finden.«

»Das ist nicht nötig. Du trägst das Teil an markanter Stelle, wie ein Zyklopenauge auf dem Rippenbogen. Gibt's das nicht in verschiedenen Größen? Also auch für schlanke Patienten oder Kinder?«

»Frauke, es erspart mir, 'rumzulaufen wie ein Junkie!«

Elias mischte sich ein: »Mama, gibt es auch Kinder, die so einen Tankdeckel brauchen?«

»Ja, die gibt es. Nicht oft. Aber den Kindern, die das brauchen, tut es genauso wenig weh wie mir. Es macht einfach das Einfüllen der Medizin leichter, damit die Kinder ohne Schmerzen gesund werden können.« Gut, dass sie sich noch mit so übersichtlichen Antworten zufrieden gaben. Die drei Jungs hatten gewohnt schnell ihre Happen inhaliert und verschwanden zum Spielen, bevor Frauke »Abräumen, wir gehn gleich nach Hause!« rufen konnte. Julius kam schnell zu Flora gerannt und streichelte unvermittelt den Port. »Mama, du musst nicht weinen, das ist nur ein Tankdeckel«, verkündete er mit seiner kaum vierjährigen Logik.

Flora hatte auch nicht vor zu weinen. »Spielt leise!« Aber ihre Jungs lärmten sowieso wie zwanzig Kinder, da fiel Louis nicht weiter auf. Die Nachbarn waren vernünftige Menschen mit Augenmaß, hielten Abstand auf der Treppe, wenn man sich begegnete, boten wie alle an, etwas vom Einkaufen mitzubringen – aber sie hatten selbst Familien und unvermeidliche Kontakte. Sie würden kaum wegen Louis den Blockwart heraushängen lassen, selbst wenn sie Fraukes leisen Schlüssel-Besuch bemerkt hatten. Trotzdem mussten sie es nicht übertreiben mit dem Remmidemmi.

Flora bedeckte den Port wieder. Sicher, ihr neuestes Accessoire entsprach nicht den Empfehlungen der aktuellen Mode, und das Fremdkörpergefühl unter Kleidung würde noch eine Weile anhalten, aber war das nicht auszuhalten? Trotzdem musste sie Frauke sofort recht geben, als diese den Blick mit merklichem Schauder abwandte: »Wenn ich da hingucke, muss ich einfach an all das denken, was gerade mit dir passiert.«

Ja, ein Anblick, der sie zur Patientin machte. Ihr Blick, ihr Gesichtsausdruck, selbst die langen Beine oder etwas so Zufälliges wie das heute gewählte Kleid verschwanden hinter der optischen Information, die der Port bedeutete. Hier saß eine kranke Frau. Nicht mehr und weniger ging schon kaum noch. Aber was! Sie hatte noch Frauke, die Kinder. Für die war sie immer noch da.

»Kann man damit noch was machen?«

Flora verstand nicht gleich: »Was soll ich denn damit machen? Morsen? Oder ein Handtuch dran hängen? So für den Fall, dass ich mir jetzt unterwegs öfter die Hände waschen möchte ...«

»Nein, medizinisch.«

»Ach so. Naja, zum Beispiel bei einem CT kann man das Kontrastmittel darüber spritzen, dann braucht man keinen extra Zugang legen.« Flora fand das Wort »Zugang« faszinierend. Mit einem Zugang war man zugänglich, was freundlich wirkte. Andererseits konnten sich andere mit einem winzigen Piks jederzeit einen Zugang zu ihr verschaffen, zu ihrem Innersten, ihrem Blut, ihren Zellen. Und das klang eher gewaltsam.

»Kontrastmittel! Siehste. Wenn du im Sommer mal auf einen Rave gehst ...«

»Ja klar!« Jetzt mussten sie beide lachen. Die Vorstellung einer von innen fluoreszierenden Flora war in etwa so realistisch wie die, dass in absehbarer Zeit irgendwer auf einen Rave ging.

»Und kommt der Port nach der Chemo wieder raus?«

Flora schüttelte den Kopf. »Der bleibt mindestens für ein Jahr drin, wahrscheinlich aber länger. So als Anti-Rückfall-Versicherung, falls ich bald wieder eine Chemo brauche. Einmal ,rausoperiert, ist es schwer, innerhalb der nächsten Jahre einen neuen Port zu legen. Wenn so ein Ding einmal richtig gut am Muskel sitzt, ist die Stelle quasi ausgereizt.« Und sie bewegte die nach oben angewinkelten Arme wie bei einer Butterfly-Übung mit Hanteln. Auch unter dem Stoff des Oberteils bewegte sich der Port gut sichtbar mit, und Frauke schüttelte sich wieder. »Du bist so ruhig.«

»Ja. Weißt du, meine Lage ist doch nicht aussichtslos.«

»Das ist sie nicht. Und es wird ein Danach geben. Für uns alle wird es irgendwann ein Danach geben.«

Der April 2020 blieb jedoch ein sehr ehrgeiziger Zeitpunkt für den Wunsch nach Normalität.

Heute würde sie keinen Kuchen mehr kaufen, er würde nicht kommen. Aber dazu war ihr schon am Vormittag die Lust vergangen, als sie aus dem Fenster blickte, neuerdings waren die Leute ja nur noch mit dem Einkaufen und Hin-und-Hertragen von Lebensmitteln beschäftigt, ihr konnte direkt übel davon werden. Für Hundefutter war sie dann doch hinausgegangen und hatte mit Carlos anschließend ein paar Runden gedreht. Man begegnete ja immer denselben Leuten im Hof. Jürgen saß draußen und schraubte mit feierabendlicher Ruhe an seinem Fahrrad, reinigte den Dynamo und plinste ab und an in die Sonne. Als sie das dritte Mal bei ihm vorbeikam, war es ihr zu dumm, sie machte Carlos' Leine lang und gesellte sich ein bisschen dazu, er im Gras bei seinem Rad kniend, sie auf der Bank unter dem Küchenfenster von der Helga unten.

Bei jedem Passanten, den sie erkannten, warfen sie einander einen einvernehmlichen Blick zu. Die beiden Bauarbeiter von gegenüber. Die Frau mit dieser angeblich modischen Frisur, mit der sie aussah, als sei sie Stammkunde beim gleichen Hundefriseur wie ihre drei Kläffer. Carlos mochte weder die Hunde noch das Frauchen, das besagte für Evi genug. Der zarte Junge mit den schwarzen Haaren grüßte Jürgen schüchtern, fast ehrerbietig. Nach und nach die Mütterriege des Blocks, deren Kinder Carlos gern streichelten und der sich das meistens gefallen ließ. Er wäre auch ein guter Familienhund gewesen. Ein paar Hundebesitzer, mit denen grüßte man sich hier ja sowieso. Dann die Hübsche mit dem kleinen Jungen, die im Herbst ein paar Aufgänge weiter eingezogen war. Sie strahlte freundlich herüber, der Kleine kam angelaufen, und Carlos sprang und bellte.

»Louis!« *Entschuldigendes Lächeln.* »*Du darfst nicht jeden Hund gleich streicheln, manche mögen das nicht oder haben schlechte Erfahrungen mit Kindern gemacht*«, *erklärte die Mutter, aber der friedfertige Carlos hatte sich schon wieder beruhigt und schnupperte still an der Hand des Jungen. Evi und die Frau lächelten einander an, komisch, der Jürgen wusste kurz nicht, wo er hinschauen sollte. Nun ja, so ist das eben manchmal.* »*So ein Hund ist eben auch nur ein Mensch!*«, *schloss Louis' Mama ab und wandte sich zum Gehen.*

Evi und Jürgen wechselten noch ein paar Sätze und hingen dann ihren Gedanken nach, bis er sein Fahrrad zurück in den Keller räumte. Dann pfiff sie Carlos herbei und warf einen Blick in die Runde. Wie ein Adventskalender, dachte sie, Fensterchen an Fensterchen. Und man ist so neugierig, zu erfahren, was wohl dahinter sein mag, aber an dem Tage, an dem man es erfährt, ist es so schnell wieder vergessen. Der April hat dreißig Tage, dachte sie plötzlich. Noch ein paar Mal schlafen. Wenn sie dann nichts von Herbert gehört oder ihn gefunden hatte, würde sie nicht mehr warten. Sie wusste, dass es so war, ja, als Kind wartete man auf den Weihnachtsmann oder irgendwelche Wunder. Aber das war nun wirklich sehr lange her. Jetzt war es an ihr, das Schicksal in die Hand zu nehmen.

»Ich falle in der Arbeit wieder negativ auf«, berichtete Frauke anderntags.

»Wieso? Du erledigst doch alles pünktlich, machst keine Fehler, läuft doch?«

»Das ja, das klappt bei mir besser als bei den meisten anderen Mitarbeitern. Das interessiert aber nicht, wenn ich im Meeting zur geplanten Umstrukturierung nicht das Maul aufreiße und meinen Innovationsgeist künstlich illuminiere. Also, was da vorgeschlagen wurde, machen wir teils echt seit zehn Jahren so, aber man muss mal gescheit drüber quatschen

... Es macht mich fertig. Am Ende strukturieren sie mich einfach weg.«

»Warte erst einmal ab. Die Schadensfälle werden doch nicht weniger, Umverteilungen kürzen die Arbeit nicht weg. Vielleicht wirst du mit unattraktiven Aufgaben komplett im Homeoffice landen, aber dieser Zustand wird – naja, er wird anhalten, aber nicht ewig.«

»Ja, das sage ich mir auch immer, aber es zehrt an mir. Dazu das Dauer-Tamtam mit der Notbetreuung. Es ist ein Luxusproblem, ich weiß ...«

»Ist es nicht! Ich bin nicht so krank, dass ich mir die Probleme anderer nicht mehr vorstellen kann. Es ist belastend.«

»Hör mal auf damit.«

»Wieso? Man wird sich ja nochmal kratzen dürfen, wo es juckt.«

»Es juckt dich überall!«

Das ist ja das Unangenehme. Manchmal juckt sogar das Zahnfleisch, widerlich.«

»Oh weh. Kannst du überhaupt noch was essen? Du sieht immer schlechter aus.« Frauke inspizierte scherzhaft Floras Ausschnitt: »Das Zwillingspaar, das unter Rosen weidet, ist ja nun auch weg.«

»Danke für den stetigen Hinweis. Ich esse, kann mich aber nicht schminken. Weil es juckt. Aber die Kinder stört's nicht und draußen sieht man nur die Maske.«

Frauke machte ein weinerliches Gesicht. In letzter Zeit war sie wirklich nah am Wasser gebaut, das kannte Flora so gar nicht von ihr. Verständlich war es aber auch. Jedermanns Ressourcen waren endlich, und jede harte Schale konnte durchgewetzt werden.

»Ich weiß gar nicht, wie ich es sagen soll.«

»Sag's halt.«

»Kennst du den Ausdruck ‚mit Heulen und Zähneklappern‘?«

»Ja.«

»Hast du schon mal so sehr geweint? Dass es dir das Gesicht wegreißt? Dir die Zähne wirklich aufeinander schlagen? Und du kannst nicht aufhören zu weinen und zu klappern, bis du am nächsten Morgen Schmerztabletten brauchst, weil der Kiefer so weh tut?«

Doch, Flora erinnerte sich. Aber wie lange war es her, dass sie so empfunden hatte? Worum ging es? Um irgendeinen Termindruck im Studium, um einen jungen Mann, dessen Namen sie nicht mehr wusste, etwas anderes, das heute nicht mehr wichtig war? Auf jeden Fall war es ganz weit weg. Geburtsschmerzen, Beziehungskummer, Krankheiten, Trennung, nichts hatte sie in den letzten Jahren derart aus der Bahn geworfen. War sie erwachsen? Gefestigt? Oder doch abgestumpft durch die tägliche Pflicht, zu funktionieren?

Frauke ging es offenbar anders. »Ich schaffe das nicht mehr allein. Ich brauche jemanden um mich. Einen anderen Erwachsenen.« Pause. »Er ist wieder da«, teilte sie schließlich knapp mit.

»Ähm, ja. … Also das Buch habe ich, glaube ich, auch mal gelesen … «

Frauke stöhnte und bohrte ungeduldig ihre bestrumpfte Ferse in den Teppich. »Das Universum hat mir diesen Mann geschickt. Ist vielleicht nicht sehr clever, dieses Universum, aber damit müssen wir jetzt arbeiten.«

»Wie oft müssen wir das noch durchkauen? Es wird dich unglücklich machen.«

»Dann werde ich mit ihm viel schöner unglücklich sein als mit den anderen Männern«, erklärte Frauke abschließend. »Egal, wie ich es drehe und wende – allein werde ich auch nicht glücklich. Ich muss der Krise nochmal 'ne Chance geben, sozusagen.«

Flora schüttelte den Kopf. »Ich verstehe es einfach nicht.«

»Das ist eben der Punkt. Manchmal muss man Dinge tun, bevor man sie versteht. Manchmal versteht man sie auch nie, und sie gehören trotzdem zum Leben dazu. Wir haben es einfach nicht in der Hand. Wir können daran zerbrechen oder einfach mitmachen und sehen, was daraus wird.«

Jetzt war Frauke anscheinend irritiert von ihrem eigenen Pathos, nervös kratzte sie an einem Fingernagel herum. »Wir haben nichts in der Hand. Du müsstest das doch eigentlich wissen.« Irgendetwas arbeitete in ihr, und damit ging sie hinaus und ließ Flora sprachlos zurück.

KW 18

Noch will, was ewig ist, kein einzig Mensch betrachten.

Die Zeit nach der Blutentnahme in der Klinik nutzte sie zum Einkaufen ohne Kinder. Immer häufiger wurde Flora angeboten, dass man ihr doch alles Lebensnotwendige vorbeibringen würde, sie sollte sich doch keiner Infektionsgefahr oder unnötigen Strapazen durch das Schleppen von Lebensmitteln oder Getränken die Treppe hinauf aussetzen. Sie schnaubte hinter der Maske bei dem Gedanken. Ab und an musste sie doch das Haus verlassen dürfen. Und da war noch etwas. Bald würde ihr nur das Krankengeld zur Verfügung stehen, deutlich weniger als das gewohnte Gehalt. Es war also nicht verkehrt, wenn sie selbst auf den Preis schaute – mitgebrachte Waren bezahlte man und fragte nicht, ob es die Gefälligkeit nicht auch günstiger gegeben hätte. Vielleicht verfiel Matthias von selbst auf die Idee, ihr für die Dauer der Therapie im Unterhalt entgegenzukommen? Sie glaubte nicht recht daran, und fragen würde sie nicht. Nicht Flora. Es war doch offensichtlich, dass sie höhere Kosten hatte. Nach der Trennung behielt sie die Wohnung, die für eine vierköpfige Familie ausgelegt war, weil sie nah am Kindergarten lag und Flora für die Jungs nicht so viele Änderungen auf einmal wollte. Und ein Umzug hätte ebenso neue Kosten bedeutet.

Sie lud frisches Obst und Tomaten für die begonnene Woche in den Wagen und blieb kurz stehen, sie fühlte sich schlapp. War die Musik im allen Supermärkten so laut? Immerhin, sie musste an Frauke denken und lächeln. Morgen ging es wieder los, ihre Freundin würde die Jungs holen, wenn sie an der Nadel hing, hoffentlich blieb es dabei. Wie auch immer, ein paar Backzutaten wanderten auf Vorrat aus dem

Regal in den Korb. Elias und Julius hatten beide Anfang Mai Geburtstag, und es würden traurige Kindergeburtstage werden. Sie war keineswegs auf der Höhe, und einladen konnte man auch niemanden. Wenigstens beim Kuchen wollte sie nicht kleinlich sein. Neben verschiedenfarbigen Zuckerperlen entschied sie sich für ein paar Päckchen Fondantmasse, überteuert, machte aber etwas her. Julius würde eine Fondantkatze auf seinen Kuchen bekommen, auf einer Fondantdecke, mit einem kleinen Fondantfutternapf in einer anderen Farbe, und mit Minimarshmallows darin. Er wünschte sich so sehr ein eigenes Kätzchen, aber abgesehen davon, dass Flora Katzengeruch überhaupt nicht ausstehen konnte, schien ihr der Zeitpunkt für einen weiteren Mitbewohner einfach schlecht gewählt. Vielleicht später. Wenn sie wieder gesund war. Wenn sich die Welt etwas beruhigt hatte und der Tierhandel wieder öffnete. Wenn die Kinder größer waren. Dann würde sie sich vielleicht in Verhandlungen über ein Meerschweinchen einlassen. Aber nur dann.

Während des Räsonierens über ein potentielles Meerschwein war sie daheim vor ihrem Kühlschrank angelangt und fand darin wieder eine Pfütze vor. Ausräumen, Stecker ziehen, das Beste hoffen. Die Zeit, einen Kundenservice zu kontaktieren, war jetzt nicht mehr, die Notbetreuung setzte weiterhin auf fest vereinbarte Abholzeiten. Und obwohl sie sich beeilte – wann tat eine Mutter das nicht? – kamen ihr schon die ersten Eltern entgegen gekleckert. Wieso nur waren die Berufstätigen immer eher da als sie, die Kranke, die doch theoretisch Zeit hatte? Aber Kranksein war jetzt ihr Job, und der forderte auch ihren Terminplan und ihre Ressourcen.

»Ach, du kannst deine Kleinen auch während des Homeoffice abgeben?« Ein paar blitzende Ohrringe und perfekt geföhnte Strähnchen streiften Floras Blickfeld, während der Inhalt der ankommenden Schallwellen langsam in ihre grauen Zellen schwappte. Josephines Mama musterte sie von oben bis unten mit einem skeptischen Blick. Flora richtete sich in ganzer Länge auf. Dadurch wirkte vermutlich auch nicht präsentabler, doch ihr Gegenüber war schon mit einem anderen Problem beschäftigt. »Schrecklich, das alles. Habt ihr schon irgendwas für die Einschulung geplant? Wir sind ganz ratlos.« Zur Einschulung plane ich, keinen Krebs mehr zu haben – aber diesen Kommentar verkniff sich Flora und wandte sich der Nachmittagsunterhaltung ihrer Hartmänner zu. Morgen. Morgen würde sie wieder mit jemandem reden können.

Nummer 83, eine volle Wartefläche. Das bedeutete eine ganze Weile, bis sie an der Reihe war. Zum Monatsende hin war immer ein bisschen mehr Betrieb, so viel hatte auch sie als Neuling schon mitbekommen.

Es würde sein letzter Zyklus sein, und Flora sah sich ungeduldig um. Vielleicht war er ganz früh angekommen und gleich von den Schwestern angestöpselt worden, hoffentlich bekam sie *ihren Stammplatz* – nein, wie lächerlich. Unwillkürlich schüttelte sie den Kopf. Aber sie musste heute mit jemandem reden. Über Frauke, ihre Entfernung. Es war kein Streit gewesen, und doch war etwas zerbrochen. War Flora übergriffig gewesen? Vielleicht hätte sie nichts sagen sollen, aber – die anderen Patienten mussten annehmen, sie habe einen Schütteltick, also bemühte sie sich, nun still zu sitzen. Die Nummer 78 wurde aufgerufen.

Vielleicht hätte sie nicht so hart sein sollen, so drastisch – aber die Sache mit Ben würde in die Hose gehen. Für Frauke. Ben würde seine nicht selbst waschen müssen. Wie lange waren sie nun um genau diese Erkenntnis gekreist? Für nichts.

Aber konnte man jemals wissen, was für einen anderen das Beste war? Selbst wenn man einem Vertrauten dessen eigene

Worte wiederholte, konnte man sich dann sicher sein? Hodgkins Eltern waren sich darüber uneins geworden.

Na prima, bemerkte Flora unvermittelt, ich dachte schon, ich bin jetzt mal ganz in Ruhe alleinerziehend und mach meine Chemo. Aber nein, ich versuche nebenbei, einem zufälligen Mitpatienten die Beziehungsprobleme meiner engsten Freundin zu erklären, und der ist gar nicht da. Oder hoffentlich doch.

Es brachte alles nichts, sie starrte zum Fenster hinaus. Offensichtlich wurde auch auf dem Klinikgelände der Müll donnerstags abgeholt. Den einen Müllmann kannte sie vom Sehen, er winkte immer freundlich, wenn die Jungs offenen Mundes seine Tätigkeit verfolgten. Für den Sondermüll kam bestimmt jemand extra. Ob es wohl etwas in einem Menschen bewegte, wenn er Blutröhrchen und Gewebereste abholte anstatt geleerter Getränkedosen? All diese organischen Andenken, Röhrchen um Röhrchen, lauter Zellen, die mehr über den Verlauf eines Lebens zu bestimmen hatten als … Als was eigentlich? Was sollte über sie bestimmen? Und was sollte noch kommen? Es war so leicht, Hodgkin zuzureden, aber wofür tat sie sich das alles an? Wieder schob sie sich auf dem Stuhl zurecht. Ein wenig hatte sie noch abgenommen, die Muskulatur ließ nach, im Rücken spürte sie es jetzt zuerst. Wenn es nicht langsam wieder bergauf ging, würde man ihre Reste einfach bei der Portreinigung fortspülen.

Es dauerte, aber nicht ewig. Triage-Bogen und Nummernzettel über die Theke, ein Schritt nach rechts, Vierteldrehung, Stirn senken. Therapieraum. »Wie immer, bitte.«

Hodgkins Platz war bereits besetzt. Die zarte Frau unschätzbaren Alters, die Flora vor knapp vier Wochen im Wartebereich aufgefallen war, saß ihr schräg gegenüber und döste. Zehn vor neun, bis halb oder zwei Uhr würde sie hier bestimmt sitzen, diesmal allein mit ihren Gedanken. Sie würde nicht erfahren, wie Hodgkins Geschichte weiterging, heute nicht und vielleicht nie, wenn der Zufall es nicht wollte, und schon beim Geschmack der Kochsalzlösung wurde ihr schlecht.

»Hallo?« Die Medizinstudentin sprach mit ihr, sie hatte nicht zugehört. Bestimmt wollte sie hören, dass es ihr gut ging. »Ich habe gerade nicht zugehört, es ist alles in Ordnung.« Das Beste war es wohl, zu schlafen.

Als sie erwachte, stand Schwester Sigrid neben ihr. »Dr. Plessmer wollte mit Ihnen sprechen, aber wir haben Sie nicht extra geweckt. Ich schicke Sie einfach nach der Therapie noch einmal zu ihm rein.« Pause. »Sie haben so unruhig geschlafen. Was bedrückt Sie denn, hm?«

Wieder dieser Geruch und Geschmack, sie fühlte sich wie ein Linoleum-Boden, ausgekleidet und durchdrungen von Chemie. »Ach nichts. Alles. Ich habe einfach nur … einen Hänger?«

»Das wird schon wieder.«

Die Schwester stöpselte sie ab und spülte den Port, und Flora bemerkte, dass die andere Patientin fort war. »Naja, bei Ihnen sind wir uns ja sicher, dass Sie es schaffen«, bemerkte Schwester Sigrid, ihrem Blick folgend. »Aber die Kleene da drüben …« Wo war Hodgkin?

Auf der Toilette vermied sie es wieder, sich anzusehen. Halb zwei, die Wartefläche hatte sich geleert, und keine Minute später stand Doktor Plessmer in seiner Tür.

»Kommen Sie noch mal herein, Frau Hartmann.« Er eilte die drei Meter zu seinem Schreibtisch.

»Ihre Blutwerte von gestern sehen sehr gut aus. Dieser kritische IgM-Kappa-Wert« – er zeigte mit seinem Kugelschreiber in die entsprechende Tabellenzeile – »ist bereits deutlich zurückgegangen. Wir können also sagen, dass die Therapie anschlägt.«

Flora fühlte sich alles andere als gut, aber weil es die Quälerei wert war und Plessmer so zufrieden wirkte, wollte sie ebenfalls etwas Positives sagen: »Das beruhigt mich wirklich sehr. Der starke Nachtschweiß, also das Symptom, das zuletzt dazugekommen war, ist auch schon fast weg.« Wahrscheinlich musste sie die Bedeutung von Plessmers Aussage erst sacken lassen, bevor sie sich angemessen darüber freuen konnte.

»Morgen noch einmal. Und in einem Monat werden Ihre Werte noch besser aussehen.«

Sie wertete das als Zeichen, aufzustehen, und schwankte. Plessmer hielt sie plötzlich am Arm, seltsam, so schwach war sie doch nun auch wieder nicht, oder? Ihr Arzt war wirklich ziemlich groß, ihr Blick blieb auf seiner Schulter hängen, und sie konnte die Fäden des hellblauen Mischgewebes in seiner Arbeitskleidung unterscheiden. Merkwürdig, von einem Menschen so festgehalten zu werden.

»Geht's wieder?« Schwester Sigrid und Plessmer tauschten einen Blick, setzten sich ganz langsam wieder, ohne Flora aus den Augen zu lassen. Die MFA räusperte sich leise und schien irgendein Zeichen zu geben, Flora merkte Doktor Plessmer an, dass er dabei war, eine Entscheidung zu treffen. Wenn er jetzt schwieg, musste sie hinausgehen.

»Normalerweise...«, begann er schließlich. Ja, was ist denn normal? » ... also: Es kommt vor, dass ältere Patienten heftig reagieren, wenn sie ihre, hm, gewohnten Mitpatienten plötzlich nicht mehr antreffen.« Natürlich, wenn einer wegstarb, fragten sich die Älteren, wer der Nächste sein würde. Sie waren hier in der Hämatologie, da erschienen solche Gedanken nicht abwegig.

»Sie sollten sich da jetzt keine unnötigen Sorgen machen. Also gar keine.« Schwester Sigrid lächelte aufmunternd und hielt ihr dickes Terminbuch bereit, pochte mit ihrem Kugelschreiber darauf herum.

»Ruhen Sie sich jetzt aus und kümmern Sie sich um sich. Wir möchten, dass Sie gesund werden!«

Damit war sie entlassen. Auf das Taxi wartend, konnte sie sich mit dem Ungesagten beschäftigen, und ihr fiel niemand ein, dem sie davon erzählen konnte.

Erst beim dritten oder vierten Klingeln schreckte sie hoch, benommen tastete sie nach dem Telefon. Flora durchfuhr ein freudiger Schreck, als das Display Frauke ankündigte. Sie hatte nicht erwartet, dass ihre Freundin sich nach ihrem letzten Disput so bald melden würde.

»Es hat sich ausbetreut«, verkündete Frauke knapp. »Was?« Flora hörte Straßengeräusche und das hektische Klacken von Absätzen. »Wovon redest du, was ist passiert?«

»Ich soll Louis auf dem kürzesten Wege abholen. Ich habe ihnen gesagt, dass sie dich nicht anzurufen brauchen, da ich deine Jungs gleich mit abhole, wie abgesprochen. Ich nehm' die Bande erstmal komplett zu mir und ruf dich von zu Hause nochmal an. Wir müssen uns einen Plan machen. Die Jungs hatten Kontakt zu einer infizierten Erzieherin, und die ganze Gruppe geht für vierzehn Tage in Quarantäne.«

»Nein!« Aber irgendwann musste ja etwas dergleichen passieren, sie wussten es beide. Alles andere war eine Hoffnung auf Zeit gewesen. »Was machen wir jetzt? Und vierzehn Tage in der Wohnung mit Kindern, wie sollen wir das aushalten?« Die Geburtstage!, fiel ihr ein …

»Flora!« Frauke klang gequält. »Das ist jetzt nicht dein größtes Problem! Leg Masken bereit, pack alle benutzen Handtücher in die Wäsche, hol das Desinfektionsmittel raus. Sieh nach, was du in der Küche hast, und schreib alles auf, was dir fehlt. Gib den Nachbarn Bescheid. Ich melde mich später, ich brauche jetzt alle Hände frei.« Flora hörte sie tief durchatmen. »Kannst du Matthias anrufen, oder soll ich das für dich tun?«

Ja, sie würde Matthias davon berichten, aber zu dem hatten sie ja die letzte Zeit gar keinen Kontakt gehabt. Und was hatte Matthias plötzlich mit Frauke zu schaffen?

»Äh, ja, ich rufe ihn gleich an.« Ihr war schwindlig, sie lehnte sich zurück. Ihr Gehirn schien sich im Schädel zu drehen, eine eigentümliche Empfindung – und schon hatte sie vergessen, was sie als Nächstes tun sollte. Oh Gott, die Kinder! »Danke. Danke, Frauke! Bis später. Ich mache alles so, wie du sagst ...«

Sie sollte aufstehen und ein Glas Wasser trinken, bevor sie irgendetwas tat. Atmen. Lüften. Der Chemo-Geruch stand wie eine Wand im Raum. Zähneputzen, soviel Zeit musste auch noch sein. Dann ging sie die Unannehmlichkeiten an.

Matthias hob sofort ab. Flora wusste, dass er sich sorgte und jederzeit mit einem Hilferuf rechnete. War es jetzt soweit? Sie stellte die Faktenlage dar und konnte seine Gedanken förmlich rattern hören. Aber was sollte er tun? Gegen die Quarantäne würde er auch nichts unternehmen können.

»Wo sind die Kinder jetzt? Hat sich das Gesundheitsamt schon gemeldet?«

»Noch bei Frauke und – nein, aber der Beschluss wird so oder so ausgesprochen werden.«

»Wie heißt nochmal der Kindergarten?«

Dass Männer sich so etwas nie merkten. Und was tat das jetzt auch zur Sache? Mechanisch nannte sie den Namen.

»Pass auf, ich komme, sobald ich hier weg kann, und wir finden eine Lösung.«

Was für eine Lösung? Aber Matthias hatte sich schon verabschiedet – wenn auch mit ungewohnt herzlicher Stimme.

Sie blickte auf die Uhr, schon eine Stunde war seit Fraukes Anruf vergangen. Sollte sie die Kinder jetzt bis abends bei ihr lassen? Und durfte sie das überhaupt? Was, wenn man sie anrief und ihre Kinder waren in einem fremden Haushalt? Ihr war zu übel und schwindlig, um Sehnsucht nach den Jungs zu haben, aber da war auch das schlechtes Gewissen. Dazu diese dicke, übelriechende Glocke über ihrem Kopf … Sie raffte sich auf und arbeitete die Aufträge ihrer Freundin ab. Erstaunlich kräftezehrend.

Flora brütete gerade in der Küche über ihrer Einkaufsliste, als sie wieder von ihr hörte.

»Es geht uns gut, wir sind schon alle durchdesinfiziert. Elias und Julius haben sich über nichts gewundert, weil sie ja wussten, dass du heute im Krankenhaus bist. Sie beschäftigen sich gerade gut. Ist zwar eng, aber naja. Ich schieb jetzt ein Blech Pommes in den Ofen. Mach dir keine Gedanken. Wir bekommen das geregelt! Es gibt immer eine Lösung.«

Erstaunlich, wie lösungsorientiert heute sich ihre Vertrauten gaben. War das nicht sonst ihr Part?

Die nächste Lösung bestand zunächst darin, etwas gegen die Übelkeit zu unternehmen. Flora fand die richtige Medikamentenschachtel und spülte ein großes weißes Oval hinunter – ohne die gewünschte Erleichterung, da sie Tablette, Wasser und diverse Magensäfte sofort auf den Küchenboden erbrach. Sie hockte sich hin, einfach neben die Pfütze, um dem Schwindel zu entkommen. Es stank furchtbar. Da lag es nun, ihr Innerstes. Das war übrig. Sie wunderte sich, dass sie nicht weinte, aber vermutlich war sie auch dafür zu erschöpft.

Noch atmete sie. Ein. Aus. Flora ließ sich aus der Hocke aufs Hinterteil nieder und war fast dankbar über den spürbaren Schmerz in den Sitzbeinhöckern. Schlecht gepolstert, aber: Sie war wach. Sie sah und erkannte auch alles um sich her, das war gut. Da war der Tisch. Sie sollte jetzt besser nicht hier sitzen bleiben, das würde ihren Kreislauf weiter destabilisieren. Also bewegte sie, langsam mit Händen und Füßen schiebend und balancierend, ihren Schwerpunkt Richtung nächstes Tischbein, um dort erschöpft ihren Kopf anzulehnen. Kühl fühlte sich das lackierte Möbelstück an. Sie schloss für einen Moment die Augen. Nach einer weiteren Welle der Übelkeit ging es bergauf, es war besser, die Augen offen zu behalten, tief zu atmen, einen Punkt zu fixieren. Langsam. Ihr Magen krampfte noch, aber sie sollte demnächst Wasser trinken, in kleinen Schlucken, vielleicht war später sogar an einen Kaffee zu denken. Auf dem Tisch standen noch ein Glas und die Wasserflasche von heute morgen, das wusste sie, also auf, es galt, den nächsten Stuhl zu erklimmen.

Von Minute zu Minute ging es ihr besser, viele und wertvolle Minuten waren das. Sie würde die Schweinerei wegputzen und ordentlich lüften müssen. Sie sah nach der Uhr, auf ihr Display. Einen Anruf hatte sie nicht verpasst, doch es wurde immer später, Matthias würde bald hier sein, sie musste die Kinder von Frauke abholen.

Beim zweiten Versuch behielt sie Tablette und Flüssigkeit bei sich. Also nur eine momentane Schwäche, das konnte passieren und musste nicht wieder vorkommen. Sicher, das Tragen des Eimers und das Wischen der Küche waren ihr jetzt nicht angenehm, aber wann war es das schon?

Sie blickte wieder zur Uhr und setzte Kaffee auf. Es würde wohl gehen. Aber da stand Matthias schon in der Tür.

Als Flora ihm öffnete und einen Schritt zurücktrat, damit er den schmalen Flur betreten konnte, kam er ihr größer vor als früher. Aber vielleicht wirkte das durch den halblangen Mantel so. Sie sahen einander an, eine unwirkliche Begrüßung. Schließlich führte er sie zurück zu ihrem Stuhl in der Küche.

»Pass auf«, begann er und bemühte sich um den leisen, ruhigen Tonfall, in dem man mit Kranken spricht. »Es ist so. Ich habe mit dem Gesundheitsamt telefoniert und unsere Lage geschildert.« Unsere Lage? »Man hält es bei ...«, er suchte offenbar nach einem passenden, einem schonenden Ausdruck, »bei deiner Diagnose für erlaubt und ratsam, dass die Kinder die Quarantäne bei mir verbringen. Sie dürfen in zehn Tagen von einem Kinderarzt bei uns getestet werden, der das Ergebnis dem Gesundheitsamt hier meldet.«

»Bei dir?« Wie sollte das gehen? »Du hast doch überhaupt keinen Platz.« Matthias' Single-Wohnung genügte vielleicht für ein Wochenende zu dritt, aber doch nicht vierzehn Tage.

»Ich tausche mit meinen Eltern. Sie räumen gerade ihren Kram in meine Wohnung, wir bekommen das Haus. Es wird keinen Kontakt geben. Ich habe in der Eile nicht viel gepackt, aber mein Bruder bringt mir diese Woche noch Wäsche an die Haustür oder was wir sonst noch irgendwie brauchen.«

Das Haus. Es war an sich winzig und nicht so gepflegt, wie Flora es gern hätte, aber es hatte einen Garten ... Dennoch wunderte sie sich, dass das Gesundheitsamt alledem anstandslos zugestimmt haben sollte.

»Aber warum? Ist dieser ganze Aufwand nötig?«

»Flora!« Sie hörte echte Verzweiflung in seiner Stimme, aber Matthias zwang sich sofort wieder zur Ruhe. Er zog einen Stuhl heran und begab sich auf ihre Höhe, wie sie es tat, wenn sie einem der Kinder etwas Unvermeidliches erklärte. »Du bist sehr gefährdet im Moment, vor allem die nächsten Tage! Wenn du dich jetzt infizierst, wirst du dich sehr lange Zeit nicht um die Kinder kümmern können. Dasselbe gilt, wenn du leichtsinnig deinen Therapieerfolg gefährdest.« Er atmete tief durch, trotzdem zitterte seine Stimme jetzt. »Ich bin dir wirklich dankbar für alles, was du bisher geleistet hast, du warst sehr stark. Aber du musst jetzt auch mal delegieren können.« Als wenn es ihre Entscheidung wäre. »Es geht dir nicht gut, jeder kann es sehen. Der Krebs, die Therapie, die Kinder zehren dich auf.« Er warf ihr einen Blick zu, den sie als taxierend empfand und der ihm ihrer Meinung nach nicht mehr zustand. Ein solcher Blick hätte vor ein paar Wochen in ihr den Drang zu einer Ohrfeige geweckt, aber nichts an oder in ihr hatte jetzt die Kraft zu derartigen Empfindungen.

»Du musst dich jetzt wirklich auf dich konzentrieren. Du brauchst die Zeit, um dich angemessen zu erholen und auch, um richtig zu essen. Du hast ja gar keine Zeit, dich um Nährstoffe zu kümmern.« Wieso dachten alle anderen ständig ans Essen? Ein seltsames Symptom der aktuell grassierenden Nudelnot. »Ich werde sehen, was du da hast.« Er inspizierte ungefragt ihre Schränke. Schließlich kannte er sich in der Küche aus. »Linsen sind da noch viele, prima, aber die essen die Kinder nicht, ich versteh schon.« Nun waren Kühlschrank und Gefrierfächer dran. Matthias schien sich in Gedanken zu notieren, was fehlen könnte. Dabei ging er doch mit den Jungs in Quarantäne und nicht sie … Durfte sie sich von nun an nicht mehr selbst versorgen? *Sie werden sich um Ihre Familie kümmern können.* Aber die Infektionsgefahr beim Einkaufen, würde Matthias wahrscheinlich einwenden. Bleib lieber zu Hause und iss etwas Richtiges. Nun schloss er seine Recherche ab. »Was haben wir denn hier? Komisch, früher hast du nie Brot eingefroren, weil es angeblich aufgetaut nicht mehr schmeckt … Wie kommt das hierher?« Ja, wie kam es dahin? Sie versuchte sich auf eine zusammenhängende, knappe Erläuterung zu konzentrieren, aber er wartete ihre Antwort nicht ab. »Ich nehme es jetzt mal raus, ja? Vielleicht willst du ihm heute Abend oder morgen eine Chance geben.« Er legte das Brot auf die Arbeitsfläche neben der Spüle. Während er weiter sprach, sah sie zu, wie der Müllbeutel langsam von innen beschlug.

»Flora«, er hatte sich ihr wieder zugewandt, die Hand leicht auf ihrer Schulter. »Ich fahre ein paar Sachen einkaufen – den Zettel hier nehme ich mit, ja? Auf dem Rückweg hole ich die Kinder ab. Ich beeile mich, es wird sonst sehr spät. Heute Abend bringe ich«, er korrigierte sich sofort, »bringen wir die Kinder ins Bett. Aber vielleicht trägst du besser eine Maske. Es muss ja nichts sein, aber … Ich habe meinen Schlafsack mit, den lasse ich schon mal hier. Wenn die Jungs schlafen, hilfst du mir, ihre Sachen zusammenzupacken? Morgen früh fahren wir dich in die Klinik und dann weiter zu mir.« Seine Atmung, die Bewegungen, sogar sein Geruch zeigten ihr, dass es auch Matthias schwer fiel, so mit ihr zu sprechen. Schließlich kannten sie sich lange genug. »Denk darüber nach, wenn ich unterwegs bin. Du wirst einsehen, dass es besser so ist.«

Ich muss das Brot zurücklegen, dachte sie und kam sich selbst idiotisch dabei vor. Ich muss es wieder einfrieren, bevor es antaut, und wenn es das Letzte ist, was ich tue.

Nach einer Zeit des ziellosen Herumwurschtelns in der Wohnung landete sie doch auf der Couch und fiel in einen Dämmerschlaf. Als sie Getöse im Flur hörte, war es noch hell, aber das besagte Ende April natürlich wenig über die Uhrzeit. Matthias musste den Schlüssel von Frauke erhalten haben. Er wies die Kinder an, sich die Hände gründlich – »Auch zwischen den Fingern! Die ganze Hand bis zum Knöchel!« – zu waschen, während die Jungs aufgeregt schnatterten. Papa, Papa. Der Papa ist da. Wir machen zwei Wochen Urlaub in Omas und Opas Haus! Er musste wissen, dass sie das schmerzte, sosehr sie den Kindern die Abwechslung und den Auslauf gönnte. Matthias mahnte zur Ruhe und zog sich mit den Kindern in die Küche zurück. Reichlich gegessen wurde jetzt wohl nicht mehr, aber Flora hörte die Gesprächsfetzen und Matthias' Versuch, Elias und Julius zu beruhigen, »Mama« wurde mehrfach erwähnt. Er versuchte offenbar, die Maßnahme kindgerecht zu begründen, aber für die Zwerge war jetzt das Ergebnis, das heißt die bevorstehende Reise alles, was zählte. Aus den Augen, aus dem Sinn.

Das Gefühl der Leere kroch langsam in ihr hoch, sie weinte trocken.

Irgendwann setzte sie die Maske auf und ging hinüber. Sprach mit den Kindern, strich ihnen über das Haar. Legte Matthias saubere Seiflappen und Handtücher für sie heraus, die sie nach der Dusche sofort in der Waschmaschine verschloss. Warf die benutzten Kinderzahnbürsten weg und packte neue in die Reisetasche, während Matthias im Kinderzimmer besprach, wie viele Spielzeuge mitkommen durften. Schließlich überredeten sie die aufgedrehten Hüpfer dazu, sich schlafen zu legen, damit sie fit sein würden für die Reise am nächsten Tag.

»Mama, wir werden bestimmt nicht krank«, plapperte Elias, »und wenn wir wiederkommen, geht es dir schon viel besser und du stinkst dann nicht mehr so!« Nun, das war keine schlechte Aussicht.

»Maamaa!« Immerhin klammerte sich Julius noch einmal inbrünstig an sie und gab ihr einen feuchten Kuss auf die Schläfe, wo die Maske aufhörte. Sie spürte eine Regung hinter sich, offenbar wurde Matthias deswegen nervös. Aber er ließ das Thema auf sich beruhen.

Kurze Zeit darauf ging sie ebenfalls zu Bett und wälzte sich lange. In der Nacht schwitzte sie wieder furchtbar, und beim Aufwachen war auch ihr Gesicht klatschnass.

Evi Matuschek, geboren 1945 ohne besondere Erwartungen, erwachte an diesem klaren Donnerstagmorgen zu einem neuen Leben.

So hatte sie es jedenfalls am Vorabend, dem 29. April, fest beschlossen. Der fünfte Mittwoch ohne Herberts Besuch war es gewesen, und sie hatte bewusst noch einmal in Erinnerungen geschwelgt und ihre Traurigkeit zugelassen. Sie hatte geliebt und war geliebt worden, aber es hatte jetzt sein Ende.

So dramatische Worte hätten sie untereinander natürlich nie verwendet. Verliebte Senioren waren etwas für alberne Familienfilme im Öffentlich-Rechtlichen, nichts, worüber zwei intelligente reife Menschen zu sprechen pflegten. Aber wenn Herbert sie ansah … es lag so viel Zuneigung und Wohlwollen für sie in seinem Blick, einfach und aufrichtig. Im geschützten Rahmen ihrer Küche waren sie nur sie selbst.

Nun, es gab ein paar Gelegenheiten, da hatte ihre Neigung zu einander auch in dem anderen Zimmer der kleinen Wohnung ihren Ausdruck gefunden. Sie dachte nicht oft daran, aber jetzt war der Moment dafür. Fing es schon an mit seinen Besuchen, die Evis lädiertem Handgelenk galten? Nein, aber es gab wohl zärtliche Gesten. Ob er sie am Arm stützte, ihr half, die Haare zu waschen, oder ihre benutzte Pfanne mit hingebungsvoller Gründlichkeit schrubbte, Herbert verlieh seinen Gefühlen deutlichen Ausdruck, auch wenn sie sich lange einredete, sie müsse sich täuschen und da sei nichts. Es half wenig und sie musste ihm verfallen, jeder Gedanke galt ihm. Tatsächlich, diese Zeit hatte es gegeben, und es gingen Wochen darüber hin und ihre Verletzung heilte. Nachdem sie sich dann fanden, etwas verschämt und aus der Übung, zog ihr Herbert verschmitzt lächelnd die Decke bis zur Nasenspitze, sah ihr in die Augen und nahm den Gesprächsfaden wieder auf. Es war, wie es immer war, und das war schön.

An viele Nachmittage erinnerte sie sich, etliche Gesprächsfetzen waren ihr haften geblieben. Diese Geschichte würde aber nicht fortgeschrieben werden, sie musste das Buch zuschlagen, wie man ein wundervolles Buch zuschlägt: Mit einem zufriedenen Lächeln und ohne offene Fragen. So hatte sie es jedenfalls immer gemocht, und genau so sollte ihre Geschichte enden.

Die Anstrengungen der letzten Wochen gab sie verloren. Sie hatte gewartet, angerufen (der Anrufbeantworter, besprochen von seiner Frau) und nach Hinweisen gesucht. Mit der Straßenbahn war sie zu seinem Wohnblock gefahren, und sie war froh, keine Kinder zu haben, die ihr ein derart riskantes Unterfangen wie die Nutzung eines öffentlichen Verkehrsmittels ausreden wollten. Evi kannte die Adresse, Herbert hatte vor Jahren über den Umzug gesprochen und dass er das Haus lieber dem Sohn mit Enkeln ließ, er selbst und seine Frau wollten etwas Kleineres, Pflegeleichteres, möglichst wenige Treppen. Zum ersten Mal stand sie dort und fand natürlich nichts, was hatte sie gehofft, zu sehen? Unmöglich, dort zu klingeln. Sie konnte ihn durch ihre Gedanken nicht ans Fenster hexen, weder tot noch lebendig. Die Rückfahrt über wusste sie nicht, was sie denken sollte, und als sie daheim Carlos begrüßte, der aufgeregt winselte, weil sie ihn sonst nie allein lassen musste, schniefte sie kurz in sein Fell.

Zum ersten Mal sah sie bewusst in die Todesanzeigen der Zeitung. Kein passender Eintrag, aber was besagte das? Schließlich wandte sie sich wieder an Jürgen aus dem Erdgeschoss. Ob er im Internet nachsehen könne, ob es Hinweise auf Herbert gab? Ein alter Schulfreund, der sich nicht mehr meldete, erklärte sie. Herbert war nur zwei Jahre älter als Evi, und ihr Geburtsdatum kannte der Nachbar nicht, was sollte er sich wundern? Zwei Tage später klingelte Jürgen, brachte ihr ein Brot von der Tafel und ein Stück Papier, bedruckt mit der vertrauten Adresse. Die fand er im Telefonbuch. Sie könne ihn besuchen oder ihm schreiben, meinte Jürgen. Hinweise auf einen plötzlichen Verlust habe er nicht gefunden. Sie bedankte sich herzlich und wusste nicht, was sie weiter sagen sollte. Schade, denn sie mochte den Jürgen. Ihr Sohn könnte er sein, aber er hatte sicher so viel mehr als sie erlebt, worüber er nie sprach. Evi dachte daran, dass das oft so war bei sehr erfahrenen oder leidgeprüften Menschen. Auch ihre Mutter war derart in sich gekehrt gewesen. Es war so eine Stille um sie, eine Unerschütterlichkeit. Sogar als sie starb. Evi erinnerte sich plötzlich, dass sie damals einfach ins Krankenhaus gehen, den Namen ihrer Mutter nennen und nach dem Weg zur richtigen Station fragen konnte. Heute doppelt und dreifach undenkbar, ohne Termin würde sie es nicht einmal an der Triage vorbei bis zur Information im zentralen Gebäude schaffen. Als sie sich traute, anzurufen, wies man sie kühl zurecht: Angehörige würden informiert werden, wenn diese nicht von einer eventuellen Einlieferung wüssten. Klack, aufgelegt.

Mehr zu tun stand nicht in ihrer Macht.

Evi würde nicht mehr von Herbert hören, das Warten hatte ein Ende. Nicht, dass es sie gestört hatte, auf den Mittwoch zu warten, es war schön, aber nun gab es eben keinen Mittwoch mehr, sondern eine Reihe von Tagen (sie wagte nicht, an eine endlose Reihe zu denken, denn wer wusste schon, wann einem die Stunde schlägt?), die sie nicht in Trauer baden wollte. Es musste etwas anderes geben, auf das sie sich freuen konnte. Plötzlich erinnerte sie sich, wie sehr sie sich immer auf die Schulspeisung gefreut hatte, wenn es Hefeklöße mit Pflaumenkompott gab. Als Kind war das ihr Lieblingsessen gewesen. Aber wer Hunger hat, freut sich auch über eine andere Speisung, nicht wahr? Und nur wer satt werden kann, vermag, über Lieblingsspeisen nachzudenken.

Niemand würde ihr Herbert ersetzen, das nicht. Obwohl sie sich nie gern langen, komplizierten Gedanken hingegeben hatte, wenn es genug anderes zu tun gab, so begriff sie doch, dass sie ihre Freude nicht mit ihm verloren geben dürfe. Die hatte sie durch ihn neu kennengelernt, er würde wollen, dass sie es nicht vergaß, sich zu freuen.

Jetzt wird es endlich Frühling, dachte sie. Man kann mit Carlos einen anderen Spazierweg wählen, etwas mehr herauskommen. Den Wintermantel fort und etwas Frischeres hervorräumen aus dem Schrank. Die Balkonkästen bepflanzen. Mit den Leuten im Hof reden. Lächeln. Fragen. Zuhören. Das hatte ihr doch immer schon gelegen, sollte es denn jetzt anders werden? Das Leben war und blieb größer als man selbst. Menschen fanden und verloren sich, und was sie auch immer voneinander denken mochten, und wie groß das Glück oder das Leid auch war, am Ende des Tages ärgerte man sich über eine verspätete Straßenbahn und hing die verknitterte Wäsche auf, die zu lange in der Maschine gelegen hatte. Niemandem erging es anders, nicht einmal Däumelinchen, wenn das Märchen nur lange genug weitergegangen wäre.

Mit diesen Gedanken stand Evi entschlossen auf und strich ihren Rock glatt, als es unten an der Tür klingelte.

Er hatte wirklich Schwung für den Tag, freute sich. Die ganze Woche war es schon gut gelaufen. Langsam gewannen die kleinen Patienten Zutrauen und unterhielten sich ein bisschen mit Papagei Jörg, und Roy merkte sich alles, vor allem, was mit ihren Kuscheltieren zusammenhing, und setzte mit denen am nächsten Tag das Gespräch fort. Mit der Übung fiel es ihm leicht, auch einen neuen Patienten aufzunehmen und am Ein-Bein-Wettbewerb zu beteiligen. An seinem freien Tag hatte er sich eine kleine Geschichte zurechtgelegt, wie Jörg zum Reinigungsdienst kam. Naja, ein paar Sätzchen nur, und die ganze Story war so wahrscheinlich wie ein wahrer Schluss aus acht falschen Prämissen, aber Kinder, die das Programm von KiKa gewohnt waren, glaubten ganz andere Sachen. Ein Papagei, der eine Fortbildung beim Kammerjäger absolviert hatte, erschien ihm da recht harmlos.

Er arbeitete sich durch den Dienst vor der Kinderstation, heute wieder die Nephrologische, unterm Dach von Haus 60b. Gangreinigung links vom Anmeldetresen, dann die Zimmer. Roy seufzte. Es war ein Trauerspiel. Je eher es hell wurde, desto früher erwachten die Patienten zu trüben Gedanken, er konnte noch so leise und flink sein. Gerade hier, wo so viele zerbrechliche Damen und Herren lagen, viele schwerst krank, ohne Aussicht auf Besuch, nicht wissend, ob und wann sie nach Hause entlassen würden. Er tastete nach dem Papagei in seiner Tasche, der später zum Einsatz kommen würde. Nein, es war nahezu unmöglich, ein Krankenzimmer respektvoll zu schrubben, wenn man ein Herz hatte, aber erledigt werden wollte es trotzdem.

Das erste Zimmer war leer, hier war jemand entlassen worden. Etwas anderes mochte er sich nicht vorstellen. Grußlos kam das zweite Zimmer an die Reihe. Die beiden Insassen, zwei betagte und unter ihren Decken scheinbar auf Kindergröße geschrumpften Damen, unterhielten sich schleppend miteinander, mit längeren Ruhepausen, in denen sie vielleicht ihren Gedanken nachhingen. Sie benahmen sich ganz, als würden sie Roy nicht bemerken, und er fand, das war das Beste, was sie tun konnten. Auf ins nächste Zimmer.

R3.1 war immer noch durch den weißhaarigen Herrn mit der ungesunden Hautfarbe belegt, er wälzte sich, aber Roy konnte nicht ausmachen, ob er wach war. Sachte entleerte er den Müllbehälter und vermied es, hineinzusehen. Oft waren es Obstreste, die zu riechen begannen, die älteren Patienten aßen schlecht und konnten Frisches meist schlecht kauen. Durch solche Beobachtungen wollte er seine Stimmung nicht trüben lassen, Roy bereitete sich gedanklich auf die nächste Station vor, auf Katze, Robbe und Einhorn. Eine kleine Flucht, trotzdem real.

Der Patient mit dem buschigen weißen Haar floh offenbar schwere Träume. Während Roy die Fensterbretter reinigte, konnte er hinter seinem Rücken die Anstrengung des Mannes spüren, der sich auf der Liege zurechtnestelte. Es hätte ihn nicht überrascht, beim Wenden den alten Herrn plötzlich aufrecht vor sich stehen zu sehen, tatsächlich lag dieser aber annähernd wie zuvor, nur das Gesicht mit starrem Blick zum Fenster gerichtet. Ein unartikuliertes Stöhnen, nicht laut, aber es ging Roy durch Mark und Bein. Unwillkürlich arbeitete er schneller, atmen, wischen, atmen, wischen. Er wusste intuitiv, dass der Mann seinen Blick suchte, der Schweiß brach ihm aus. Lappen wechseln. Aus dem Augenwinkel kontrollierte er, ob der Patient an den Piepser heranreichte. Alles in bester Ordnung und gleich auch sauber und keimfrei. Keine ganze Minute würde er mehr für das Zimmer brauchen. In seinen Endspurt hinein wurde das Stöhnen des Mannes jedoch verständlicher, es war offensichtlich, dass er etwas mitzuteilen hatte.

Roy schwitzte. Er fühlte sich nicht als die richtige Adresse und würde der Schwester draußen Bescheid geben, dass … ja. Dass der Patient sprach? Einen Namen murmelte? Welchen

Eindruck würde das wohl hinterlassen? »Das Übliche«, er hatte es noch genau im Ohr. »Die Angehörigen wissen nicht, was er meint. Vielleicht hatte er als Kind mal ein Haustier, das so hieß.«

Roy hatte wirklich keine Ahnung, er war der Putzinator, wie Tomtom sagte, aber dass der Mann nicht gut aussah, konnte er mit bloßem Auge erkennen. Und er quälte sich, eine Mitteilung zu machen. Nur dass allein deswegen morgens kurz nach sechs kein Arzt und kein Beichtvater vorbeischauen würde. Roy machte sich an seinem Utensilienwagen zu schaffen und rollte ihn Richtung Tür. Der Mann hob den Kopf, aller Schwäche zum Trotz ein fast majestätisches Haupt, wie Roy fand, und folgte ihm mit klarem Blick, er war bei vollem Bewusstsein. Roy erstarrte und fixierte die Uhr mit rundem Zifferblatt, die über jeder Zimmertür auf den Stationen hing. Es rauschte in seinen Ohren und seine Hand schmerzte, mit der er jetzt unbewusst Papagei Jörg umklammert hielt. Er war gut in der Zeit. Zeit genug, um zwei Schritte auf den Liegenden zuzugehen. Zeit genug, zwei Sätze anzuhören.

Es war keine bemerkenswerte Schicht gewesen, alles lief gut, man hatte sich an ihn gewöhnt, und der mitteljunge Pfleger Jörg war heute auch nicht dagewesen. Die Anspannung ließ nach, und er wollte nach Hause, den antrocknenden Schweiß fort waschen, der draußen an der kühlen Luft zu jucken begann, nach Hause, zu Kyra, nach Hause, bei sich sein. Im Aufenthaltsraum hatte er kurz überlegt, noch eine Cola zu trinken, verwarf den Gedanken jedoch wieder und stiefelte los. Er hatte keinen Hunger und keinen Durst, er wollte nach Hause und zuvor noch einen kurzen Gang erledigen. Lange dauern würde es nicht.

Um acht Uhr sollte die zweite Infusion beginnen, so gab es am Morgen keine Zeit für Sentimentalität. Matthias fuhr ein Stück weit die Auffahrt zum Klinikum hinauf, aber sie hatten vereinbart, dass sie sich noch vor der Triage verabschieden würden und Flora die letzten dreihundert Meter bis zum Haus 39 allein gehen konnte.

Sie sahen sich an. »Geh nachher bitte nicht allein nach Hause«, bat Matthias dringend. »Wenn Frauke dich nicht abholen kann, lass ein Taxi rufen. Sie schaut dann später nach dir, und sei nicht zu stolz, sie um irgendwas zu bitten.«

Frauke, ja. »Wie macht sie das jetzt mit Louis in Quarantäne?« Sie würde ihn nicht allein lassen und selbst die Wohnung nicht verlassen können. Matthias sah sie verständnislos an. »Ich denke, Ben wird zu Hause sein.«

Ja, so war es wohl. Wer fragte in diesen Zeiten, ob ein Partner der Richtige, ein Vater der Beste war? Hauptsache, er war da, und ihre Männer waren jetzt da. Sie hatte keinen Grund und kein Recht, das deprimierend zu finden. »Danke«, knurrte sie kaum verständlich. Er nickte.

»Ich rufe dich nachher an, wenn wir angekommen sind.« Die Art ihres Wiedersehens hatte ihn auch mitgenommen, sie sah es ihm an. »Ich weiß, dass du traurig bist«, fuhr er fort, aber dann gingen ihm die Worte aus. Sie umarmte ihn kurz und stieg aus, öffnete die Tür zu den Rücksitzen und verabschiedete sich von den beiden Jungs, die sich zufrieden und erwartungsfroh in ihre Sitze schmiegten. »Seid artig«, flüsterte sie. »Vergesst mich nicht – ihr ruft mich nachher an, ja?«

Kraftlos ließ sie die Prozedur über sich ergehen. Alle Therapie-Stühle waren besetzt, man grüßte sich mit einem kurzen Nicken und versank dann wieder in Gedanken. Die Schwestern wuselten stumm zwischen ihnen hin und her, offenbar gab es einiges zu tun vor dem anstehenden Feiertagswochenende, und man bereitete sich auf Wochenabschluss und Feierabend vor. Schwester Sigrid legte Flora ihr Bestellkärtchen auf den kleinen Klapptisch neben ihrem Sitz, aber sie sah sich die neuen Termine gar nicht erst an – würde nicht jeder Tag so passend sein wie der nächste?

Gut, dass heute nur das Bendamustin dran war, es machte nicht so benommen, und nach knapp zwei Stunden war der Infusionsbeutel leer. »Schönen Feiertag«, verabschiedete sie sich von den anderen Patienten automatisch, erhielt aber keine Reaktion. Der Tag nach einer Chemotherapie war für keinen von ihnen ein besonders zu planendes Ereignis.

Während sie ihre Jacke anzog, bat sie Schwester Sigrid, ihr ein Taxi zu rufen. »Aber da wartet doch jemand auf Sie«, entgegnete die MFA und deutete mit dem Kopf Richtung Fenster, ohne ihre Schreibarbeit zu unterbrechen. Frauke hüpfte da neben ihrem Kleinwagen auf und nieder, die Arme um sich selbst geschlungen. Die einzelnen Klinikgebäude warfen lange, kühle Schatteninseln in der hellen Frühjahrssonne.

Als sie das Gebäude verließ, kam ihr Frauke schon mit ausgestrecktem Arm entgegen, berührte sie sacht an der Schulter. Die Armeslänge Abstand blieb. »Alles in Ordnung?«, flüsterte sie. Die Frage, die man stellte, wenn man schon wusste, dass jemand nicht in Ordnung war. Flora nickte endlich, und beide lächelten mit den Augen. Es würde nicht wie vorher sein, aber sie waren beieinander.

Frauke hatte keine Sonnenbrille dabei und nestelte in jeder Kurve ungeduldig an der Blende. »Mit diesem Brett vor dem Kopf sieht man auch nicht mehr!« Mehr war nicht zu sagen. Obwohl es nicht einmal Mittag war, gab es keinen Parkplatz, die gesamte Straße hinauf und hinunter nicht. Man parkte viel Ende April 2020. Frauke fluchte unverständlich, und Flora war beim Um-den-Block-fahren froh, dass es noch nicht vorbei war. Sie noch nicht aussteigen musste. Ins Haus gehen und sich um sich selbst kümmern musste.

»Ich parke jetzt bei mir und bringe dich zu Fuß«, entschied Frauke schließlich. »Die paar Meter schaffst du doch mit links und vierzig Fieber, oder?«

Flora war es mehr als zufrieden. Frauke wurschtelte sich in ihrer Parklücke zurecht und zog schließlich mit betonter Langsamkeit die Handbremse an. Dann würgte sie, ganz entgegen ihrer Gewohnheit, ihren Oldie-Sender und der Band mitten im Song die Luft ab.

»Ein jegliches zu seiner Zeit, hm?«

»Hm.« Aber dann: »Hm, hm, hm, hm, hmmmm, hmmmm, hmmmm ...«

Frauke lächelte müde, aber sie lächelte.

Beide stiegen nun aus und streckten sich unbewusst, als wenn sie eine sehr lange Reise sich hätten. Es war immer noch kühl, aber wunderbar hell, und die klare Luft belebte Flora wieder.

Sie gingen den Block auf der Sonnenseite des Hofes entlang und hielten auf der Höhe des Mäuerchens an. Flora sah sich um und bemerkte in einem Fenster im zweiten Stock die kleinwüchsige Dame, die lächelnd einen Strauß Nelken aufs Fensterbrett stellte.

»Es wird wohl noch viele Tage der Arbeit geben, die wir zu Hause sitzen müssen«, amüsierte sich Frauke, als Flora sie darauf aufmerksam machte. »Ja, entsetzlich viele.« Viele Tage ohne alles, was ihr einmal wichtig war. Aber heute störte es sie seltsamerweise nicht. Sie war eigenartig gelöst von allem, es gab nichts, woran sie als Nächstes zu denken hatte.

Sie standen noch eine Weile so, das frierende Hinterteil ans Mäuerchen gelehnt, und sahen den vorbeiziehenden Anwohnern zu. Die meisten trugen Lebensmittel und ähnliche Einkäufe umher, einige grüßten nachlässig.

»Guten Morgen«, murmelte jemand im Vorbeigehen. »Guten Morgen«, grüßte Flora überrascht zurück, und Roy warf ihr einen kurzen Blick über die Schulter zurück zu. Ein kleines schiefes Lächeln, dann zog er in der ihm eigentümlichen Haltung weiter.

Sie waren nun auch aufgestanden und legten die letzten Meter des Hofes zurück, um zu Floras Wohnung zu gelangen. Im Erdgeschoss wischte gerade John Wayne alte Asche von seinem Fensterbrett und hob mit einem kurzen Nicken die Hand.

»Der Block grüßt dich«, stellte Frauke fest und wandte sich neugierig um. »Was hast du denn mit dem da zu schaffen?«

»Eine hygienisch bedenkliche Verbindung«, gab Flora zurück.

»Pffffhh.« Frauke versuchte, anerkennend zu pfeifen, aber ihre Lippen waren so kalt, dass es gründlich misslang, und beide grinsten. »Also ich wüsste zu gerne mal, was der zu bieten hat.«

»Da kommst du nie drauf.«

Aber eines Tages werde ich es erzählen, versprach Flora stumm. Eines Tages erzähle ich die Geschichte vom Brot.

Vor der Haustür kamen sie dann wieder ins Stocken, viel zu bereden gab es auch nicht. »Ich umarme dich jetzt nicht, wegen Kind und so.« »Ja.« »Wir telefonieren?«

Wir sind uns nicht nähergekommen. Wir haben uns nur vor uns hin verändert. Wir atmen, stoffwechseln, leben, und es passiert mit uns. Während wir beschäftigt sind. Während wir schlafen, träumen, aufwachen und versuchen, heute alles irgendwie ein bisschen besser zu machen als gestern. Und genau das ist schon immer so gewesen. Menschen gehen ein Stück des Weges mit dir, und das ist schön, aber du weißt nie, ob und wann jemand irgendwo ankommt. Und wenn es für einen kleinen Jemand dieses ganz große Ankommen einfach nicht gibt – wenn es sich auf seinem Weg nicht ergibt, dann ist das nicht die Folge einer Krankheit, einer Seuche, der Umstände oder sonst irgendetwas.

Es ist genau das Leben, das wir schon immer geführt haben.

Dann taten sie das, was alle im April 2020 taten. Sie gingen nach Hause.

Anmerkungen

Die den Kapiteln vorangestellten Verse sind dem Sonett »Es ist alles eitel« von Andreas Gryphius (1616-64) entnommen.

Die im Text auftretenden Personen, ihre Namen und Biografien sind frei erdacht, nur einige ihrer Erlebnisse fußen auf Erfahrungen, Beobachtungen und Träumen dazu, wie es hätte sein können. Die beschriebenen Orte sind der Realität nachempfunden, die 2020 vielen deutschen Städten gemein war.

Danksagung

Einige besondere Menschen haben mir ermöglicht, dieses Buch zu schreiben:

Karina Krüger und Alexandra Crain berieten mich kompetent und geduldig – ich hätte gar nicht anfangen können ohne euch. Simona Spörke, meine liebe Kollegin, las aufmerksam und mit viel Hingabe Korrektur. Max Jaffke hütete meine Kinder engagiert und unerschrocken, wenn ich selbst dazu nicht in der Lage war. Einige Ärzte hielten mich derweil am Leben: Ich danke Dr. Jan Schiefer und Schwester Jill aus der Nephrologischen Ambulanz (Universitätsklinikum Magdeburg, Haus 60b). Ich danke einem wunderbaren Arzt, Dr. Daniel Geßner, und dem freundlichen Schwesternteam der Hämatologischen Ambulanz (Haus 39), die mich mit Kompetenz, Geduld und Humor versorgten. Ich danke besonders Dr. Michael Köhler, dem ich erfrischende Hinweise und wertvolle Unterstützung verdanke.

Natürlich danke ich Herbert (Putputput!).

Und ich danke dem Mann aus dem Erdgeschoss. Für das Brot und alles.

Ria Kopiske wurde 1980 in Hennigsdorf bei Berlin geboren und studierte Deutsch und Ethik für das Lehramt in Halle an der Saale. Während ihrer ersten Jahre im Beruf arbeitete sie an mehreren Lehrwerken mit dem Schroedel-Verlag zusammen.

Inzwischen lebt sie mit ihren beiden Kindern in Magdeburg und unterrichtet an einem Gymnasium in Sachsen-Anhalt. Dabei ist sie gewöhnlich gesund und munter. Wenn das Schicksal sie aber zwingt, zu Hause zu bleiben, arbeitet sie an ihren eigenen Geschichten.

»Die Geschichte vom Brot« ist ihr erster Roman, in Arbeit ist ein zweiter über und für die Generation Greta.